アウター・ダーク
外の闇

Outer Dark
Cormac McCarthy

コーマック・マッカーシー
訳 山口和彦

春風社

アウター・ダーク——外の闇

彼らは午後遅く夕陽のなかを芒《ススキ》と焼けた蚊帳吊草《カヤツリグサ》に影を長く伸ばしながら岩山の上にやってくると、川をはるか下に望みつつ無情を湛えゆっくりと一列縦隊で移動し、しばらくの間立ちどまり一所に集まってからふたたび夕陽を背に直線のシルエットを描き頭部だけを聖なる光輪に似た光に照らされながら丘下の窪みの蒼い影のなかに入り、暮れゆく陽のなかを前進しやがて彼らに似つかわしい暗闇へと入っていった。川に到着したときにはあたりは完全に闇に包まれ、野営を張り小さく火を熾《おこ》すと彼らの黒い姿形が名もなきバレエ曲を踊った。それから手持ちのわずかな食糧を粗末な容器で調理して食すと着衣もそのままに、固い土の上に大の字になり大きく開けた口を空の星々に向けて眠った。暁光を仰ぐと彼らは動きはじめた。最初に鬚を生やした男が立ち上がり他の二人を足蹴りして起こし三人は一言もしゃべらずにふたたび火を熾し変形した小鍋を火に掛け地べたに腰を下ろし、ベルトナイフを使って黙々と食し、ほどなく鬚の男が腰を上げ焚火の前に仁王立ちになり薄汚れた白い羽毛のような煙のなかに二人を閉じ込めると煙の向こうの二人は何の前触れもなく言葉も発さずに唐突に小競り合いを始めたが同じくらい唐突に動きを止めると、ぼろぼろのダッフルを拾い上げ川沿いを西に向かい移動を再開した。

彼女は彼の身体《からだ》を揺すり暗闇の静寂のなかに眼醒めさせた。静かにして。彼女は言った。大声で寝言を言うのはやめて。

彼は起き上がった。何だ？　彼は言った。何だってんだ？

彼女は彼の身体を揺すり暗闇から別の暗闇へと誘《いざな》い、黒い太陽の下でやかましくがなり立てる群衆から救い出し、より痛ましい夜のなかへ落とされた彼は彼女と彼女の腹のなかにいる名もなき存在と共有するベッドの上で上体を起こすと喘ぎながら悪態をついた。

見ていた夢はこんな夢だった。

両腕を広げて広場に立つ預言者が集まった物乞いの群れに向かい説教をしている。ひっくり返った盲《めし》いた眼やしわしわの歯茎や癩《らい》性の赤膚を持ち預言者を注視している敗残者の一群。太陽が日食の頂点にかかり預言者は語り続ける。この時間に太陽は黒く変色しふたたび姿を現す前に人々の苦痛はすべて癒されるという。この夢を見ている彼自身はこの嘆願者たちに交じっていた。そして群衆が祝福を与えられ太陽が黒く変色しはじめると前に進み出て手を挙げながら叫んだ。俺も、俺も癒されるのか？　預言者は驚いたように浮浪者たちの群れに交じる彼を見下ろした。太陽は動きを止めた。預言者は言った。ああ、おそらくは癒されるだろう。それから太陽の形が歪み暗闇が悲鳴のように落ちてきた。針金のごとく細い太陽の縁が最後にすっと消えた。群衆は待った。動くものは何もなかった。長い時間群衆は待ち続けあたりには冷気が漂った。頭上には別の季節の星々が掛かっていた。不安を感じ不平を鳴らす声も聴こえてきた。太陽は帰ってこなかった。寒さと黒さと静けさが増すにつれ絶叫する者や絶望する者も出てきたがそれでも太陽は帰ってこなかった。この夢を見ている彼の恐怖は増した。群衆の怒りの声の矛先は彼に向けられた。彼は群衆のなかで身動きできず彼らのぼろ服の異臭が鼻先をついた。彼らの動きはじりじりと御し難くなり彼は群れのなかに身を隠そうとしたが彼らはこの希望が絶たれた暗闇の穴のなかでも彼の居場所を特定し次々と怒号を浴びせてくるのだった。

その日の朝鋳掛屋のまがい物の組み鐘《カリヨン》が森に響くのが聴こえてきた。彼は起き上がると戸までよろよろと歩き今度はどんな災厄がやってきたのかを確かめようとした。三カ月以上も小屋の方にやってくる者はいなかったが、思いがけずあるいは目的も持たずにこんな辺鄙な場所に迷いこんでくる者があろうものなら、悪霊に憑かれたように空き地に走っていって追い払ってやることにしていた。彼自身は一週間に一度必要最低限の物を買うために四マイル離れた店まで新しく出来た春の泥道を往復した。ひき割り玉蜀黍《トウモロコシ》や灯油。それから彼女のための飴。酔っ払いのどんちゃん騒ぎよろしく鋳掛屋が空き地に荷車を引いて入ってきたとき彼は待ち構え呪いを振り払うかのごとく腕を大きく振っていた。灰色がかった縺《もつ》れ髪の小鬼を想わせる鋳掛屋は顔を上げ、生気のない灰色の眼で彼を見た。

気をつけろ。彼は大声を上げた。ここには病があるぞ。

鋳掛屋は片意地な馬のような荷車の惰性に合わせて二、三歩最後に短く足ふみをして止まると、長柄を地面に置き青いぼろの上着の一方の袖で眉を拭った。どんな病なんだい？

男は鋳掛屋の方に向かい、一方の手を振り続けながら靴底を釘留めされたブロガンで松葉の層の上を音も立てずに歩き、空き地には鋳掛屋のブリキの手桶が放つ音だけが響き徐々に小さくなっていった。

熱と寒気がひどいんだ。男は言った。近づかねえほうがいい。

鋳掛屋は首を傾げた。水疱瘡じゃないのかね。

いや。医者に見せたんだが。誰も近づいちゃいけねえって。

病人ってのは誰なんだい？　あんたの子供かい？

いや。俺の妹だ。ここには俺と妹だけだ。

とにかく妹さんの具合が良くなるといいがね。ところであんた必要なものはないかね？　糸からフライパンまで家で入り用なものは何でもある。切れ味抜群のナイフも持ってる。デュポン[*1]の火薬もあるし薬莢もいろいろと揃ってる。説教師が来たときのためにコーヒーや紅茶はどうかね。それに——鋳掛屋は声を落とし悪事を企むかのようにあたりを見回した——玉蜀黍《トウモロコシ》のウィスキーがある。あんたが飲んだことない最高級のウィスキーだ。一瓶だけ残ってるんだ。そう言うと鋳掛屋は用心しろとばかりに指を口に当てた。

金はねえんだ。男は言った。

そうか。鋳掛屋はそう言うと考えこんだ。こうしよう。俺は困った人間を見たら放っておけない性質《たち》なんだ。あんたの家に何か物々交換できそうなものはないかね？　ものにもよるが交換できるかもしれん。流行の洒落《しゃれ》た物を見たら妹さんの具合も良くなるかもな。ちょうど洒落たボンネット帽があるんだが……

いや。つま先で土を突《つっ》きながら男は言った。必要なものは何もねえ。気づかいには感謝するがね。

妹さんにもかい？

ああ。奴も何とかやりくりできてる。

鋳掛屋は男の背後に立つ荒廃した小屋に視線を移した。それから二人が佇《たたず》む静寂に耳をそばだてた。

これを見てごらん。

何をだい？

鋳掛屋は人差し指を曲げて合図した。まあ見てごらん。ほら。

何なんだい？

鋳掛屋は腰を曲げて手回り品に手を伸ばし、油で汚れた太綾織の袋を物色した。それから小冊子を取

＊1　デュポン：一八〇二年創設の米国の総合化学メーカー、およびその商標。一九世紀初頭から火薬の製造で発展し、二〇世紀には多くのポリマー（高分子化合物）を開発した。二〇一七年に合併し、ダウ・デュポンとなったが、後に部門によって分社化が行われた。

り出すと意味ありげに男に手渡した。

男は冊子に視線を落とし、親指で開き、粗雑に印刷された包肉用紙をパラパラとめくった。

字は読めるのかい？

いや、あんまり。

それでも問題ないさ。鋳掛屋は言った。絵もたくさん載ってるからな。ほら。彼は男の手から冊子を取ると親し気な態度で冊子をめくり奇異な姿勢で性交している男女が描かれたみすぼらしい絵のページを開いた。

どうだい？　鋳掛屋は言った。

男は冊子を鋳掛屋に押し返した。いらんよ。彼は言った。何もいらん。もういいだろ。妹の面倒を見なきゃなんねえから。

ああ、そうかい。鋳掛屋は言った。ちらっと覗いてみたらどうかと思っただけだよ。別に減るもんじゃないからな。

そりゃそうだ。でももう戻んなきゃなんねえ。次に来たときには何か必要になってるかもしれんがな
……そう言いながら男は後ずさりしはじめた。鋳掛屋は冊子を手にして立ち尽くしていたがその表情にはさっきまでの貪欲さが失われ小さな怒りが浮かんでいた。

まあいいさ。どうってことない。じゃあ元気でな。妹さんも。

そりゃどうも。男はそう言うと背を向けて片腕を中途半端に上げて別れを告げ、両手をオーバーオールに突っ込み小屋の方に大股で歩いていった。

二、三日中にまた近くに来るからな。鋳掛屋は男の背中に向かって大声で言った。男は歩みを止めなかった。鋳掛屋は唾を吐き斜めに置かれた長柄の間に歩を進め荷車を持ち上げて向きを変え、キーキー、ジャラジャラとやかましい音を立てながら森に戻り道を引き返していった。

男は戸口で立ちどまり片脚を敷居にかけて鋳掛屋が視界から消えるまで眺めやっていた。しばらくの間荷車が穴ぼこや窪みだらけの道を難儀しながら進む音が聴こえてきたが、徐々に小さくなり、やがて止むと松がかすかに鳴る音や虫がうなる音が取ってかわり、それからようやく小屋のなかに入った。

キュラ。彼女は言った。

何だ。

あの行商の人ココアは売ってた?

売ってねえ。

あたし一杯でいいからココアを飲みたい。

彼女はぼろのキルトに包まり、両足を椅子の下部の桟に置いて坐り、火の消えた暖炉を見つめていた。午後の陽光が灰に差しこんだ暖炉のなかに彼女の声が響き跳ね返ってきた。

あいつはもう行っちまった。男は言った。ろくなもんは売ってなかった。

彼女はわずかに身震いした。今晩は火を熾してもいいかしら？

寒くはならんだろ。

昨日の夜は寒くなったでしょ。自分だって寒いって言ってたじゃない。あたし夜には火がどうしても欲しくなるの。すごく寒くなったら火を熾してもいいでしょ？

彼は戸口のわき柱に寄りかかりポケットナイフで木端を薄く削っていた。まあな。うわの空で答えた。うわの空でなかったことなどなかった。


鋳掛屋が訪れた三日後に彼女は腹がいきなり痙攣するのを感じた。それから声に出した。痛い。

あれが来たのか？　彼はそう言うと、あわててベッドから立ち上がった。それまでは小さな窓ガラス越しにどこまでも続く松の樹林をぼんやりと見ていた。

分かんない。彼女は言った。でもそうだと思う。

彼は小声で悪態をついた。

その人を連れてきてくれる？

彼は女を一瞥してからまた視線を逸らした。駄目だ。彼は言った。

彼女は椅子で前屈みになり、部屋の向こう側を細顔には不釣り合いな大きな眼で見た。その時になったらその人を連れてきてくれるって約束したじゃない。

約束なんかしてねえ。彼は言い返した。必要になるかもなって言っただけだ。

連れてきて。彼女は言った。今すぐ連れてきて。

それはできん。言いふらされるかもしれん。

その人が誰に言いふらすって言うの？

誰にでもだ。

お金を渡せばいいじゃない。お金を渡して言いふらさないようにって言えばいいじゃない？

無駄だ。それにあいつはただの醜い黒んぼの婆さんだ。

その人産婆だったんでしょ。何度も赤ん坊を取り上げたことがあるんでしょ。言ってたじゃない。その人は何度も出産を助けたことがある産婆だって。

あの女自身が言ってただけだ。俺は何も言ってねえ。

彼女がすすり泣く声が聴こえてきた。低いくぐもり声で、身体を前後に揺らしている。しばらくして彼女は言った。痛くて我慢できない。本当にその人を連れてきてくれないの？

駄目だ。

雨がふたたび降りだしていた。生気のない薄日が森に差しこんでいた。彼は空き地に出て色彩のない空を見あげた。天に向かって何か言葉を発するような様子だった。しばらくして口もとについた水滴を舐め小屋のなかに戻った。

暗闇が訪れるとやはり火を熾すことにし、使い古しの斧を持って小屋の中と外を行ったり来たりして薪を割りその後手提げランプで照らしながら森の入口を物色し、腐食した芯を取り除き裂け目を入れておいた古い切株を探し、風雨に晒された固い外皮を小屋に持ち込み暖炉脇の床の上に積み重ねた。

彼女はベッドに横たわったまま黴臭いぼろのキルトに包まっていた。時おり頭の向こうにある鉄製の細い手すりを掴むと、身体《からだ》を弓なりにし部屋に響くほどの荒い息づかいで時間をかけて上体を起こそうとしたがやがて傷を負った鳥のようにシーツの間に身を沈めるのだった。

彼は彼女に具合はどうかと訊くのは止めていた。椅子に腰かけ火の番をしながら、ひたすら待ち続けていた。

静かにしてくれるといいんだけど。彼女は言った。

何がだ。

あの獣たち。

彼はぼんやりと炭火を掻き回していた火掻き棒を引き抜いた。うなる風音とタール紙で下張りした屋根を絶え間なく打ち鳴らす雨音の間から犬の吠え声が聴こえてきた。たいして気にもならんだろ。彼は言った。

彼女の指が鉄をコツコツと叩く音と彼女が身体をのけ反らせベッドの発条《ばね》が軋む音が聴こえてきた。

間もなく彼女が言った。静かにしてほしい。

彼女はものを食べようとしなかった。彼は玉蜀黍《トウモロコシ》パンを載せた皿を火の前の煉瓦の上に置いて温めてから店で買った最後の冷肉といっしょに食べた。それからベッドの下から斧を取り今一度薪を集めに外に出た。依然として雨は降っていたが風は止み川のどこかで鰐《わに》の鈍いうなり声が聴こえてきた。小屋のなかに戻ると斧を部屋の隅に立てかけ薪を積み重ね再度火の前に腰を下ろした。しばらくじっとしていると彼女に呼ばれた。

何だ。男は答えた。

あの斧をベッドの下に戻してくれない？　その方が気が落ち着くの。それに願掛けにもなるから。

朝方になって彼女はまた彼を呼んだ。

何だ。彼は言った。

これは何？　この音。

俺には何も聴こえんが。

この音。こっちにきて。

彼はそばに寄った。彼女は彼の手を取り粗末な布地の上に置いた。

破水したんだな。

雨は上がり灰色の陽が窓ガラスを隈なく照らしていた。屋根にパラパラと落ちる水滴以外に聴こえる音はなく、向こう側に木々が黒く屹立した空き地にじわじわと広がる霧以外に動くものはなかった。

もう朝だ。彼は言った。

ぜんぜん眠れなかった。

窓辺で彼女を看ていた彼の顔も睡眠不足で窶《やつ》れていた。どうやら晴れそうだ。彼は言った。

灰の下に火が残ってないかしら。

彼は暖炉に戻り火の消えた炭を突き息を吹きかけた。今朝は乾いた枝を見つけるのは無理だな。彼は言った。

太陽が昇り空の中心で小さく白熱した。庭では男の影がさながら黒い染みのように足元に溜まっていた。その黒い染みのなかで彼は移動した。エナメルが剥がれた水桶を持ちながら泉に向かい森に入り小道を辿り膝まである羊歯《シダ》の茂みを通り、朽ちかけた木橋を歩いて薄緑の沼地を抜け、松の樹林に入り厚く積もった落葉や地衣で柔らかくなった雑木林の地面を進み、苔の生えた石塚まで来ると太陽色に染まった砂の上に澄んだ冷たい水が湧き出ていた。彼は身を屈めて桶に水を汲みながら、ヒョウガエルが慌てて逃げ出すのを充血した眼で見守った。

空き地まで戻ってくると彼女の叫び声が聴こえてきた。急いで空き地を横切り小屋の方に歩を進めると、桶の縁からこぼれた水がオーバーオールの脚を濡らした。大丈夫だ。彼は言った。大丈夫だ。

しかしまだその時ではなかった。

痛くて死にそうなの。彼女は言った。

だったらさっさと片づけちまおう。

しかし事が始まったのは午後も半ばを過ぎてからだった。棒立ちの彼の眼前でベッドの上の彼女は眼を充血させ身体を弓なりに反らせ喘ぎ声をあげていた。自分の身体に触れている彼の手が巨大に感じられた。落ち着け。彼は言った。

その人を連れてきてくれないの？

駄目だ。

何度も痙攣しもだえ苦しむ姿を見て彼は彼女が死ぬんじゃないかと思った。しかし落日まで続くことになった分娩は女の死で終わりを迎えたわけではなかった。

午後遅くに彼は立ち上がると彼女を部屋に残して空き地を歩いた。鳩の群れが川の方に飛んでいき、啼き声が聴こえてきた。小屋に戻ると自分で這ったのか落ちたのか分からないが彼女は床に横たわりベッドの枠を掴んでいた。視界に何も捉えていない眼を上に向け横たわっている彼女の姿を見てとうとう死んでしまったと思った。だがそのとき彼女が身体を激しく揺らし大声をあげた。彼は暴れる彼女の身体を必死に抑え、何とかベッドの上に持ち上げた。赤子の頭が流血のうねりに塗《まみ》れてにゅっと現れていた。彼はベッドに片膝をつき、彼女の身体を抑えつけた。片手で赤子を引っ張りだすとその骨ばった身体に引かれたへその緒が環形動物のごとく血糊の膜のなかでのたうった。ビート色の赤子は皮を剥がれた栗鼠《リス》を想わせた。彼は赤子の顔についた粘液を指ではじいた。赤子は身動きひとつしなかった。それから彼は彼女の方に身を屈めた。

リンジー。

彼女は顔を向けた。茫然とした表情で淡色のまつ毛をわずかに震わせていた。終わったの？　彼女は訊いた。終わったのね？

ああ。

良かった。彼女は言った。

拾い上げると赤子は大声で泣きはじめた。へその緒を奇妙なより糸を扱うように取り上げていつも持ち歩いている柄のない折りたたみナイフで切断してから両端を結んだ。小屋のなかはすっかり翳《かげ》っていた。腕は肘まで血糊で汚れていた。彼は洗って柔らかくした粗麻布の手ぬぐいを何枚か取ってきて一枚を桶の水に浸した。それから赤子の身体をふき乾いた手ぬぐいに包んだ。赤子はずっと泣きわめいていた。

それは何。彼女は訊いた。

何だって？

それ。それは何なの。

赤ん坊だ。

ああ。彼女は言った。

ずいぶん身体が弱そうだ。

元気な泣き声だけど。

すぐ死んじまうだろうな。

充分元気そうだわ。

お前は少し眠った方がいい。

できたら眠りたい。こんなに疲れたのははじめてだから。

彼は立ち上がり戸口まで歩き、片肘を戸枠にかけ頭を前腕に載せながら、しばし夕陽がつくる四角形のなかに立っていた。それから開いた片手に視線を落とした。乾いた血が篩《ふるい》にかけられたみたいに掌のしわの間からはらはらと下に落ちた。しばらくしてから小屋のなかに戻りブリキの盥《たらい》に水を張り、両手と両腕を時間をかけて丁寧に洗いはじめた。顔を手ぬぐいで拭きながらベッド脇を通ったとき彼女は眠っていた。

赤子も眠っていて、老人のようなしわしわの顔を赤らめ、小さな指を固く握っていた。彼は手を伸ばして赤子を手ぬぐいで包み直し腕に取り上げ女を今一度見てから戸口に向かい外に出た。

道の砂の上には格子状の影が落ち、松やヒマラヤ杉の下の黒い影にヴァイオリンの弓を想わせるほっそりとした茎の影が伸びていた。道が曲がるたびに適応する影。彼は時おり足を止め、赤子を用心深く腕に抱き直し、耳をそばだてた。

橋までやってきて道をはずれ川沿いの小道に入ると、増水した川水が橋の木柱のあたりから血の色で噴き出し扇状に広がり溜まりをつくり悪意を表すかのごとくシューシューと唸り続けていた。彼は赤子を胸の前で慎重に抱きかかえ、下流に向かって半走りで歩を進めながら、太陽の進行と影の濃さによって自身の歩みを測るかのように片眼でつねに空を見ていた。半マイルほど下流に進むと小さな入り江があり、琥珀色の沼水が流れていた。背の高い草が群生した土手から川に吸収されたこの沼水はしばし川水と混じることなく黒ずんだ染みのごとく流れていた。この地点で川を離れて別の進路を取り森に入った。

このあたりの低い沼地では鋸歯状の葉の蚊帳吊草《カヤツリグサ》や藺草《イグサ》が低木を房のように覆っていた。入り江から離れた乾いた地面を選びながら半走りで進み、榛の木《ハンノキ》が生えた小さな窪地を抜けていくと、一羽の鷺《サギ》がのっそりと眼の前に出現し巨大な翼を難儀そうに羽ばたかせた。

夕闇が訪れる前にふたたび川に出た。透明な小川の水は胡椒草《コショウソウ》や和蘭芥子《オランダガラシ》*2に堰き止められ、若緑色の地面が散在する木々の下にまで広がり、銅色の靄が希薄な塵か何かのように薄暮に打ち震えていた。赤子がふたたび眼を醒まし泣きはじめた。彼は広葉箱柳《ヒロハハコヤナギ》の樹林に入ると窒素が燃え立つような緑の苔の地面をしばし足でつついてから赤子を横たえた。赤子は歯茎を剥き出し迫りくる夜に向かい泣きわめいた。彼は後ずさりし無言のまま赤子をしげしげと見つめた。赤子は手ぬぐいを蹴りはずすと裸で横たわり脚をばたばたさせた。彼は湿った地面に膝立ちし赤子を手ぬぐいに包み直してから立ち上がり重い足取りで林を後にし一度も振り返ることはなかった。

川沿いには戻らずにわずかに落陽が見える西の方向に向かい別の土地を進みはじめた。湿った空気には嵐の気配があった。夜の帳《とばり》が下り冷気が森を包み亡霊のような静寂があたりを支配した。蟋蟀《コオロギ》や梟《フクロウ》が恐れ戦《おのの》く何かが周囲を満たすかのように。彼は歩みを速めた。完全に闇に包まれた樹林の沼沢地では頭が混乱し、泥濘にもがきながら駆け足で進んだ。それから川の本流ではなく支流の小川に出た。先の小川とは違う小川かもしれなかった。小川に沿って逃亡者のごとく全速力で走ると、眼の前には害意ある姿の木々がぶつかってくる正体不明の実体なき男の肉体に挑発された巨大な人造人間たちのごとく次々に現れた。川の本流に辿りつくまでの気が遠くなるほどの時間彼は森のなかを疾走したがその間ずっと両手を前に突き出し暗闇が加えるかもしれない危害に抗していた。いつの間にか足元がぐらつき冷たいかぎ爪に胸元を裂かれたかのように感じた。川の本流に辿りつき自分でも気づかぬうちに股下ま

＊2　和蘭芥子《オランダガラシ》：水中や湿地で生育するアブラナ科の多年草。日本では食用のクレソン（フランス語cresson）としても知られる。

で水に浸かったまま前進しようとしていた。彼は立ちどまり、息を切らせ、耳をそばだてた。はるか遠くで雷が一度、二度と音もなく打ち震えた。体のまわりには濁った水が流れていた。彼は唾を吐いた。唾液が水の上で青白くぱっと開き渦を作り、なぜか自分がやってきた上流に向かい滑っていった。自分の眼が信じられず振り向いてその様子を眺めた。それから水のなかに腕を突っ込んでみた。水の動きは感じられなかった。もう一度唾を吐き出すと、唾はぱっと揺らめいてから水の流れに逆らい漂った。それから急いで水から上がると引き返すべき道を発狂したかのごとく走り雑木林や沼地の低木の間を抜け、転んでは起き上がり、とにかく前に進んだ。

箱柳《ハコヤナギ》に囲まれた空き地になだれ込むと彼は前のめりに倒れ地面に頬をつけて横たわった。伏せていると遠くの青い雷光が空から落ち暗闇から別の暗闇へと一瞬にして生まれたばかりの小鳥がはじめて眼を開いたときに幻視する世界を出現させたが、その小さな洞穴の幻影は群生する萌芽期の苔の上で藻掻《もが》くひょろ長いヌマチウサギのようにも見える無形の白い原形質の幻影だった。赤子が泣き叫ばなかったら彼は自分の心のうちの恐怖がその幻影を生みだしたと考えたかもしれなかった。

赤子が自身の誕生を印づける悪臭を放つ薄暗い沼沢の世界に対して嫌悪を剥き出しわめき声をあげ続けている間彼の方は横たわったまま顎を震わせわけの分からないことを独りごちて、両手で夜の闇を追い払おうとしていた。その姿は辺獄《リンボ》*3から聴こえてくる叫び声に取り囲まれながらも対処することのできない助け主《パラクレートス》*4を想わせた。

早朝に鋳掛屋は橋にやってきた。威勢よく森から出てきたその姿は主役たちが去った後の舞台に出てきた道化を想わせた。彼は道の両方向をじっと見た。納得がいくと、橋を離れて川沿いの小道を辿り、背を反らせながら藺草《イグサ》のなかを奇抜な魔術師のように機敏に進んでいった。太陽は高く昇って気温が上がり川辺の羊歯《シダ》は蒸気を発していた。鋳掛屋は鼻歌を歌いながら歩を進めた。

川の支流と本流の合流地点にやってくると対岸に渡れる場所を探し、上流に向かって少し進んだ地点で幅狭の浅瀬に入った。対岸で川沿いの小道に戻ったときには通ってきた跡はすでに消えていた。

さてどうしたものか。彼は独りごちた。どっちの方に行ったものやら。

それからふたたび小川を渡ると先に男が羊歯を踏みしだいてできた跡を進み森に入った。ああ。ずいぶんと深そうな松の森だ。

支流を上流方向に進みながら何度も踏み分け道から外れたがとくに気に留めなかった。反対方向から

＊3　辺獄：リンボ（limbo）、地獄の辺土。天国には入れないでいるが、永劫の罰に服する者たちがいる地獄とは異なり、救済の可能性を持つ者たちが救済を待つ場所、あるいはその状態。

＊4　助け主：もとの英語はparacleteで「聖霊」を意味する「パラクレートス」（ギリシャ語）に由来する。「助け主」「慰め主」「弁護者」「慰める（振りをして貶める）者」「取り成し手」など文脈によって様々な日本語訳が可能。『新約聖書』において、モーセや天使、さらにはイエス・キリスト自身もパラクレートスとして紹介されている。

続く踏み分け道がないか探したが見つからなかった。一マイルほど進むと人が歩いた痕跡はまったくなくなった。あたりをぐるぐる回ってみたが何も見つからず、もとの場所に戻ってきた。そこで小川の反対側に渡り進んでいくと間もなく誰かが踏み分けた跡に出くわした。その痕跡を辿り小さな空き地に出るとここで痕跡は消失していた。彼はあたりを見回した。反対方向から続く踏み分け道もこの同じ場所で消失しているように見えた。あたかも空き地を創った者がこの森の化学作用により自分の影の分身と出会い両者が融合し跡形もなく消え去ってしまったかのようだった。しばらくすると赤子の泣き声が聴こえてきた。彼は身体の向きを変え、針金みたいな頬髯の下でうすら笑いを浮かべた。空き地の反対側の杯状の苔のなかで見つけた赤子は、一糸纏《まと》わぬ姿で泣き声は子猫ほどに弱々しかった。

おやおや。そう言いながら彼は跪《ひざまず》いた。かわいそうな子だが口はよく動くようだ。彼はトマトかメロンでもつつくように赤子を突いてみた。お前さん、野生の仔馬かい？　森で育つように置きざりにされたみたいだな。

彼は手ぬぐいで赤子の身体を包んで拾い上げオーバーオールの胸当ての前に片腕で抱きかかえるとまた小川を下流に向かって歩いていった。

橋のある道まで戻ってきたときには二時間ほどが経過していた。赤子は自然と高く昇った太陽に眼を瞬かせた。鋳掛屋は道の反対側の森に入ると隠しておいた荷車のなかの品物を弄《まさぐ》り安物のギンガムの洋服地を取り出して赤子を包んだ。赤子は彼の薄い胸板にうなだれて眠りこんだが、その顔はすでに苦悩や心配事に苛《さいな》まれているかのごとく藤色でしわしわだった。彼は赤子を荷車の床の麻袋の間に置きまじまじと見つめた。

さてと。彼は言った。足の力は弱いが元気な子だ。鋳掛屋は屈んで荷車の長柄を掴むと森を抜け、道に入り、足跡の残らない曲がりくねった道路に荷車がカタカタ鳴る音と容器が絶え間なくぶつかりあう太鼓のような音が響いた。

彼は一度も立ち止まることなく店までやってきた。そこで左に折れて州道に入ると、今度は北に向かい、疲れも見せずに変わらぬ速度で歩を進めた。赤子は泣かなかったので視線を向けることはなかった。午後の遅くに腹ごしらえのために止まると赤子が苦しそうにか細い泣き声を出しはじめ、彼は反芻動物みたいにゆっくりと物を噛み、口髭についた乾燥した玉蜀黍パンをパラパラと落としながら赤子を覗きこんだ。よしよし、いい子だ。彼は言った。

日が沈みふたたび暗闇のなかを進むと、あたかも移動が病気に対する特効薬であるかのように赤子はまた静かになった。空に昇った月は徐々に小さくなり進む先の道は塩のごとく白く光っていた。鋳掛屋は荷車が立てる騒音を護符に見立て淡青色の光のなかを進んでいった。

真夜中前に町に入った。通り過ぎた水車小屋では導水溝の下で水車の輪が酔ったように唸り水が風に切られながら落下していた。人気のない通りから聴こえる犬たちの吠え声に迎えられつつ店や作業場を過ぎ、暗闇に佇む一群の家屋を過ぎ、ふたたび耕作地に入っていった。さらに一マイル進み馬車道まで来るとすぐ近くに同じ暗闇のなかに佇む家屋があった。鋳掛屋は戸の前で歩みを止め荷車の長柄を地面に置いた。おーい。彼は大声を出した。

彼は待った。しばらくするとぼんやりとした黄色の光が風雨に裂けた横木の間に現れ女の声が言った。誰だい？

俺だ。鋳掛屋は答えた。

お入り。そう言いながら戸を開けた女は粗末な寝巻のまま獣脂の蝋燭を片手に戸口に立っていた。

鋳掛屋は儀式的に片足ずつ沓摺《くつずり》を踏んで長靴の汚れを落としてからなかに入った。よう。彼は言った。

年寄りが出歩くにはずいぶんと遅い時間じゃないかい？　女は言った。

若い奴にだって遅い時間だ。ちょっと子守の女が必要でな。

そうみたいだね。

いや……そういう意味じゃない。戸はまだ閉めないでくれよ。赤ん坊がいるんだ。

何の赤ん坊だい？

荷車のなかにいるんだ。その蝋燭を持ってきてくれ。

彼女はいぶかしげに後に付いていき彼の肩越しに赤子が寝ている荷車を覗き込んだ。

ほらこれだ。彼は言った。

あらあら何てこと。

そうなんだ。今出してやるからな。

あんたは蝋燭を持ちな。彼女は言った。あたしがやるから。

眼醒めた赤子はもの悲しく細い声を出した。女が赤子を取りだしてから二人して家のなかに戻り粗い目の板テーブルの上に赤子を置き、覆い被さるようにして不安げに視線を落とした。いやはや。彼女は言った。生まれたばかりじゃないか。

そうだな。

いったいどこから来たんだい？

森のなかで見つけたんだ。彼は言った。捨てられてるところを見つけたんだ。

かわいそうに腹をすかせてるんだね。

ああ。このあたりに乳母をやってくれる人はいるか？

彼女はこぶしを噛んでいた。レアードさんだね。レアードさん、赤ん坊をもうひとり生んだばかりだよ。

引き受けてくれそうか？

断れっこないさ。ああ、この子には毛布が必要だね。準備する間ちょっと見てておくれ。それから出かけるとしよう。

そのひとはどこに住んでるんだ？

街道をちょっと行ったところだよ。赤ん坊を見ててておくれよ。

おぼろな月明りのなかを出発し、外から見えないほどしっかりと毛布で包んだ赤子を抱えた女のすぐ横を鋳掛屋は歩いた。密かな企みを実行しようとしているかのごとき二人はひそひそ声で話しながら静かに砂の道を進み、奥行きを欠く二人の影は引っ張り出され激しく逆上しているように見えたが影の主たちは関心を示すことなく物憂げに移動していた。

雨はもう降らなかった。星の見えない暗い空からして今にも雨が落ちてきそうに想えたが、視界が利かない道を進み物音ひとつしない森を抜けても雨は一粒も落ちてこなかった。空き地に入ったあたりで暗雲の合間から光り輝く小さな月が顔を出し彼の帰宅を見届けていた。小屋に灯りは点《とも》っていなかった。彼は少しの間胸郭を上下させながらその場を動かずにいた。

彼女は眠っていた。彼は斧を手にしてまた小屋を出た。空き地を横切り泉の小道に向かい森に入った。ブラックホーの低木の林で歩を止めるとあたりを見回してから斧を地面に打ち下ろした。それからシャツの袖で額を拭いふたたび斧を手に取ると気が狂ったように猛烈に地面を打ちはじめた。

彼女は一度ランプに手を伸ばそうとしたが身体を動かすことができなかった。静寂のなか彼の名前をささやいてみたが返答はなかった。戸は開いていてしばらくして気がつくと戸口に彼が立っていたが、生気のない月明りに照らされたそのシルエットは斧を手にした殺人者のように映った。彼がテーブルまで歩を進めランプを手に取り灯りを点すと、暗闇に包まれていた部屋の様相が浮かび上がった。振り向くと彼女が自分の方に眼を向けているのが分かった。彼女の顔は青白く髪は乱れ眼は陶磁器の人形を想わせた。

キュラなの？　彼女は言った。

他に誰がいるって言うんだ。

どこに行ってたの？

外だ。

赤ん坊はどこ?

長い沈黙が流れた。彼はランプを手にしたままだった。彼は片手で火屋《ほや》を支えていて彼女には静寂のなかで彼が立てる息づかいが聴こえた。二人の間を所在なく揺れうごく炎が彼女の目を捕えた。

死んだよ。彼は言った。


朝彼女が眼醒めたとき彼は小屋のなかにはいなかった。炉のなかに残る小さな火が見えた。しばらくすると彼が何も言わずに薪を持って入ってきた。彼は水桶から柄杓を取り彼女のもとに持ってくると、もう一方の手で身体を起こすのを手伝ってやり、彼女が首を伸ばし、水を飲むと、口元についていた白い糊がひしゃくの縁にあたり割れ目ができた。

もうちょっと飲みたい。彼女は言った。

彼はもう一掬《すく》い持ってきた。飲み終えると彼女は身体を倒しふたたび火を見つめた。

今朝の調子はどうだ? 彼は訊いた。

分かんない。とくに何も感じないの。

しばらく痛みは治まらんだろう。

熱があるみたい。

腹はすいたか？

あまりすいてない。

卵でも食べるか？　確かひとつ残ってたはずだ。

あれば食べるけど。

卵はひとつあった。彼は豚脂《ラード》をスプーン一杯鍋に流して卵を炒めると玉蜀黍パンひとつといっしょに彼女のもとに持っていった。今日は店に行ってこなくちゃならんな。彼は言った。

あたしも外に出たほうがいいんだけどこれじゃ無理ね。

彼女は皿に視線を落としながら時間をかけて食べた。

ああ。彼は言った。大丈夫だ。必要な物は俺が手に入れてくる。

彼女の身体からまた血が流れはじめた。彼は汚れていない布を水に浸し渡した。

何が欲しい？　彼は訊いた。

ううん。何もいらない。

彼は結び目のあるハンカチを食器棚から取ると結びを解き、布を広げドル紙幣の小さな束を開いた。紙幣を数えてから一枚抜き、ばらけた硬貨といっしょに手に取り、オーバーオールのポケットに押し込んだ。それから残りの金をハンカチに結びなおし食器棚に戻した。

出てくる。

分かった。

彼は戸口で足を止め彼女の方を見た。彼女はゆっくりと顔を背けた。

出かけたのは午前の半ばで一時間と少しかけて十字路にある店に到着した。この時間に背にあたる陽光は暖かく道の軽石の細粒はすでに色を失い舞い上がりはじめていた。一匹の虻《アブ》が彼の後頭部に紐で結ばれ引かれているかのように後を追っていた。

店先までやってきたものの店は閉まっていた。掛け金をいじり店のなかを覗いた。すると上階の窓から声が聴こえてきた。ここはまだキリスト教徒の店だ。来るなら安息日じゃなく平日に来てくれ。彼は踵《きびす》を返した。昼前には小屋に戻ってくると、空き地の切株に腰を下ろししばらく一心不乱にナイフで切株を削った。小屋のなかに入ると彼女は汚れたベッドで眠っていた。冷たい光に照らされた灰が舞い上がり旋回するのを眺めていた。眠っている彼女がもぞもぞと動き、呻き声を上げた。彼は彼女の方に視線を向けた。その場にいるのが耐えられなくなるとふたたび外に出て道を歩いた。どこに行くのかは自分でも分からなかった。道の端の石の上に腰を下ろすと枯枝で砂の上に奇怪な模様を描いた。

その晩の二人の食事は玉蜀黍パンの最後の一片だけで、細かい翡翠色の黴《かび》が粉末状に広がりはじめ食器棚のなかで乾燥し捻《ね》じ曲がっていた。彼女が彼に店で何を買ってきたのかと訊くこともなかった。彼女が眠ってしまうと彼はまたキルトをベッドから抜き取り床に敷いた。それから靴を脱ぎ横になってキルトで身体を包み屋根下の小梁やつなぎ梁の影をまじまじと見つめた。ランプの火が一瞬煌めいて消えた。眼は閉じていた。眠りに落ちる前に今一度見えたのは生まれたばかりの驚いた顔、青白い裸体の上にかかる沼地の木々、臍から滲みでる黒い血だった。

朝早くに眼醒めると、固い床板に張りついた背骨が痛んだ。くすんだ光が一枚の窓ガラスに差し込んでいた。立ち上がりキルトを畳むと、彼女の表情を窺いながらベッドの足元に置いて靴を手に取って履き、その窶《やつ》れた顔を覗きこんで寝息に耳を傾けた。桶の水を少し柄杓に掬い新しい一日を迎えいれるために戸を開け、戸枠に寄りかかり水を飲んだ。それから柄杓に残った水を払い落とし、腰のくびれに片手を当てて身体を伸ばした。

陽が高く昇る前に彼はまた泉まで出かけた。空の桶を太ももにぶつけ小刻みに揺らし、通り道の脇の小枝に当て金属音を発しながら泉にやってくると跪き、桶の縁から冷たく溢れでる砂まじりの水を見つめ、いっぱいになった桶を水辺に置き、両手首と両腕を洗い、掌いっぱいに掬った水に額を二度浸し、口を半月形の水に近づけた。水のなかでは自分を見ている両眼が大きく揺れていた。

彼は桶をテーブルの上に置くと重みのない柄杓を水に浮かべた。彼女は彼の様子をじっと見ていた。

その新しい湧き水を少し飲みたい。彼女は言った。

彼は水を運び、彼女が飲むのを見ていた。

もっと飲みてえか？　彼は訊いた。

彼女は空の柄杓を差しだした。たくさんあるなら。彼女は言った。

桶一杯にあるから大丈夫だ。

彼が柄杓を持って戻ってくる間に彼女は胸と腹の間で両手を握りしめ上体を起こして坐った。窓から差しこんだ光がベッドの上に醜く広がった黒い染みを照らしていた。

あの窓がきれいだったら外の景色がよく見えるのに。彼女は言った。

おかしな話だ。元気なときには気づかなかったなんて。

自分で歩いて外に行けたらいいのに。彼女は言った。起きあがって窓から見るだけじゃなくて。

彼は空になった柄杓を受けとると部屋を横切った。

俺は窓ふきなんかしねえぞ。彼は言った。

やれやれ。

やれやれ何だ？

何も。やれやれって言っただけ。

そうだろうな。

今朝あの鋳掛屋さんが戻ってきたのが聴こえた気がしたの。彼女は言った。外が喧《やかま》しかったから。

彼は食器棚のなかを物色していた手を止めて扉を閉め彼女を見た。彼女はぼんやりとして松林の方を眺めていた。あの鋳掛屋の奴はずっと前に行っちまったよ。

彼女は彼を見た。そんな気がしただけ。彼女は言った。ちょっと外が喧しかったからあの鋳掛屋さんが戻ってきたんじゃないかって。

空耳だろう。

彼女は彼に眼を向けた。これからどこに行くの？　彼女は訊いた。

店だ。

まだ黒飴を売ってるかしら？

見てくる。彼は言った。

そうして。

俺が出かけてる間に知らねえ奴を入れちゃだめだぞ。

彼女は深いため息をついた。この世界には知らない人しかいないわ。彼女は言った。

彼女は日の経過をしっかり数えていた。一週間が経過したとき床に降りてベッドの端から端まで歩いてみた。翌日は起き上がることすらできなかった。しかしさらに一週間が経った頃には彼が外出するのを見計らい痛みを我慢しながら小屋のなかを歩いていた。

ある日の夕方彼が入ってくると椅子に腰かけた彼女はとりすまして柔らかな笑みを浮かべていたが、ぼろの寝巻に包まれた身体は一気に年を重ねたかのごとくやせ細り両眼は熱病の患者みたいに異様に大きく映った。彼はそろそろとなかに入り戸を閉めた。なるほど。彼は言った。ずいぶん良くなったみてえだな。

前よりはね。

すっかり痩せちまったようだな?

あら。彼女は言った。ちょっとは戻ったんだけど。げっそり痩せて……影みたいだったから。

彼はベッドに腰を下ろした。視線を戻すと斜めに差しこんだ陽光が彼女の身体を照らし薄い木綿の服に母乳の染みが黒い涙のように二筋見えた。彼は眼を背けた。掌を上にして太ももに置いた両手をなぜそこにあるのかわけが分からないといった様子で見ながらじっと坐っていた。

次の二、三日のうちに、日光を浴びたいからと言い、彼女は庭先を歩くようになった。彼は彼女が小刻みに足を前に出し、膝の間に卵をひとつ挟んでいるようにのろのろと進むのを眺めていた。お前、だいぶ良くなったな。彼は声をかけた。小屋の日陰で脚を組んで坐り分解した散弾銃を持ち使い古しの安全装置を荷車の発条《ばね》で叩いていた。

父さんの銃をばらばらにしてどうするの。彼女は訊いた。

これは親父の銃じゃねえよ。彼は顔を上げずに言った。

彼女は彼をじっと見た。弾はないんでしょ。彼女は言った。

彼は両膝で銃床を挟み引き金に指を掛けた。くそったれ、少しは動いてみろ。彼は悪態をついた。

何？

銃に言ったんだ。

キュラ。彼女は言った。

何だ。

何でもない。

しかし二日後彼が木端が削げ落ち黄色く変色した桶に水を汲んでなかに入るところを、戸口に立った彼女は半ば通せんぼし片腕で立ち止まらせた。立ち止まった彼は側柱に寄りかかり彼女を見下ろした。

どういうつもりだ？　彼は訊いた。

キュラ……

彼は彼女の脇を通り桶をテーブルの上に置いた。彼女は口に手を当て、大きな瞳で彼を見つめていた。

彼は柄杓で桶から水を汲んで飲んだ。それから口元を拭い彼女に眼を向けた。

キュラ……

いったい何なんだ。

場所を教えてほしいの。

彼は顔をしかめ眼を細めた。何のことだ?

彼女の両手は神経質に動いていた。どこにあの子を置いてきたのか知りたいだけ……土のなかだ。

だったら。彼女は言った。その場所を教えてくれたら、あたし、あの子をちょっとだけ見て……花をお供えするか何か……

花だと。名前すら付けてなかったんだぞ。

両手を撚り合わせ続けている彼女の前をテーブルから離れた彼は歩いて通り過ぎようとした。

キュラ……

彼は戸口で立ち止まり彼女を見た。彼女はずっと眼の前を見据えていた。

名前を付けてもいいかも。彼女は言った。

死んだんだ。死んだ奴に名前は付けられねえよ。

彼女はゆっくりと身体の向きを変えた。誰も困らないでしょ。

何だってんだ。彼は言った。そこまで言うなら花くらいはいいさ。付いてこい。彼は陽光が降りそそぐ埃っぽい空き地を横切り、よろよろと付いてくる彼女に気を留めず森の入り口まで一気に歩き、小道が始まるところで立ち止まり彼女が追いつくのを待ったが、その子供の人影が手足の不自由な操り人形のように難儀しながら自分の方に歩いてくるのを振り返って見ようとはしなかった。彼は彼女にその方向を指し示した。あの丸木橋のところまで行くんだ。彼は言った。そしたら右へ行け。空き地があって、ブラックホーの薮がある。そこまで行けば分かる。

彼女は納得して顔を赤らめながら歩き出した。足を引きずりながら木間を進み、陽光にまだらに照らされた地面に生える野花を時おり引き抜きながら歩を進めた。枯れ葉に半分覆われた野花は穏やかな三月の空に少しばかり反抗するかのような色合いで光を反射していた。花束を両手で胸の前に握った彼女が間もなく足を踏みいれた空き地には草の刈り跡が残り、陽光が降り注ぎ、鳥の啼き声が聴こえてきた。彼女は何の計略も疑念も持たずに静かに空き地を横切ると黒くひび割れた土の前に立った。

信じたくないという強い意志があったからこそ彼女はこの場の異変を感じ取ったに違いない。もっとも大人の男の力がなければ、腐葉土が掘り起こされ不吉な光を放つナメクジを想わせる白い根が露わになることもなかっただろう。彼女は苦しげに時間をかけて膝を曲げ花束を置いた。しばらくの間膝立ちのままでいたが、やがて前屈みになり一方の掌を冷たい土の上に置いた。それから両手で土を掘り返しはじめた。

掘りはじめてわずか数インチのところで硬い粘土と切断されていない根に突き当たった。別の箇所を掘ってみたがすぐに石層が露わになり西に傾いた陽光が斜めに差し込み斧形の印が宙に浮かんだ。

彼の長い影が彼女の身体を覆ったが彼女はそれに気づかなかった。立ち上がり身体の向きを変えると彼の胸にぶつかった。彼女は思わず悲鳴をあげ後ろに倒れそうになり、よろめきながら花束を踏みつけ、ふたたび流れ出した温かい血が脚を伝った。しかし倒れたのは彼の方だった。黒い地面に膝をつきしわしわの顔を彼女に向けて大声で言った。もういいだろ。いいかげん気が済んだだろ。そのような驚くべき事態にあっても何の影響も受けずに変わらぬ無表情な彼女の顔を見て、口には出さなかったが女特有のやり方で議論の余地なく自分が非難されていると思い込み、彼はそっと立ち上がりその場を離れ、恐怖にふるえる嘆願者のごとく、握りしめた両手を風すさぶ物言わぬ天に向けて突き上げた。

彼らが小走りで敷地に入ると、それまでのんびりと反芻していた家畜たちは頭を上げ、警戒し、彼らが通り過ぎるのを横眼で見ながら動きだしたが、当の三人組は目標物だけしか眼に入らないといった様子で柳蓼《ヤナギタデ》の芳香や陽光にかすんだ鶏の囲い場が放つアンモニア臭のなかを抜け、開いた戸から納屋に入り、間もなく反対側から出てきたときには鋤《すき》や鉈鎌《なたがま》などの農耕具で見事に身を固めていて、ホロホロ鳥の群れと一頭の雌豚が立てる喧騒《けんそう》のなかを足取りも速度も変えることなく進んでいった。下賤な人間がこしらえた壁画からそのまま暴力的に転移され空っぽの野原に配置された模倣品を想わせる三人組が進む薄暮のなかでは、蜜蜂が唸りクローバーが風にたなびいていた。

嵐は弱まったが雨は降り続いていた。彼はわずかに残る乾いた土の上にしゃがみ、すえた臭いを発する擦れたオーバーオールの膝に顎をのせて雨を眺めていた。細かな土埃は春の森の湿った香しい匂いに混じってもなお黴臭く息を詰まらせた。夜がやってきて彼は眠りに落ちた。ふたたび眼醒めたとき周囲は夜陰に包まれていたので自分の平衡感覚が信用できなかった。ひどく寒気も感じた。地面の上で身体を丸めながら森を吹き抜ける横風に煽られパラパラと音を立てる雨に耳をそばだてた。朝が訪れるとまた膝を抱えて坐り、時を待ち、煙色の曙光の兆しが見えると腰を上げ避難していた崖の下から出て蒸気を発する森を抜けて道に出、両手をポケットに入れ頭を肩甲骨の間に垂らしながら、灰色の壌土の坂道を鉛のように重くなった靴で苦労しながら進んだ。

昼前に町に着いたときには泥が膝までべったりとついていた。真昼の往来のさなかに広場に入り馬車の通った跡が入り交じり乳灰色の水路ができた深い泥濘のなか何とか歩を進めていくと、一台の馬車が四輪で泥を吐きながら通り越していった。馬車が店の前に停まり、歩みを止めた馬は球節まで泥濘に浸かり高車輪はハブの半分の高さまで沈んでいるのが見えた。店までやってくるとちょうど駁者が背を向けて降りてくるところだった。やあ。彼は言った。

やあ。馬車の床から袋を引っぱりだしながら駁者は言った。まったくひどい泥濘だな?

まったく。彼は答えた。助けが要るかい?

そりゃどうも。駁者は言った。でも大丈夫だよ。

駅者は袋を肩にかけ、戸を押さえながら立っているキュラ・ホームに頷くと、なかに入り建物の奥に消えていった。ホームはカウンターに近づき、ハンカチの瘤を解き硬貨を二つ取り出した。

いらっしゃい。店員はそう言って顔を上げた。礼儀正しいものの使い古したセルロイドのカラーとワイン色の簡易ネクタイがいかにも滑稽で、その細身の身体は鉄みたいにしなやかさを欠く縫い目の粗い大きな緑色のコートに包まっていた。

チーズとクラッカーを一〇セント分。ホームは言った。

それぞれ一〇セント分ですか？

いや、両方で。

それぞれ五セント分ですね。店員は言った。

ホームは周囲にあるいろいろな商品を見回していた。それから店員に眼を向けた。何だって？ 彼は訊いた。

それぞれ五セント分っていうことですね。

それでクラッカー一山にはなるんだろ。

どうですかね。

ホームは何か別のことを考えているようだった。しばらくして拳でカウンターをこつこつと叩いて顔を上げた。チーズ・クラッカーを食ったことがねえのか？

ありますよ。店員は堂々と答えた。

とにかく、一〇セント分ちゃんと食いたいもんだ。

店員は肩をすくめてずっしりしたコートの具合を調整してから木箱が置かれたカウンターに行きクラッカーを紙に掬い入れはじめた。それからカウンターの下に屈んで作業を続けた。ホームは店員の方を見ていなかった。積まれた商品を次から次へと見るその灰色の眼は驚異に似た反応を示していた。戻ってきた店員は別々に包装されたチーズとクラッカーを彼の前に置くと顔を上げて視線を送った。

他には何か。店員は訊いた。

コーラをもらう。ホームはそう言うと、摩耗した木材の上で硬貨を押し出した。

店内で飲みますか?

いや、外で。

二セント足りないですね。店員はわずかに悪意のこもった笑みを浮かべながら言った。

何で二セントいるんだ?

瓶代ですよ。

入口の段のところで飲むだけだ。

店主が瓶を外に持っていかれるのを嫌ってるんですよ。

ホームは店員をまじまじと見た。

もし払えないならここで飲んでください。

ちっ。ホームは舌打ちした。

店員は顔を赤らめた。ホームはオーバーオールのポケットにまた手を入れハンカチを引っ張り出した。それからこれ見よがしにハンカチを打ち振って一セント銅貨を二枚カウンターの上にポトンポトンと落とした。

どうも。店員はそう言うと硬貨を掌で掻き寄せた。それから木製の現金入れの引き出しに硬貨を鳴らし入れると満足げにホームを見た。

ホームは毒づきながら二つの袋を掴むと冷蔵箱まで行きコーラの瓶を取って外に出た。石のベランダに腰かけて昼の陽射しを浴びながらチーズ・クラッカーを食べているとさっきの馬車の馭者が店を出てきて器用に馭者台に跳び乗り、鞭台から手綱を解いて泥に塗れたブーツの片足を泥除けの上にかけた。

ちょっと。ホームは言った。

馭者は手綱を振る動作を止めて下を見た。何だい。

本当に手伝いは要らねえのかい？

いや必要ない。

じゃあ、このへんで仕事がありそうなところを知らねえかい？

馭者はホームをじろじろと見た。彼の方は逆光に眼を細めながら馭者を見上げ、顎をゆっくりと動かし乾いたクラッカーを噛み砕いていた。

ずっとできる仕事がいいのかい？

仕事なら何でも。

だったら。駁者は言った。あと一週間かそこらしたら製材所が夏に向けて人を雇うはずだ。駁者はまた視線を落として男を見たが、男は何も言わず、駁者に眼を向けながら口をもぐもぐさせていた。気にいらないのか。駁者は言った。だったら。地主さんのところに何か働き口があるかもしれん。家の修繕やら何やら。そう言うとふたたび手綱を上げた。

その人はどこに住んでいるんだい？

駁者の男は片手で手綱を掴みながらもう一方の手で道の北の方角を指し示した。ここから一マイルくらいだ。彼は言った。町を出るとき左手に見える大きな屋敷だ。すぐ分かる。彼が手綱を振りあげ軽く叩くと馬は前のめりになり轍に足を踏み出し車輪がわずかに吸引音を発した。

感謝するよ。ホームは言った。

男は片手を上げた。

瓶を口元へ傾けながら馬車が去ってゆくのを眺めていると、馬がよろめいて方向転換し車輪が巻き上げた馬糞の塊をあぜ溝に落とし返すのが見えた。彼は空になった瓶を店のなかに持っていき金を受け取るとまた外に出て駁者が示した方向に道を歩きはじめた。

言われたとおりの場所にその屋敷はあった。大きな二階建ての家屋の正面には木製の柱が何本か立っていて、柱の上には切り刻まれた紙片のようにペンキが細長く付着し道の砂埃《すなぼこり》の黄色い染みが陽光に照らされ薄く立ち昇り白く輝く破風にまで達していた。彼は砂利を敷いた車寄せの道を進み家屋の回りを歩き、舗装された歩道を進んで裏戸らしきところまでやってきた。戸を叩き待ったが誰も応答しなかった。もう一度叩いてみたが同じだった。しばらくして家屋の反対側に行ってみた。台所の戸があり窓からなかを覗《のぞ》くと年老いた黒人の女がテーブルに屈みじゃがいもの皮を剥いていた。彼は窓ガラスをこつこつと叩いた。

黒人女はやってきてドアを開け彼を見た。

地主さんはいるか？　彼は訊いた。

ちょっとお待ち。黒人女はそう言いながら戸を押したが完全には閉めなかった。彼女が足を引きずりながら奥へ歩いていく音が聴こえそれから誰かを呼ぶ声が聴こえてきた。彼は待った。間もなく床をやってくるブーツの足音が聴こえたかと思うと戸がまた開いた。大柄の男が鋭く黒い眼で凝視しながら何か用かと訊いてきた。

やあこんにちは。彼は言った。店で話した男がここで人手が要るんじゃねえかって言うんで。ひょっとして何か仕事があるんじゃゃ……

いや、ない。地主は言った。

そうですかい。彼は言った。それじゃどうも。彼は踵を返し立ち去りかけた。

おいお前。地主が言った。

ホームは立ち止まって振り返った。

ずいぶんあっさりと引き下がるじゃないか？

どっちにせよ俺が決めるんじゃねえんでね。

あるいはどうしても仕事が欲しいってわけじゃないのかもな。

欲しいって言ったつもりですがね。別に尻ごみしたわけじゃ……

ちょっとこっちに来な。

彼は引き返した分を戻りまた地主と向かい合った。地主は鋭く小さな眼でホームの身体を売り物のようにじろじろと見た。なかなかいい腕をしてるな。彼は言った。斧は使えるか？

昔から使ってますよ。

地主は頭のなかで何かを推し量っているようだった。こうしようじゃないか。地主は言った。夕食分を稼ぎたいなら家の裏手に倒れた木があるから切って薪にしてくれ。

分かりましたよ。

分かったってか？　ちょっとここで待ってな。地主は家のなかに入りしばらくしてから戻ってくると、彼を連れて外に出ながら庭の奥にある作業小屋を指一本で指し示した。二人が作業小屋に入っていくと暗がりのなかで黒人がひとり機械の上に前屈みになっているのが見えた。

ジョン。地主が声をかけた。

黒人は何も言わずに体を起こし二人の方に近づいてきた。

この男に斧をやってくれ。地主は言った。彼はホームの方を向いた。これを研げるか？

ええ。

ホイールを動かして斧を研げるようにしてやってくれ。

黒人は頷いた。よし。地主は言った。自分の斧は自分で研ぐのが筋ってもんだからな。よし。斧はあっちの隅にある。すぐ分かるはずだ。柄の松はちょっとばかし使い減りしてる。ところで名前は？

ホームですよ。

それだけか？

キュラ・ホーム。

何て？

キュラですよ。

分かった、ホームか。わしは人を雇うときは名前を訊くことにしてるんだ。真っ先にな。その他のことは自分の眼で確かめる。このジョンが必要な物は用意してくれるはずだ。二フィートの木片に切ってくれよ。終わったら大声で呼んでくれ。

地主は立ち去りホームは黒人と二人きりになった。黒人はまだ一言も言葉を発していなかった。黒人は腎臓のあたりに片手を当てて足を引きずりながらいかにも大儀そうに通り過ぎた。しばらくの間黒人は小屋の隅を物色し壊れた樽に乱雑に入れられた道具のなかから斧を取り出そうとしていた。この樽は嘗《かつ》て起きた爆発か何かで暴力的に解体されてしまったような様相を呈していたが、黒人はしばらく手こずっていたものの尽きることのない忍耐力で形状の定かでない歪んだ花冠を想わせる樽板のなかから斧を取り出し、何も言わずに彼に手渡すと足を引きずって回転式砥石まで歩きクランクを回しはじめた。ホームはその様子を眺めていた。木の軸を中心に回転する石がごろごろと硬い音を立てた。黒人が錆びた刃を石に当てると火花の束が飛び散り眩《まばゆ》い軌道を描き、黒人の顔は明滅する火花に照らされ、物言わぬその頭骨は火の影響を受けないらしく、眼は閉じられ、木製の台が何度も暗闇に浮かび上がりやがて斧の鋼はきっちりと鋭く研がれた。

もう充分だろ。彼は言った。

黒人は眼を開き、立ち上って頷くとさっきまで作業をしていたベンチに戻った。彼は小屋を出て、斧を持ち上げて重さを計り刃の具合を戸口に差した明るい光で確かめた。

その木は家からさほど遠くないところにあった。木は地面から六フィートあたりで折れていて、まだ立っている方の幹の口は草木を食む巨大な生物か何かに齧り取られたかのようにずたずたに裂けていた。彼は地面に倒れた方の幹の部分の長さを測ってから跨いで後ろ向きに進みながら枝を切り落としていった。それから元口から二フィートの箇所に印をつけて斧を木に打ちこんだ。

彼は順調に作業を進め、斧頭の重みで木の食い込みをどんどん大きくしていった。木を四つの部分に切り分けたところで手を休めた。作業の成果を確認し太陽を見た。それから斧を切り株に立てかけ小屋に戻り黒人を探したが姿は見あたらなかった。庭を横切りふたたび台所まで行き戸を叩いた。黒人女が戸を開けると料理の匂いが漂ってきた。ちょっと地主さんを呼んでくれ。彼は声をかけた。

戸口に出てきた地主はこいつは一体誰だという風に彼をまじまじと見た。何だ？ 地主は言った。鋸だと？ もう作業は終わったんじゃないのか。

まだ終わっちゃいませんよ。鋸がありゃもう少し速く進むと思うんですがね。

地主はさらなる説明を待っているかのように彼を見ていた。ホームは地主の足元に視線を移した。敷居を越えて匂ってくる料理の薫りの向こう側で地主は新しい子牛革のブーツを履き粛として立っていた。

使い古しの枠付き鋸で充分なんですがね。ホームは言った。

鋸はない。地主は言った。壊れてるんだ。

そうですかい。

お前は斧使い《アックス・ハンド》として雇われたんだろ。

ホームは顔を上げて地主を見た。

斧を使うのがお前の役目じゃないのか？

ええまあ。彼は言った。そうですがね。彼は地主が冗談を言っているのではないかと思ったがその顔は笑っていなかった。

他に必要なものがあるのか？

いや。ねえですよ。

そうか。

じゃあ。ホームは言った。俺は戻りますよ。

地主は何も言わなかった。ホームは踵を返し庭を戻りはじめた。門を通るときに彼は後ろを振り向いた。地主は微塵も動いていなかった。地主は棺ほどの大きさの戸口で直立し、無表情なまま、ほほ笑む気配はおろか何の素振りも見せていなかった。

午後中ずっと働き続けている間に柱や木の影が細く黒く草地の上に伸びた。作業を終える頃には夕闇が訪れていた。彼は最後の材木を積みあげ斧を肩にかけ敷地を横切り小屋に向かった。今度は黒人がいたが、依然として会話を交わすことはなく斧だけ手渡し、また家屋の戸まで歩きこの日三度目となるノックをした。

作業は終わったかなんて野暮なことは訊かんからな。地主は言った。

結構ですよ。

結構か。腹が減っただろ？

まあ。

食べるのは一日に二度のようだな。それとも一度か？

何でです？ ホームは訊いた。

俺の知る限り午餐《ディナー》を食わなかったからな。

食えって言われなかったんで。

お前の方こそ訊かなかったじゃないか。

ホームは黙っていた。

お前が訊かなかっただけだろう。

仕事を探しに来ただけなんでね。ホームは言った。

地主は長い鎖を引っ張りコートのどこかから懐中時計を取りだすと、パチンと開き一瞥してから引っ込めた。今六時になるところだ。地主は言った。あと三分でな。作業にかけた時間はどのくらいだ？

分かりませんよ。ホームは言った。始めた時間も分からねえんでね。

何だと？ 働いた時間が分からないのか？

ええ。

始めたのは午餐《ディナー》前だったな。それで今は夕食前だ。ざっと見積もって半日ってところだろう。そうじゃないか？

そうじゃねえですかね。彼は答えた。

地主はわずかに前のめりになった。だとすると夕食分だな？　地主は言った。

ホームは黙っていた。

一日中働けば午餐《ディナー》と夕食分の稼ぎになる。だが朝食については何の話もしていなかったな。寝る場所のことも。おまけに賃金のことも何も話していないな。

何か言ってましたぜ。ホームは言った。俺が聴いたのは……

それでお前は分かったたって言ったんだろ。いやはや。お前は何をしでかしたんだ。どこから逃げてきた？　ええ？

どこからも逃げてねえですがね。

何？　そうじゃないのか？　じゃあ、どこから来た？　それはまだ訊いてなかったな？

チキン川の近くから。

嘘だ。地主は言った。言っちゃ悪いが嫁の親類がそのあたりに住んでるんだ。

住みはじめたばかりなんでね。生まれがそうだとは言ってねえですよ。

その前はどうなんだ。以前はどこで暮らしてた？

もともとは州の南の出身ですよ。

それは本当だろう。地主は言った。南からここに出てきたわけだ。あるいはまずジョンソン郡あたりにか。いずれにせよ今はここにいる。でもどういうわけだ？　あちこち行くのが好きなのか？　余計なお世話かもしれんが最後に食べたのはいつだ？

今朝ですよ。

今朝か。誰かの畑からいただいたってわけだ。

金ならありますがね。ホームは言った。

どこで手に入れたかは訊かないでおく。結婚はしてるのか？

してねえですよ。彼は上眼使いで地主を見た。台所小屋の白漆喰《しっくい》塗りの煉瓦の上に斜めにかかった二人の影は無言劇で暴力的な場面を演じているかのようで後方によろめく地主の影に対して彼の影が猛然と襲いかかっていた。貧乏は罪じゃねえですよ。

そうだ。貧乏は罪じゃない。でもまさか家族はいないだろうな。神聖なものだからな、家族は。神聖なる義務っていうわけだ。神様の御前でのな。地主はずっと眼を背けていたがふたたびホームに視線を移した。貧乏は罪じゃない。地主は言った。その通りだ。しかし怠惰は罪だ。俺はそう思う。お前はどうだ？

そうでしょうねえ。彼は言った。

間違いない。聖書も言ってるだろ。自分のものは自分で稼ぐ。この郡でそれに反論する奴はひとりもいない。俺も勤勉ほど大事なものはないと思ってる。夜が明ける前に畑に出てお天道様が出てくるのを待って仕事を始めてお天道様が沈むまで畑にいるなんてこともしょっちゅうだった。夜明けから日没まで神聖な金を稼ぐために働くってわけだ。この郡にはそれに異を唱える奴はいない。

ホームは頭《こうべ》を垂れて、教会のなかで立っているかのように片手をもう一方の手の上に重ねていた。納屋の向こうから雌鶏が騒ぎ立て、豚が悲鳴を上げたが、やがて静かなる鳥のさえずりと蝉の声に吸収されていった。

まあいい、ホーム。地主は言った。これ以上お前のことに首を突っ込むつもりはない。地主は取り出した小さな革の財布を開いて五〇セントの硬貨を取りだした。受け取れ。地主は言った。それからお前の夕食だがな。夕食の時間は六時半だ。台所でな。今のうちに身体《からだ》を洗ってもいい。もしそうしたいならな。

彼は硬貨を受け取ったが、それをしまう場所がないという風に握りしめていた。分かりましたよ。彼は言った。

身体を洗った後は道具小屋の陰に坐って手持ちのナイフで何とはなしに靴底を削っていた。黒人が納屋から屋敷に向かって歩いていくのが見えた。二、三分後に黒人は台所のドアから出てくると庭を横切り戻ってきたが、影から影へと逃げるように急ぐ小さな姿はいかにも骨が折れるといった様子で、片手に地主のブーツを持ちながら納屋のなかに消えていった。

地主は早起きで夜明け前に納屋にやってきた。おい、ホーム。地主はもみ殻に塗れた梯子の下から屋根裏の仄暗い跳ね上げ戸に向かい声を張った。返事はなかった。黒人が納屋の向こう側から桶を持ってやってきた。

あいつはどこだ。地主が訊いた。出て行ったのか？

黒人は相づちを打った。

えらく早く起きたんだな。いつ奴は姿を晦《くら》ました？

黒人は桶の柄を手首の上にずらして両手で身振りをした。

まあいい。地主はそう言うと、何かを忘れてしまったみたいに周囲を何となしに見渡した。それから言った。ブーツはどこだ？

すでに玉蜀黍の倉庫の方に向かい歩きはじめていた黒人は足を止めあたりを見回したが、その顔は脂汗のせいかただの汗のせいか、濡れた黒曜石のごとく光っていた。黒人は手の身振りさえしなかった。少しの間二人はじっとお互いを見ていたがやがて地主が悪態をついた。やりやがったな。あの恩知らずのくそ野郎。こんな風に逃げやがって……馬車を準備しろ。俺は散弾銃を取ってくる。地主は踵を返し急いで納屋から出ていったが、黒人はあいかわらずの緩慢な動作で壁にかかっていた馬具を取ってから後に続いた。間もなく散弾銃を手にし白い帽子を雑に頭に被って戻ってきた地主は馬車に跳び乗り馭者台に坐り怒りに打ち震えていたがすぐに跳び降りると黒人が馬を馬房から出す間何を言っても無駄なことが分かっていたので急げとも言わずに自分で馬具を調節し、そうしてじれったい気持ちを必死に抑えながら待っていると黒人が馬を轅《ながえ》の間に後ろ向きで入れ馬車に繋ぎ後ろに下がったので馭者台に上がり手綱を取り馬の尻を鞭で打つと、尻の皮膚から鼻をつく粉塵が二筋舞い上がり馬は歩き出したが地主は急に手綱を引いて後傾姿勢を取ったかと思うとまた前傾姿勢に戻った。

町か？ あいつは町へ戻ったと思うか……いや、いい。俺が——黙したままの黒人は骨ばった黒い指を宙に振っていたので地主は言った。何だと？ 鉈鎌《なたかま》もない？ 他には？ クソッ。まったく忌々しい。——手綱の下の馬が後ろ脚で急発進し馬車は斜めに傾いてから馬車寄せを進み道に入り蹄の音を響かせて去っていった。

黒人は納屋に戻り置きっぱなしにしていた桶を手にすると、馬房を抜けて玉蜀黍の倉庫に行き、搾乳用の腰かけに坐り玉蜀黍の穀粒を穂から取り始め、彼の固い手によってねじり取られた鮮やかな色彩の固い穀粒は硬貨みたいな音を立てて桶のなかに落ちていた。

地主は午前の半ばに並足で駆ける馬を促しながら林道を進んでいた。後方の雑木林から彼らが出てきたのはその時だった。地主は物音を聴き振り向いたがふたたび前方を向いた。彼らは道をやってきた。ひとりが何か言いもうひとりがハーモンと言いまた別のひとりが馬車の横に来て馬の手綱を掴んだ。地主は馭者台で立ち上った。何だ。彼は声を上げた。いったいどういうつもりだ。さては、まさか——そう言うと、席に立てかけてあった散弾銃に手を伸ばして掴んだ。

彼らが蚊帳吊草《カヤツリグサ》から勢いよく跳び出す飛蝗《バッタ》たちの曲芸に伴われて野を横切り依然として密集隊形らしきものを組みながら森に入ると前方を苦い表情を浮かべた白い帽子の男を乗せた馬車が一頭の馬に引かれ単独で通り過ぎた。彼らが進路を変えて林道に入ると前方の馬車は二本の細い轍を辿り、踏みつぶした蜥蜴《トカゲ》の身体から小さな青い内臓を土の上に引きずり、速足になったり駈足になったりを繰り返していたが、ひとりが馬に追いつき手綱を奪い馭者に向けて薄ら笑いを浮かべながら馬の鬐甲《きこう》を掴み狂暴な小さな類人猿のごとくしがみつき、咎めようとした馭者が馭者台で立ち上ったところに踊るようにして横にとりついた別のひとりが振った鉈鎌は馭者の首をはずし背中の下部を捉えて背骨を切断し、何の支えもなく横向きに落下した馭者は叫び声すらあげることはなかった。

彼女は彼が銃を持ち出したことを知らなかった。金が消えていたことも知らなかったがそもそもいくらあったのか知らなかった。家のなかを歩き回り自分の物を集めワンピースの衣服をベッドの上に広げまじまじと見つめてから寝巻を脱ぎ身に着けた。部屋の真ん中でねじが解かれた人形のようにゆっくりとつま先で旋回してからワンピースを脱ぎぼろ布を冷水に浸して念入りに体をこすりこわれた櫛で生気を欠く黄色の髪の毛を梳《と》かした。それから靴を取り出し埃を払ってから履き、ワンピースをもう一度身に着けた。寝巻を包みにして遺棄物を想わせるわずかばかりの持ち物を包むと今一度まわりを見回し忘れ物はないか確かめた。忘れ物はなかった。それから脇の下に包みをたくし込み、短い歩幅でぎこちなく歩き出し、静かに鼻歌を歌いながら、春風に調子を合わせて空き地に降り注ぐ陽射しのなかへと歩みを進め、子供のような温和で軽やかな笑みを浮かべた顔を空に向けた。

川にかかる橋を渡るときには足元の組み合わせの悪い板に注意しつつ、水の流れを下に見た。足でつついた砂利が板と板の隙間から落下し川面にいくつもの輪を描き出したかと思うと煙のように水のなかに消散していった。歩き続け、時おり道端で静かに休み携えた包みで額の汗を拭った。ようやく四つ辻が視界に入ってきたあたりで道の向こうから熱に歪んだ人の姿が向かってくるのが見えた。周囲を見回してから左手の松林に入り道を見下ろす小丘に上った。そこはとても暑かった。彼女は体を手で扇ぎ眼の前を飛び交う小さな羽虫の群れを追い払った。やってきた老女は空の小麦粉袋を背負いながらぶつぶつと独り言を言っていた。しばらくして二人の少年が笑い声を上げお互いを叩きながら通っていった。

丘の上の観察者は自分を扇ぎながらため息をついた。早く通っていってくれればいいのに。

果たして彼は先の道のりは長いと言わんばかりの様子で戻ってきた。食料を入れた袋を肩にかけ地面をじっと見つめながらゆっくりとした足取りで通り過ぎていった。身を屈めたまま彼が行ってしまうまで待ってから彼女はワンピースの埃を払い包みを手にして道に戻り、彼の来た道を逆に辿り四つ辻の店までやってきた。

店主は肌の色が濃い痩せた中年のドイツ人でその皮肉屋気質ゆえに草木も疎《まば》らに生えた厳しい気候の五百マイル四方の土地の住人たちをいつも困惑させながら食料を供給していた。店主が見ていると彼女は網戸のところでぐずぐずしていたが、やがてほとんど冷淡とも言えるほど控えめな様子で戸を開けなかに入ってきた。あたかもこんな場所で買い物をするのが苦痛だと言わんばかりの様子だった。

いらっしゃい。店主は言った。

彼女が顔を向けたとき店主はすぐにこの女は病気を患っていたんだなと感じたが、それは大きな両眼が青ざめた顔のなかで落ちくぼみ身に着けたワンピースはいかにもだぶだぶだったからだった。彼女は重々しく相づちを打った。水を一杯もらえないかと思って。彼女は言った。

いいですよ。カウンターの後ろから出てきた店主は、彼女が汗で黒ずんだ布の包みをあたかも人眼に触れないよう気をつけているかのように持っていることに気づいた。店主は黒く艶出しした床を冷蔵箱まで歩き水瓶を取り出すと、ブリキのねじ蓋を緩めて差し出した。彼女は両手で受け取った水瓶を礼を言ってから傾けほっそりした喉にごくごくと水を流し込んでいった。

好きなだけ飲んでかまわんですよ。店主は言った。飲み終わって水瓶を戻してくれればいいだけですからね。

ありがとう。彼女は水瓶を胸元に持ちながら礼を言い、息を整えてからまた飲んだ。

ちょいとばかし暑いですな？　今日は。

彼女は飲むのを中断し口元の水瓶を下げ、まったくその通りだと言ってから水瓶を上げてさらに飲んだ。飲み終えると蓋を締めてから冷蔵箱に水瓶を戻した。

何か他に入り用なものはありますかい？

いいえ。彼女は言った。とくに他には何も。いくらですか？

お代は結構ですよ。店主は言った。

それはありがとう。

いいや。道のりはまだ長いんですかい？

どこへの道のりのことです？

しばし沈黙が流れた。店主は片耳を強く引っ張った。いえね。店主は言った。それは知りませんよ。てっきり旅の途中かと思いましてね。

あんまり遠くに行くことにならなきゃいいんですけど。彼女は言った。あの鋳掛屋さんを探してるんです。

鋳掛屋？

二週間ぐらい前にこの辺にきた鋳掛屋さんです。ココアは売ってないっていう。

店主は話の続きを待った。彼女はものめずらしそうに店主を見上げていた。それから言った。その鋳掛屋さんを見なかったですか？

店主はゆっくりと頭を振った。いや。店主は言った。

ほんの二週間前に来た鋳掛屋さんなんですけど。

いや。店主は言った。見なかったですよ。

生まれたばかりの赤ん坊を連れてたはずなんです。

鋳掛屋の連中はここには寄らないんでね。店主は言った。それにこっちも連中はお断りでね。最近この辺を通った奴もそりゃいるでしょうね。知りませんがね。来たと思ったらすぐどっかに行っちまうんで。でも俺に会いにくるわけじゃないし俺の方だって会いたいわけじゃありませんしね。

そうなんですね。教えてくれてありがとう。

それにこの店でもココアは売ってませんよ。

知ってます。彼女は言った。兄がここで買い物をしてるから。

お兄さんですかい？

ええ。兄のことはご存じでしょうね。

この店で買い物をしてるんなら分かりますよ。名前は何て言うんですかい？

今日の午後もここに来たはずです。名前はキュラ・ホーム。

だったらさっき帰ったところですよ。あまりしゃべらん人でしょ？　今日の午後使い古しの散弾銃を持って来てバディ・サイズモアに売ってましたよ。

売ったって本当に？　彼女は訊いた。

いえね。店主は言った。言わないでいたほうがよかったかな。

兄は昔から人に知られちゃいけないことばかりしてきたんです。彼女は言った。

店主は笑顔を見せかけたが途中でやめた。彼女は包みを脇に挟みくぼんだ眼で周囲を見回した。お水をどうもありがとう。彼女は言った。

いいえ。店主は言った。なんてことはないですよ。

じゃあ。そろそろ行かなきゃ。

また来てくださいよ。店主は言った。

戸口で女はまた足を止め振り返った。扇形の埃っぽい日光に捕らえられた、その小さな黒いシルエットは燃えているように見えた。あのちょっと。彼女は言った。

何ですかい。

あたしがここに来たことはお願いだから言わないでほしいんです。

お兄さんにですかい。

そう。兄とそれからあの鋳掛屋さんにも。


しばらくの間店のポーチに立ったままの彼女の影が道の上に長く伸び、鳥の啼き声は徐々に小さくなっていった。左右を見ると、森から伸びた道が店の前で広がりその先に続いていた。彼女は道を横切り振り向いて少しの間店の建物を正面から見据えると左方向に道を歩きはじめた。彼女はとてもゆっくりと歩いた。二マイルも行かないうちに暗闇のなかを歩いていた。冷たい風が森のなかから吹いてきた。時おり耳をそばだててみたが何の物音もしなかった。沈黙のなかに消え入る自分の小さな足音だけが聴こえてきた。道の先の木間に灯りが見えたところでまた足を止め、自分を落ち着かせようと、両手を疲弊した心臓の上に置いた。

彼女はこの小さな家の戸口で手提げランプを高く持った男に迎えられ男の背後から漏れる薄明りのなかに、鼻先の欠けたしわくちゃ顔の老婆を含む年齢がさまざまな数人の女の顔が見えた。

こんばんは。男は言った。何か用かい？

老婆の黒い両眼は蝙蝠《コウモリ》を想わせる長い鼻梁の両脇でゆっくりと開閉していた。

道に迷ったのかい？

彼女は包みを強く握った。迷いました。彼女は言った。はい、道に迷ったんです。ちょっと休ませてもらえたらと思って来たんです。

男は彼女をじろじろと見た。一方の手で手提げランプを掲げ、もう一方の手で胸元のボタンをいじっていた。

いいよ。いいよと言っておやり。

どうもありがとう。彼女は言った。

男は声を発した女の方を向いた。黙っててくれ。男は言った。男はまた旅の女の方を向いた。こんな時間にどこから来たんだい？

道を少し行ったところです。ちょっとだけ休ませてもらえたらと思ったんです。

少し行ったところ？　はじめて見る顔だし少しどころじゃないと思うがね。町の近くに住んでるのかい？

分かりません。彼女は言った。

おいおい。男は言った。自分が住んでる場所も分からんのかい？

町がどこにあるか知らないんです。

男は眼を細めた。誰か連れはいるのかい？　彼は訊いた。

誰もいません。あたしだけです。

そこに誰かいるのか？　彼は彼女の背後に視線を移し彼女が出てきた寂寞たる夜闇に向けて大声を上げた。

彼女も振り返って自分の背後を見た。

誰か知らんが出てこい。

家のなかの面々は見守っていたが誰も出てこなかった。男はまた彼女に視線を戻した。本当に誰もいないのかい？

いません。彼女は言った。あたしひとりで来たんです。

そうかい。どっちの方角から来たんだい？

チキン川の近くに住んでるんです。

本当に？　こんな真っ暗な夜にどこに行くつもりなんだい？

鋳掛屋さんを探してるんです。

鋳掛屋？　その鋳掛屋に何か盗まれたのかい？

ええ。私のものを。

大事なものだったのかい？

ええまあ。

とりあえずなかに入りな。

ありがとう。彼女は言った。

家の女たちが通路を開け二人して真っすぐに進み家のなかの暗がりを抜けて大きなトレッスルテーブルのところまで来ると男は方向転換しランプを置いた。さて。彼は言った。うちの家族を紹介するよ。

男の子もいるんだがね。あいつはどこにいるんだい、婆さん？

薪を取りにいかせたんだよ。

薪を取りにいったのか。ところで娘さん、名前は？

リンジー・ホームです。

そうかい。これがうちの家族だよ。夕食がもうすぐできる。そうだろ？

家の女は頷いた。

あんたもいっしょにどうぞ。

ありがとう。彼女は言った。家の女の方に顔を向けたがすでに部屋から出ていってしまっていた。祖母と二人の若い女、というより年齢不詳の二人の女が立ったまま彼女を見ていた。

椅子に坐りな。男が言った。

彼らは彼女が包みを離さずに腰を下ろすのをじっと見ていた。肘の近くに置かれたランプのまわりでは一匹の蛾がうるさく飛び回り黒い影を彼女の顔に投げかけていた。華奢な頭蓋骨のなかに捕らえられてしまったかのようなほっそりとした彼女の顔は赤味を帯び、陶磁器の仮面を想わせた。ああ。彼女は思わず声を出した。今日はずっと歩きっぱなしだったんです。

彼らが食事をはじめて数分が経過してから少年が加わった。彼は死人を想わせる眼で彼女をじっと見てから皿に食べ物を載せはじめた。彼女は店の包み紙に入ったままのパンに手を伸ばして追加の一切れを取った。それから言った。小麦粉のパンなんてこれまでの人生で一度しか食べたことはないんです。あたしってよっぽど貧しいんですね。

家の女は脂身の肉を掬ったフォークの手を止めて彼女を見つめた。この家じゃ自分たちが食べたいものを食べるんだ。家の女は言った。何もない家だけど金が入ったときは吝嗇《けち》なんかせずに食べたいものを買うのさ。そうだろ、ルーサー？

その通り。彼は言った。俺は家族が食う物は大事にしてるんだ。店に行けばいつもソーセージを買う。鮭が食べたきゃ手に入れるまでさ。

彼女はこくりと頷きパンを片手にバターを念入りにゆっくりと塗り付けた。一同はその後一言もしゃべらずに冷然と食べ続け、背筋を張りテーブルに向かって顎を動かしていたが、歯のない老婆だけが視力の悪い人間がやるように皿の上に覆い被さりながら歯茎でくちゃくちゃと音を立て、細く白い顎鬚の束で食べ物の表面を撫でていた。

食べ終えた男が皿を押しやりまわりを見回し皆の食べ具合を確認すると一同は食べる速度を上げ、食べ終えると顔を上げお互いの顔を見て老婆以外は食事が済んだことを確認した。老婆はようやく食べ終えると親指で皿を押しやり皿が置いてあった一点を凝視した。それから男がランプに手を伸ばし灯芯の脇に炎が見えるくらいに灯りを弱めると、くすんだ銅色の熱い焔《ほむら》がガラスの底に揺らめき一同の顔は身体から遊離し燻った聖像がいくつか並び輪を成すかのように歪曲した。老婆は革のごとくこわばった瞼を閉じ夢の引き潮に身を任せるようにわずかに身体を揺らしていた。さてと。皆、食べ終わったな。男はそう言うと椅子を引きテーブルの席から立ち上がった。女たちは皿を片付けはじめたが、またもや老婆だけは加わらずに片眼でまわりを見回してから秘め事でもあるみたいにゆったりとその眼を閉じた。

明日の朝はかなり早く起きなきゃならんのでね。男は言った。

あの息子をベッドから引き剥がせたらもっと早く出られるんだけどね。家の女が言った。彼女はテーブルを拭いていた。起きて、母ちゃん。また椅子から落ちるよ。

自分で起きれるさ。なあ、バド？　あいつはどこに行ったんだ？

水桶か薪箱が空になってるなら声が聴こえるところにはいないよ。あなた《ハニー》、その皿をこっちにちょうだい。坐って休んでていいからね。

彼女は皿の山を胸元に抱えた。大丈夫です。彼女は言った。お手伝いさせてください。

だったらそこの段差に気を付けるんだよ。

分かりました。あたしすぐに出なくちゃ。

今晩行くところなんかないんだろ。

ええまあ。彼女は言った。

その段差に気を付けな。


台所の片付けが終わると彼女は家の女の後について奥の通路を進み、前を行く女が掲げたランプをたよりに二人は夜の冷気のなかに出てつなぎ通路の床板の上を歩いていき、背後で戸が閉まり次の戸を開けた女に続いてなかに入ると、外の通路を歩いているときは近くに聴こえていたホイッパーウィルヨタカの啼く声が戸が閉まった途端に聴こえなくなった。女の横で足を止め、部屋のなかを見回してみるとベッドが二つ、あたま板を揃えて部屋の奥に置かれていたが、ひとつは安っぽい飾りのついた真鍮のベッドでもうひとつは簡素なオーク材のベッドで、その間に洗面台があり焼成されたブリキの盥と水差しが置かれていた。女は壁に釘留めされた狭い棚にランプを置いた。

身体を洗いたいならそこに石鹸があるよ。井戸に行けば水がめがあるからね。

ありがとう。彼女はそう言いながらあいかわらず丸めた衣服を胸に抱えていた。

終わったら寝る前にランプを吹き消しておくれ。それから大きい方のベッドで寝るんだよ。

分かりました。

部屋を出ていこうとしていた女は戸口で立ち止まり、瞼に半分覆われ睨みを利かす猫の眼のように斜めに差し込む明かりに両眼を瞬《しばた》いた。何か他に必要なものはあるかい？　女は訊いた。若い方の女はうつむきながら包みをいじっていた。ないです。とくに何も。どうもありがとう。

それじゃあね。家の女は言った。女が戸を開けると夜の冷気がまた部屋の生暖かい臭気を伝って流れ入り、ホイッパーウィルヨタカの啼き声がさっきよりも遠くから聴こえ、それから戸が閉まりつなぎ通路を歩く女の足音が徐々に小さくなり鳥の啼き声が、別の鳥の啼き声かもしれないが、さらに小さく聴こえてきて、歪曲した何枚もの床板と黄色い炎が彼女と向こう側にある夜の世界を分け隔てた。

包みをベッドの上に置きランプと盥と石鹸を取り外に出ると、奉納するかのように持ったランプから心地よい熱気が顔のあたりに昇ってきた。地面を見ながら足元に気をつけて、盥を腰の動きに合わせて、そろそろと、顔は手にしたランプの灯りに照らされながら祈りを唱える行列の一員のごとく不毛の庭を進む姿は孤独な侍祭のようだった。彼女は井戸を見つけると石のポンプ台の上に盥を置き、注ぎ口の下で位置を調整し、長い取っ手を手にして水を汲み上げはじめた。ポンプがあえぎ声のような音を出し、水が管のなかを遠くから引っ張られてくるのが感じられるや、流れてきた水は鉄の注ぎ口から勢いよく飛び出し盥のなかに注がれた。石鹸を取り手でこするとざらざらしたカード状の固まりが生じ、そのペーストを顔全体に広げ、苛性の石鹸でちくちくと痛まないように眼を閉じながら冷水で一気に洗い流した。それが済むと盥を濯《すす》いで地面からランプを取り家屋に向かい歩きはじめた。ホイッパーウィルヨタカの啼き声は止んでいて携えたランプの火屋のまわりには蛾や夜の虫の一群が衝突しながら軌道を描いて旋回していた。階段のところに来る前に少年の粗布のズボンが家屋の壁にこすれる音が聴こえた。階段を昇っているときに声をかけられた。ランプを持っていなかったら彼が家の軒の陰のなかに立ちこちらを見ているのが見えただろう。

やあ。彼は言った。

彼女が立ち止まると少年は灯りの輪のなかに入ってきたがあまりにもおずおずとした様子で誰が見ても良心の呵責を感じているのが分かっただろう。

何？　彼女は言った。

彼は二、三フィート離れたところで立ち止まった。両手をズボンの後ろポケットに深く入れ馬糞を踏んでしまったみたいに足を地面に擦りつけていた。ちょっとね。彼は言った。あんたが見えたんで挨拶しようと思っただけだよ。どこに行くんだい？

家のなかに。

だったら。彼は言った。そんなに急ぐ必要もないんじゃないかな。彼は上目遣いに彼女を見ながら、顔を横に傾け滑稽にはにかんで見せた。

でも。彼女は言った。そうしたいの。あたし死ぬほど疲れてるから。

彼はポケットから出した両手を身体の前で組み、こぶしを鳴らしてから、頭の上に挙げ首筋に回した。きれいな夜空だね？　彼は言った。

彼女は空を見上げたが頭上の空は星一つなくどんよりと曇り嵐が近づいているせいで偽の暖気に覆われていた。空は真っ暗よ。彼女は言った。

今はね。彼は言った。ああ。たしかに暗くなってきたな。そう言いながら暗い場所もあればそうでない場所もあることを確かめるようにあたりを見回していた。暗闇が怖いってわけかい？

いいえ。彼女は言った。怖くなんかないわ。

嘘だね。彼は言った。あんたは暗闇が怖いんだ。ランプの火だって点けっぱなしじゃないか。ここに立ってるのは俺とあんただけなのに。

彼女は彼をしげしげと見た。

暗闇が怖けりゃ俺が守ってやる。安心していいよ。

ガラスに囲まれた炎の向こうに見える彼はだらしなく立ち、薄ら笑いを浮かべていた。

マッチがなくて火を点け直せないからずっと点けてるだけ。彼女は言った。

チッ。マッチならあるよ。さあ。火を消せるかな。

なかに入らなきゃ。彼女は言った。

彼の口は亀の口のようにパカッと閉じたがそれを見ていなかったしランプもその様子を照らし出してはいなかったので、彼女は早々とポプラ材の階段を音も立てずに昇り落ち着きと端正さを失うことなく家のなかに入ると、蛾に囲まれながら後ろを振り返り戸を閉めた。

彼女は棚にランプを置くとベッドに腰かけた。質素な簡易ベッドは乾いた破裂音を立て黴臭い埃を吐き出しながら徐々に沈んでいった。彼女はランプの火を小さくし服を脱ぎベッドの真鍮の柱にかけた。それから丸まった寝巻を広げて身に着けベッドに潜りこんだ。仰向けに寝たまま数分間微塵も動かず、両手を腹の上で組みながら寝巻に包まれた肉体が弛緩するのを感じていた。やがて身体を起こしランプの火屋の後ろに回した片手をお椀形に丸めて火を吹き消した。

それから二、三分もしないうちに彼らは泥棒みたいな忍び足で、ひそひそと言葉を交わしながら部屋に入ってきた。眼を細めて様子を窺うと、ほとんど何も見えなかったが彼女が寝ている場所から片腕ほどの距離に男がいるのが分かり、やがてオーバーオールを脱ぎ下着だけになって立つ男の姿が突然暗闇を背景にくっきりと白く現れたかと思うと男は負傷した幽霊のようにぎこちなくベッドに上ってきた。彼らは床に入ると熱気の籠る沈黙のなかに横たわったまま互いの呼吸音に耳を傾けた。彼女は軋む簡易ベッドの上で用心しながら寝返りを打った。鳥か蟋蟀《こおろぎ》の啼く声が聴こえてくるのを期待して耳をそばだてた。真っ暗闇のなかで何か馴染みのあるものを欲した。

一行は曙光が見えるやすぐに出発した。出発前には昨晩と同じ長いテーブルについて豚肉とパンの朝食をとった。灰色の薄暗がりのなかで食べ物から不気味な湯気が上がっていた。女たちは日曜の晴れ着を着、お出かけ用のボンネット帽を携えていたが、老女だけが昨日と同じ外着とも部屋着とも言えない単に用途不明なゆったりとした生地を纏《まと》い、外見を成さず束縛も受けずに、わずかに麝香のにおいが漂うなかで、石や粘土と同じように汚物からの影響が及ばないらしい埃っぽいその老体を動かしていた。女たちが椅子を外に出し冷たい露が降りるなかを待つ間少年は椅子をひとつずつ受け取り馬車の床に設え、黙ったままの夫は指の間に手綱をゆるく持ちながら前屈みの姿勢で馭者席に坐り、驢馬は夫と同じくとろとろしながら足を重々しく上下していた。女たちが馬車に乗り込み皺《しわ》にならないようにスカートを払いながら席に着くと——長年の習慣から老女でさえもそうした——少年は馭者台の男の横の席に跳び乗り、男は顔を上げ後ろを振り返り、後方で手を組んで家から持ち出した椅子に坐った五人の女たちに視線を送ってから、手綱を振り下ろしはいやと声をかけ、勢いよく発進した馬車はガタガタ、ゴロゴロと揺れながら道を進んでいった。

彼女はふたたびワンピースを身に纏い靴を履き、寝巻を丸めて持ち物をくるんだ包みを膝の上に几帳面に持っていた。何時頃到着するか分かりますか？　彼女は訊いた。

昼近くになるだろうね。家の女が答えた。この驢馬が道中で死ななきゃの話だけどね。

ずいぶん丈夫な驢馬に見えますけど。

この界隈《かいわい》に丈夫な驢馬なんていやしないよ。女はうんざりした様子で言った。ところで。このキルトあんたに見せたかね？

いいえ。

女はモスリンのカヴァーの包みを開き大きなキルトの一部を広げて見せた。この娘たちが手伝ってくれたらあと二、三枚は出来たんだけどねえ。

彼女は前屈みになりそのキルトをしげしげと見つめた。少年が馬車席から後方に身を乗り出しそれを見て何か言おうとしていた。前に売ったやつは三ドルになったけど、ダブルウェディングリング[*5]だったからね。女は言った。

このキルト本当にきれい。彼女は言った。

少年はキルトの生地を引っ張り手のなかでいじくりまわしていた。こんな使い古しのキルトに三ドルも出す奴の気がしれねえや。少年は言った。

だろうね。女は言った。お前にはそんな金出したくても出せないんだからね。ほれ、汚すんじゃないよ、売れなくなっちまうだろ。

少年が蔑むような仕草でキルトから手を離すと女はモスリンで包み直した。

ひとりのキルト作りってのは退屈な仕事だよ。彼女は言った。

そうでしょうね。

二人の少女は何も言わなかったし話に耳を傾けている風にも見えなかった。老女は少し横向きに動かした椅子に坐り通り過ぎる湿った低木の壁を凝視していた。あたかも向こうの黒い松林のなかで一行と同じ速度で進む物体にカメラの焦点を当てているみたいだった。しばらくして老女は馬車の床から危なっかしく身を乗り出してニオイベンゾインの低木から小さい側枝をむしり取ると、少し鼻につけてからくすんだ親指の爪で節を剥ぎはじめた。

一行は空高く昇る太陽の下で緑に燃える森を進み、蝋のごとく白くくすんだ槍型の分裂葉の延齢草《エンレイソウ》が両側を縁取る馬車道に入り、上り道を辿り、男が驢馬のぼろぼろの鬐甲を横ざまに手綱で小刻みに打ち、ジグザグの道を進んでからしばし陽のあたる一本道に入ったあたりで老女は頭のボンネット帽をさらに目深に被り直しさながら帽子を被ったマンドリルのように横眼で他の者たちを凝視し、ぴんとすぼめた口で下唇にのせた嗅ぎ煙草をせっせと動かしていたが、頭を横に向けると、ピュッと放たれた黒い唾液が軌跡を残さずに馬車の端を通り森のなかに飛んでいき、下り道に入ると、男は馬銜を動かし驢馬を制御し、馬車は耳ざわりな音を立てながらゆるい砂利道を少し滑るように進んでからふたたび平地に入り、草が生い茂った小川を渡り澱んだ水に石が腐食した場所を抜け、無数の小鳥たちが行き交い蝗《イナゴ》のごとくカサカサと乾いた音を立てている藤の茂みを抜けていった。

彼女は水を含んだ車輪の跡が後方の砂の上で黒から無に変わるのをじっと見ていたが、その間も膝の上の包みを大事に抱えていた。危ない動物がたくさんいそうな場所ですね？　彼女は訊いた。

＊5　ダブルウェディングリング：娘が結婚するときにお祝いに持たせるキルト。結婚によって人と人の輪がつながっていくようにという願いが込められているとされる。

女はあたりを見回した。まあそうだろうね。女は答えた。

夫は馭者台で揺れながら、半ば眠っていた。膝の上に肘をついて前屈みに坐っている祖母の顔は誰からも見えなかった。一行は夏の朝の上昇気温のなかを黙したまま進んでいった。聴こえてくるのは老女が嗅ぎ煙草を時おり吐き出す音と車輪がごろごろと立てる木の音だけで、車輪の音は残酷なまでに苦しげに響くので地面を進行する以上の何かを表現しているように想われた。

町まであと半分の距離にある泉で一行は休憩を取ることにし、男が馬車を道に停止させるや驢馬は道を横切る小川に長い鼻面を傾け、藤色と黄色に輝く細長い石の下に口を入れ、装飾を施されたこの浅瀬の水を飲み穏やかにいないないた。一行は身体をこわばらせながら馬車から降りると歩道脇の森に入り沼沢地の端で水が噴き出し繁茂する青草に降り注いでいる地点までやってきた。昼食の容器を携えた女は容器を包んでいたぼろきれを水に濡らしてから元に戻し、この場の竿の瘤に逆さにかけられていたコップで水を飲む順番を待った。

うまい水だ。男は言った。この郡で一番うまい水だ。

彼女は男からコップを受け取り薄暗い水たまりに浸しさっと汲み上げた水を飲んだ。水は甘くとても冷たかった。彼女がコップを渡すと老女は嗅ぎ煙草を唇から取りコップを回し反対側から水を飲んだ。皆が飲み終え男がコップを竿に戻すと一同は来た道を戻りはじめ、老女はスカートをたくし上げて口を拭った。

二人の少女の後について最後方を歩いていた彼女は後ろから足音が聴こえてきたので驚いた。振り向くと少年が意気揚々と追いついてきた。

あなたは先を歩いていると思ってた。リンジーは言った。

森のなかにいたのさ。それにしても暑くないかい？

ええとっても。そう答えるとまた狭く黒い道を進みはじめたが少年との距離は妙に近かった。

うちの婆ちゃん、かなりおかしいだろ？

そうかしら。彼女は言った。

冗談じゃないよ。俺はもう慣れてるけどな。

二人は並んで歩き続きた。

どうしてああなったか教えてもらったかい？

何のこと？

鼻がないことだよ。

いいえ。彼女は言った。見当もつかない。

嘘つきと言うかもしれないけどあれはストーブの管のせいさ。婆ちゃんが持ってた管が落ちて鼻をスパッと切っちゃったんだ……まるで蛙の腹を切るみたいにさ。

あらまあ。

森を出て道に戻る頃には少年は黙り込んでいてさっきと同じ道の真ん中で繋がれもせずにいる驢馬は鼻面を浅瀬につけ濡れた耳を折り畳んでいた。

あの年寄りの驢馬溺れちゃうんじゃないかしら。彼女は言った。

おいおい。少年は言った。あの驢馬はちゃんと分かってるよ。それに比べたら……まあ、いいさ。あいつにはちゃんとした考えってもんがあるんだ。

彼女は馬車の横で待ち皆に手助けをされた老婆の後から乗り込んだ。

冷たい水を飲むとしゃきっとするねえ。女が言った。

馬車の前方で騒々しい音がした。クソッ、何てこった。少年が叫び声を上げた。皆からは少年が両手で膝を抱えて丸まっているのが見えたがその前に馭者がよくやるようにひと跳びで馭者台に乗ろうとしたときに握りを掴み損ね落下し金属の段で膝を強打したところは誰も見ていなかった。

おやおやあの子は死んじまったね。女が言った。

あの子の口の汚なさは何とかしたほうがいいね。老女が立てた襟の下からぶつぶつと呟《つぶや》いた。

男は受難者が耐え忍ぶような表情を浮かべながら馬車から降りた。それから屈みこんで強引に少年の手を膝から離した。ズボンが小さな三角形状に裂けて血が黒く滲み出ていた。

膝がしらに穴が開いちまったようだな。男は言った。少年は横たわったまま史上最大の激痛に耐えているといわんばかりに顔を歪め、男がズボンをすっと太ももまで上げて即席の止血帯を作り傷口を汚い指でつつくのに身を任せていた。

たいして血は出てないな。男は言った。包帯をしておけば大丈夫だろう——そう言うと尻に手をやり葉が派手に開くように深紅と青のハンカチを取り出した。

ハンカチを使うのはおよし。女が言った。今はそれしか持ってないんだろ。ほら。彼女は屈んで馬車の床に置いたキルトの包みからモスリンの長い一片を剝ぎ取った。

だったらそれを使おう。男はそう言うと後方に片手を伸ばした。それから道にしゃがみ、少年の膝がしらを自分の太ももの上に掛けて、受け取った布を少年の膝に巻き結んだ。少年は足を引きずって歩き応急処置の具合を確かめてからズボンを脚の下まで下ろした。二人は馭者台に上がり男が眠っている驢馬を叩き起こし馬車は出発し、背筋を伸ばして席に坐った少年はさらし台に晒されたように微動だにせず、腰を曲げた男は物想いにふけり、後ろの五人の女は笑劇を演じているかのごとくとりすまして椅子に坐っていた。

一行が町に入ったのは昼近くだった。薄い蹄鉄をつけた驢馬の蹄が立てる音が踏切へと続く丸石の層のところで突如として大きくなり、艶々のレールの上で甲高い金属音が鳴ったかと思うと徐々に消え入り舗装されていない通りではくぐもった音に戻った。通り沿いにはさまざまな馬車が並び繋がれた驢馬や馬は一様に埃にも年齢にも苦難にも慣れ親しんでいる様子で立っていて、男は手綱を小さく引いてその方向に驢馬を導き遊歩道沿いの葉の疎《まば》らな木々の陰で向きを変え馬車を停めた。

到着だ。男は言った。

彼女が最初に馬車から降り、包みを胸に抱えながら老女に手を差し出したが老女は立ち上がると気にくわない様子であたりを見回してから服の前の広がりをつまみ、差し出された手を無視し、後輪のリムを掴みながら梯子を降りる具合に後ろ向きで苦もなく下に降り、道に立つとまたスカートを下に伸ばしボンネット帽の陰から眼を怒らした。

男は馬車からロープを取り驢馬を結びつけるものを探していた。二人の少女と女は反対側から降りてきた。彼女は持ち物の包みを整え男に話しかけた。

おいしい夕食に寝る場所、おまけに町まで送ってもらって本当に何から何までお世話になりました。

なんてことはないさ。男は言った。もう少ししたら食事にするからあんたもそう急ぐことはないよ。

でも用事に取りかからなくちゃならないんです。

いっしょに食べてからにしたらどうだい。女が言った。

ありがとう。でももう行かなきゃ。

そうかい。俺たちは夕方早くに帰るからいっしょに馬車で戻りたいならまた来な。

ありがとう。彼女は言った。でも先に進もうと思います。

男はロープの結びをつくっていた。女は子供を抱えるようにキルトを腕に抱えていた。分かったよ。女がそう言うと男が言い添えた。また近くを通ったら寄ってくれ。

彼女は眼についた最初の店に入り物が散乱した通路を真っすぐ進み男の店員が立って待っているカウンターにやってきた。

鋳掛屋さんを見ませんでしたか？　彼女は訊いた。

誰を見たかって言いました？

あの鋳掛屋さんです。ここに寄ったかどうか知りたいんです。

分かりませんね。男は言った。どの鋳掛屋のことを言ってるんですかね。

あの。彼女は言った。年をとった鋳掛屋さんとしか分からないんです。どんな鋳掛屋さんでもここに来ませんでしたか？

奥さんここには鋳掛屋が持ってるよりもたくさんの品物が置いてあるんですよ。それに値段も安い。何でも入り用な物を言ってください。

買い物で来たんじゃないんです。あの鋳掛屋さんを探してるだけなんです。

それならここじゃ見つかりませんね。

鋳掛屋さんてどこに行くものなのか知らないですか？

鋳掛屋とは付き合いがないんでね。ベルクナーの店に行ってみたらどうですかね。あの店で物を調達する鋳掛屋もいるようですからね。ただちょっと薄気味悪い店ですよ。

その店の場所は？

通りを渡って五つ目の店ですね。大きな看板に、金物《ハードウェア》って出てますよ。

助かりました。

何てことはないですよ。

通りを渡っていると、少年が必死に足を引きずり思い煩った表情で追いついてきた。待ってくれ。彼は言った。ちょっと。

彼女は足を止め眼の上に手をかざして日差しを遮った。

さっきは足を滑らしちまって。少年は言った。ところで、今晩ショーを見に行かないかい？

どんなショーなの？

よく分かんないけど何かのショーだよ。金はあるんだ。

どうやって家に帰るつもり？　お家の人たちショーが終わるまで待っててはくれないでしょう。

それは大丈夫。少年は言った。ひとりで帰れるから。あいつらには何か言い訳をするさ。いっしょに行かないかい？

行けない。彼女は言った。

どうしてさ？

行けないの。やらなきゃいけないことがあるから。

あんたまさか学校の先生じゃないだろ？

違うわよ。

ショーに行くのが悪いことだと思ってるのかい？

ショーを見たことは一度もないの。それにショーが悪いなんて思ってもいないわ。

少年は両手をキャンバスのズボンの後ろポケットに入れていた。通りのさらさらの砂の上に片方の靴の裏で小さな半円を描いていた。どうして行けないのか分かんねえな。彼は言った。結婚はしてないんだろ？

してないわ。

だったら。恋人がいるのかい？

いないわ。彼女は言った。

ふうん。

彼女は少年をいぶかしげに見た。あいかわらず眼の上に手を翳《かざ》していた。

だったら、行けないわけがないじゃないか。

行けないのよ。彼女は言った。

行きたくないんだね。彼は言った。

そうよ。

ほら見て。彼はポケットからなめし皮の財布を取り出した。真鍮の留め金は表面が胆汁のような緑色に変色していた。彼はとりすました様子で札束を抜き出し彼女の前でぱらぱらして見せた。彼女はその様子をじっと見ていた。それから翳していた手を胸に抱えた包みに下ろし、陽光に眼を瞬いた。少年は札束を振ってみせた。大金だろ？　彼は言った。あんたは見たことも……

もう行かなくちゃ。彼女は言った。

ああ、ちょっと待ってよ。

彼女は木製の通路に上がり通りを進んだ。

おい。少年が叫んだ。

彼女は歩き続けた。口をぱくぱく動かしながら通りに立ち竦む少年が手に持った財布からは札束が覗いていた。

ああいるよ。その店の男は言った。あいつはここで物を調達していくんだ。ドイツ人みたいな名前だったな。あんたが探してる鋳掛屋ってのはそいつかい？

名前は分からないんです。

そうかい。じゃあどんな感じの男だい？

それも分からないんです。彼女は答えた。あたし人をあまり知らないんです。

男はカウンターの上でわずかに前のめりになりしばらく彼女の胸のあたりに視点を合わせていた。彼女は身体の前で腕を組んで店の入口の陽光に照らされた窓に視線を移した。

その男に会ってどうしようっていうんだい？

その人が持っていった私のものを取り戻したいんです。

取り戻したいものってのは？

言えないんです。

それが何なのかも分かんないんだね。

それは分かってるんですけど言えないんです。

そうかい。その男がそれをここに置いていけば預っておくこともできるかと思ったんだがね。

置いておけるものじゃないんです。それにその人のこともよく知らないんです。その鋳掛屋さん赤ちゃんを連れてなかったですか？

分からんね。店の男は答えた。それにしても名前も何も知らないでどうやってそいつを見つけようっていうんだね。

それでも探すのをやめるわけにはいかないんです。彼女は言った。

まあ、幸運を祈るよ。

ありがとう。

ああ。もしよかったら言付けを残すってのはどうかね。あんたが紙に秘密の言付けを書いて俺は中身を見ないでそれを渡すだけ。それを読んだ奴が探してる男ならすぐにピンとくるだろうし……

その人もあたしのことを知らないんです。彼女は言葉を差し挟んだ。

そうなのかい。

ええ。

やれやれ困ったな。

気にしないでください。迷惑をかけるつもりはないんです。それにいろいろと訊いてくれてありがとう。

かまわんよ。男は言った。それからわずかに口を開けつつ、彼女が出ていくのを見守った。彼女が戸口を出ていく前に男は呼びかけた。振り向いた彼女はかすんだ窓ガラスを屈曲して通った昼の陽光に包まれていた。

はい。彼女は言った。

その鋳掛屋にあんたが探してるって伝えてやろうか？　それとも探してる人がいるって言ったほうがいいかな？　それとも……

いいえ。彼女は言った。お願いだから誰にも何も言わないでください。

ドアに掛けられた牛用《カウ》の鐘鈴《ベル》が鳴り、弱々しく響いた鉄の音が店の薄暗がりに牧歌的な余韻を残した。

店の男は大いにいぶかり頭を振った。


彼女が近づいていったとき彼らは馬車のなかに坐り食事をしていた。

やあ。男は言った。用事は済んだのかい？

はい。彼女は答えた。

探してた奴は見つかったのかい？

いいえ。このあたりには来なかったみたいなんです。

そうかい。

もしよかったら夕方馬車でいっしょに帰ってもいいですか？

かまわんよ。

ありがとうございます。

老女は立ち上がりあたかも犬に追い回されたか邪悪な存在に攻め立てられたかのような様子で彼女を見下ろしていた。二人の少女は小声で言葉を交わし顔を覆った手の指の隙間から様子を窺っていた。

坐りなよ、母《かあ》ちゃん。女が言った。

彼女に食事を用意してやりな。男が言った。

あの。彼女は言った。お腹はぜんぜん減ってないんです。

女はすでに容器を手に取っていたが動きを止め、口のなかの物を噛みながら、道に立つ若い女を見下ろした。

食事を用意してやりな。男が言葉を繰り返した。

彼女が食べていると少年が遊歩道を近づいてきた。馬車の床の端に坐っている彼女を見た少年はいったん立ち止まってからにじり寄るようにまた歩を進め、足を引きずりながら近くにやってきた。

どこに行ってたんだい？　女が訊いた。

聴きたくもないがね。魔女のごとく老女が付けくわえた。

どこにも行ってないよ。

お前の食べる物はもうないよ。

クソッ。彼は悪態をついた。


一行が町を出発したのは午後も遅くになってからで、砂に車輪を軋ませながら馬車はやってきた黄色の道を戻っていった。夜闇が彼らを包み込み空には星々が爆《は》ぜり馬車は露に膨張しほとんど無音のまま前進した。漆黒の闇のなかで椅子に坐ったまま微動だにしない旅人たちは古代の建造物から切り出された石の人形を想わせた。

長い時間道を歩いてきて聴こえてくるのは自分の足音だけだったが不意に男が話しかけてきた。男は言った。調子はどうだい兄弟。

やあ。そう答えてホームは足を止めた。

男は小さな胡桃《クルミ》の木に寄りかかりながら、草の上で足を前に投げ出して坐り、不気味なまでに上機嫌な様子で片眼を流し眼にし姫酸葉《ヒメスイバ》の茎を口の端から飛び出させていた。男は哀れを誘うような笑みをこの旅人に向けた。ちょっと坐って休みなよ。そう言って口元から取った草で地面を指し示した。

遠慮しとくよ。

ちょっと休憩してからいっしょに道を歩こうや。

そう言われてもな。

決まりだ。

彼はゆっくりと埃っぽい草の上を進み、日陰に入って男から少し離れたところに腰を下ろした。

暑いな？

彼は同意した。男はほのかにウィスキーの臭いを漂わせていた。ホームを見ているのではなく道の方に視線を送り、かすかな笑みを浮かべていた。

どこに行くんだい？　男が訊いた。

この道の先だよ。

そうなのかい？　俺の行き先と同じだ。道の先。男は茎で膝を音もなく打ち、ほほ笑んだ。道の先。

男は繰り返した。それから誰かに見られていないか確かめるように首を横に振り、脇の地面に置いたコートの下に手を伸ばし紫色のガラス瓶を取り出すと、両手で高く上げ振ってみせた。彼はホームをじっと見た。一杯やるかい？

悪くねえな。

男はホームにボトルを渡した。ぐいっとやってくれ。彼は言った。

ホームは栓を緩め瓶をしばらく鼻につけてから飲んだ。視点が揺らぎ背筋がしゃんと伸びた。それから口を拭い瓶に栓をしてから男に返した。

どうも。彼は言った。

うまい酒だろ？

たしかに。

そりゃ良かった。

ホームは額の汗を指一本で拭いとった。男は坐って道を見ながら、口にくわえた草の茎をくるくる回していたが糸のごとく細い茎の影が男の顔の上で伸びたり縮んだりする様子は常軌を逸した太陽に呼応する日時計の針を想わせた。しばらくしてまた男はホームに顔を向けた。ブーツを交換しないかね？

男は急に言った。

ホームはぎょっとした。自分が履いているブーツを見てから男のブーツに視線を移した。そんな割に合わん物々交換はできるわけねえだろう。彼は言った。このブーツは手に入れたばかりなんだ。

ずいぶん頑丈なブーツのようだ。男は言った。何と交換したんだい？

そうじゃねえよ。働いて手に入れたんだ。

そういうブーツを手に入れるのには何日か働くんだろうな。
二、三日だ。
男はまた笑みを浮かべた。俺のぼろブーツはそろそろ駄目になりそうだ。男は言った。

ホームは男に視線を送ったが男はふたたび道の方を見つめていてどこか白昼夢に遊んでいるようだった。

あんたこのあたりに住んでるのかい？　ホームは訊いた。

男の視線はホームの顔の上を泳いだ。住んでいるのはウォーカーズ・ミルさ。[*6] 彼は答えた。チーザム[*7]の反対側だよ。さてそろそろ行こうじゃないか。そう言うと男は口から草を取り唾を吐いた。準備はいいかい？　彼は訊いた。

＊6　ウォーカーズ・ミル：テネシー州中央部、ナッシュビルの南東に位置する町。
＊7　チーザム：テネシー州中央部、ナッシュビルの北西に位置する郡の名前。

ホームは立ち上がった。男は手を伸ばしてコートを取りポケットにボトルを入れた。コートを肩にはらりとかけ腰を上げた男の後についてホームは午後の明るい陽光が降り注ぐ道に進んだ。男のブーツの底から塵が舞い上がるのが見えた。ブーツ革は干からびひび割れ片方はバークシームの縫い目が解けてベーリングワイヤーで上部が修繕されていた。男が歩を進めるごとにその裂け目はリズミカルに開閉し覗いたふくらはぎが背中に当たる瓶のにぶい音に合わせてウィンクを繰り返していた。

あんたの行く先までどのくらいなんだい？　ホームは訊いた。

三マイルか四マイルだ。そう遠くはない。

どんな用事があるんだい？

蜜蜂を巣箱に集める雇われ仕事さ。

ホームは頷いた。蜂蜜とさっきのウィスキーを交換するってわけだ。彼は訊いた。

ウィスキーは賭けで手に入れたんだ。男は言った。俺の仕事は保護マスクも燻煙器も使わん蜜蜂集めだよ。

蜂に刺されねえのかい？

刺されたことは一度もないね。男は言った。

蜂のことをよく分かってるみてえだな。

少しばかりはな。彼は言った。それからコートをケープのように振り回して弧を描くともう一方の肩にかけた。少しばかりは分かってるつもりだ。彼は繰り返した。それから唇をきっと結び、疲れたとでも言うようにフーと息を吐き出した。あんたは遠くまで行くのかい？

分からんね。ホームは答えた。とりあえず次の町までは行くがね。

養蜂屋は横眼でホームを見てから視線を逸らした。自分がどこに行くのかも分からんのかい？

分からんね。ホームは言った。

じゃあ何のために行くんだい？

行くってどこへ？

これには養蜂屋は応答しなかった。だがやや間を置いてから言った。あそこにある漆《ウルシ》の木立の向こうだ。そう言いながらコートを持った方の手の指を器用に出してその方向を指し示した。

俺は妹を探してるんだ。

そうなのかい？　妹さんどこにいるんだい？

ホームは水気のない砂の上に新しいブーツがみみず腫れのような跡を残すのを見た。それが分かってたら。彼は言った。探す必要もねえ。

養蜂屋の男はこれにも応答しなかった。彼はあたりを見回していた。二人が漆の木立を過ぎたところで男は言った。俺は妹さんを見かけてないがね。

ホームは意味が分からず男に視線を向けた。しばらくして男はまたコートを肩から振り外すと今度はウィスキー瓶を取り出した。飲むかい？　彼は訊いた。

ああ。

男はそっぽを向きながら瓶を差し出した。瓶を受け取り道の真ん中で両足を広げて立ち空に向けて瓶を傾け飲んでいると、輝く円錐状のガラス瓶の向こうに鷹が一羽ゆったりと旋回しているのが見えた。男はホームをじっと見ていた。ホームは飲み終わると瓶を差し出し男は飲んでからコートのポケットに戻し二人はまた歩きはじめた。

あんた遠くから来たのかい？　男は訊いた。

ずいぶん歩いたよ。というか……しばらくはジョンソン郡にいたんだ。

チーザムにいたことはないのかい。

憶い出せねえな。

そのうち憶い出すさ。

そうかな？

そうさ。男はつま先で車輪につぶされ干からびたヒキガエルの死骸を蹴った。あそこには州で一番恐ろしい監獄があるからな。

俺は監獄にいたことはねえがね。ホームは言った。

本当にチーザムに行ったことはないのかい。

ホームは両手をオーバーオールの胸当てに入れた。

どんな仕事をしてるんだい？　男が訊いた。

仕事はねえ。

男はこくりと頷いた。

働けねえってわけじゃねえ。ホームは言った。俺は怠け者じゃねえからな。

チーザムで仕事を探すつもりかい？

それは考えてる。

男はふたたび頷いた。二人は歩を進めた。小川の浅瀬を渡るときに養蜂屋は掌いっぱいに汲んだ水を顔にかけフーッと息を吐きだし頭を振った。それから片手で髪を掻き分けるとその手をズボンの横で拭いた。

あとどのくらいだい？　ホームは訊いた。

そんなに遠くはないよ。

この水は飲んでも大丈夫かい？

沼水だからどうかな。

ちょっとばかし喉が渇いちまって。

養蜂屋はにやりと笑いコートを肩にかけ直すと二人はまた歩きはじめた。

二人は午後の早い時間に町に入った。木造家屋が一か所に集まった小さな町で何の塗装も配水管もないように見える家屋はまぶしく輝く太陽の下で危なっかしく傾いていた。あたりに人影はなかった。

あまり人がいねえようだな？　ホームは訊いた。

多くはない。

どっちの方向に行くんだい？

このまま真っすぐだ。

二人は広場の陰の側を進んでいった。陽光に打たれて筋の入った建物上部の窓ガラスが二人を観察するように見下していた。

あんた仕事を探せる場所を知らねえか？　ホームは訊いた。

養蜂屋は頷いて二人が通り過ぎた建物の方を顎で示した。店で訊いてみたらどうだい。誰か知ってる奴がいるかもしれんよ。俺が教えられるのはそれくらいだ。

そりゃどうも。ホームは言った。感謝するよ。

結果は保証できんがね。

ホームは立ち止まっていたが養蜂屋は振り返らなかった。視線を向けようともしなかったし、身振りで別れを告げようともしなかった。道を進み広場から出ていく養蜂屋の姿はだんだんと小さくなり、コートを振りもう一方の肩にかけ直すとそのまま行ってしまった。

ホームはブーツの音をけたたましく響かせながら歩道を歩きチーザム商店という店の前にやってきた。窓の外から塵が舞う店内の薄暗闇を覗きこんだが人の姿は見えなかった。ドアを試しに押してみると開いたので用心しながらなかに入った。カウンターで眠っていた店員が起き上がった。やあ。ホームは言った。

いらっしゃい。店員が言った。

水を一杯飲ませてもらえねえかい。

いいですよ。あっちの冷蔵箱のなかにありますよ。

どうも。ホームは言った。水差しを取り息が続く限り一気に飲んだ。それからしばらく息を整えてふたたび飲みはじめた。

こんなに暑い日だと喉が渇いてしょうがないでしょう。店員は言った。

ホームは頷いた。それから瓶に蓋をして冷蔵箱のなかに戻した。皆どこに行っちまったんだい？　彼は訊いた。

それがよく分からないんですがね。教会の方で騒ぎがあったらしくて。皆鶏の群れみたいにここから出て行っちまいましてね。たいした見物《みもの》だったんでしょうよ。

そうなのかい？

ひとり残らず行っちまいましたよ。

ホームはオーバーオールの継ぎ目に沿って手を走らせ胸当てのなかの硬貨の包みを指で探った。このあたりに仕事はねえかい？　ホームは訊いた。

仕事を探してるんですかい？

どんな仕事でもいいんだ。

この仕事をあげられたらいいんですがね。すぐに辞めるつもりですからね。

数字は苦手なんだ。身体を使った仕事がいいんだがね。

見つかるか分かりませんがね。店員は言った。訊いて回ったらいいですよ。そう言う店員の両眼は発狂した人間のごとくぐるぐると回っていた。

誰か戻ってくるのはいつになるかね？

ちょっと静かに。店員は注意した。そして針金の蠅叩きをカウンターから取るとそっと待ちかまえた。ホームはその様子をまじまじと見ていた。店員は蠅叩きを振りメロン縞の巨大な蠅をクラッカーの瓶の上で仕留めた。

誰か戻ってくるのはいつになるかね？　ホームは訊いた。

すぐにでも戻ってくると思いますがね。午前の半分も行ったきりなんでね。

皆教会にいるって？

ええ。教会に人が大勢集まるなんてここ数年ではじめてですよ。

どこにあるんだい？

教会ですかい？　ちょっと行ったところですよ。そう言いながら店員は指さした。同じ場所に建っていた古い教会は火事で焼けちまいましたがね。

ホームは曖昧に頷き、飲み物の箱に寄りかかった。

お客さんどこから来たって言いましたかね？

ジョンソン郡からだよ。

一度も行ったことはないですね。店員は言った。

そうかい。

ずいぶんひどい場所だそうですね。

それは分からんね。少しは当たってるんだろうが。

聴いた話ですよ。俺は一度も行ったことがないんですからね。

ホームはこくりと頷いた。陽に黄色く照らされた店の窓を人影がいくつも横切り、商品の上に黒くかかった。ポーチの床板をカタカタ鳴らすブーツの足音も聴こえてきた。

戻ってきたようですね。店員は言った。

ホームは戸口に行き外を見た。人が群れていた。広場には歩いてやってくる者もいれば驢馬や馬に乗ってやってくる者もいた。銃を持っている者もいた。その背後から二頭の白い驢馬に引かれた大型の幌馬車が小さな少年たちに付き添われて入ってきた。この見世物の到来を布告するかのごとく真白に近い砂埃が戦場で異臭を放つ砲煙のように広場を包み込んでいた。

何が起きてるんです？　店員が訊いた。

分からんが。ホームは答えた。えらい騒ぎだ。

ポーチにいる誰かに訊いてみてくださいよ。

ホームがドアから頭を出すと何人かが眼を向けた。何事だい？　ホームは訊いた。

奴らが引かれてくるところだ。ひとりが言った。

誰が？

奴らだ。その男は答えた。

その男越しに別の男がホームを見て言った。死体だよ。男は言った。

ひとりの少年が振り向いて男たちを見上げて言った。昔死んだ人たちだよ。

ホームは群衆といっしょに馬車が音を立てながら広場を進んでいくのを見ていた。汗でぐっしょりの背中に店員の吐く息を冷たく感じた。

誰なんです？　店員は訊いた。

俺には分からんよ。ホームは答えた。誰も教えてくれなかった。

何人殺されたんです?

何も言ってなかった。少なくねえんじゃねえか。

馬車は青白い砂埃を上げながらゆっくりと男たちの眼の前を通過し、二頭の驢馬は手入れが行きとどき気品があり馭者台に乗った馭者は背筋をぴんと張り厳粛な面持ちをしていた。馭者の背後にある馬車の荷台には木製の棺が三つ並んでいた。棺は形が歪み虫に食われ黄色がかった土塊がところどころに付着していた。どの棺も蓋がこじ開けられていてひとつの棺からは染みのついた優勝旗を想わせる完全に色彩を失ったサテンのぼろ切れがいくつか垂れ下がっていた。

何てこった。店員がぼそっと呟いた。

馬車は通り過ぎていった。それから馭者が誰にも気づかれないほどわずかに両手をしごくと、手綱が驢馬の脾腹に沿って打ち震えて馬車は停止した。ポーチにいる男たちは顔を向けた。男たちの頭の上から馭者が立ち上がり馬車を降りるのが見え一頭の驢馬が耳を絞ってピクピク動かしているのが見えた。ホームは店員の方を向いた。棺はどれも土のなかに埋められてたんだな。彼は言った。

そうでしょうよ。

いったい全体……

誰かが掘り起こしたんでしょうよ。あそこにいる奴に訊いてみますよ。ようビル。

男たちはしゃがれ声でひそひそと話をしていた。その男は皆の方に片耳を寄せていた。

なあ、いったい何があったんだ？　店員が訊いた。

分からんが。教会の墓をいくつも掘り返した奴がいたらしい。

墓泥棒か。別の男が囁いた。

主のご慈悲を。

保安官が来たぞ。

馬に乗った二人の男が言葉を交わしながら広場を横切りやってきた。人だかりが扇形に広がり道を空けると二人は馬から降りて横木に馬を繋いで建物のなかに入っていった。

この時点で馬車の周りに数百人が群がり好き勝手にがやがやとしゃべりはじめていた。太陽は群衆の真上にあった。空に浮かんだ輝く太陽はほとんど動かなかったが、地下に委ねたはずの死骸をふたたび地上で眼にして愕然としているといった感じだった。歩道を進む者たちは列を作りはじめ、なかにはつま先立ちになり馬車の荷台に置かれた死体を見ていく者もいた。

俺は見たくもないね。店員は言った。

ホームは気がつくと群衆に交じり歩道を進んでいた。汗や馬糞の臭いを凌いで棺の腐臭が漂ってきた。馬車の脇までくると蝋を塗ったような灰色のしかめっ面が何を見るともなく昼の明るい空の方を向いているのが見えた。隣の棺には老人だったとおぼしき死体が入っていた。この棺にはキルト縫いされた粗悪なサテン生地が施され、なかの死体は白いシャツにネクタイを付けていたものの背広の上着やズボンは身に着けていなかった。死体の脚の肉は収縮ししわが寄りくすんだ茶色に変色していた。老人がこんな風に衆目や強烈な陽射しに晒されるくらいなら半裸で棺に入れられ埋葬される以上の世話を誰かがすべきであったのだろう。だがそれだけではなかった。死体の干からびた胸の上を横切るように黒い腕が置かれ、ホームがつま先立ちになって見てみると老人は安息の場を黒人の墓堀りと共有しているのが分かり、しかも頭部が半ば切り落とされた黒人は悪徳を行う癩病患者のように老人の身体を抱擁しているのだった。

ホームは足をひきずって歩いた。前にいた男が振り向いた。ちょっとした見物だな。ホームは頷いた。

誰がやったか知らんがそいつも墓場行きだ。

そう話した男にホームは視線を送った。

こんな輩がいるって知るだけでも恐ろしいと思わんかい?

彼はまた頷いた。彼らは店の方に向かい引き返してきた。店員がポーチで何人もの男たちと話をしていた。ホームを見ると彼はすばやく視線をそらした。店員はしゃべり続けた。ひとりの男が振り返ってホームを見た。ホームは広場で手持ち無沙汰に立っていた。二、三分後別の二人が振り返り視線を向けてきた。彼は気分が落ち着かなくなった。ひとりの男が話の輪から離れ歩道を馬車の方に向かい群衆を押しのけて進んでいった。さっき保安官が入っていった建物に入る直前に男は再度振り返ってホームがいる方向を見た。ホームは広場を歩きはじめ、ゆったりとした足取りで歩を進めた。背後から聴こえてくる音には敏感に耳をそばだてた。広場の角まで来ると後ろを振り返った。三人の男が早歩きで広場を進んできていた。彼は駆けだした。細い小道を走りながら、曲がり角を探した。背後の三人の足音は聴こえてこなかった。大きな木造納屋に沿って進んだ先は路地になっていてその向こうに野原と家畜が何頭か見えた。路地に入る前に後ろをもう一度確認した。三人の男たちはゆったりとした足取りで堂々と厳めしく歩いてきていた。彼は路地に入り納屋の後部に沿って進んだ。二人の黒人が積み下ろし場に停まった馬車から飼料袋を降ろしていた。二人は彼が通り過ぎるのをじっと見ていた。フェンスのところにある踏越え段を飛び越え野原を走り、少し左方向に旋回して木立の方に向かった。草を食んでいた何頭かの牛が鼻面を上げこの上なく穏やかな眼差しで彼を見た。虫たちが狂乱したように跳ね回るなかを駆け抜けるとすでに息が上がりはじめた。木立まで来るとまたフェンスがあったのでよろめきながら乗り越えた。野原を横切る三人の男たちは小走りで迫ってくるように見えた。その背後にも別の男たちが続いていた。男たちの声がぶんぶんと虚空に響いて聴こえてきた。彼は林のなかに逃げ込み、葉も落ちていない石の溝を降り、とにかく走り続けた。

小川に出ると日光浴をしている海豹《アザラシ》のような小さな少年の一団が現れ石灰石の岩棚から警戒しつつ真っ白な裸体で水に飛び込んでいた。少年たちは眼を見開いてホームを見ると、頭をひょこひょこと動かした。彼は速度を落とさずに川上の浅瀬を渡り、大きな扇形の水のなかを進み、対岸の籐の茂みのなかへと突進した。クイナ、千鳥《チドリ》、小さな鳥たちが埃塗れの羊歯《シダ》から昼の熱気のなかへけたたましく飛び立ちアフリカタケネズミが眼の前を細く金切り声をあげながら逃げていった。彼は猛然と前進していった。籐の茂みの境界で、荒々しく何本か藤の茎を前に倒し思いがけず舞台のセットを突き破って舞台上に出てしまった人間のように突然道に出てしまい、眼の前に開けた土地を恐々と見回しながらもはや籐のない空間をはたき続けたが、しばらくして身体の向きを変えると茂みのなかによろよろと戻っていった。それから片眼に太陽を収め方向を見定めながら、心臓を喉元で高鳴りさせながら小走りに進んだ。ふたたび茂みを出ると今度は深い森のなかにいた。立ち止まり息を整え耳をそばだててみたが聴こえてくるのは身体のなかでドクドクと流れる血の音だけだった。ほどなく彼は縦溝が刻まれた柱のごとく立つ木々の間に敗北者か懺悔者のように跪いた。鳩が一羽啼き声をあげたがすぐに止んだ。彼はワイルド・アイリスとボドヒルムのなかに跪き、両方の掌を太ももの上に広げた。頭を上げて高く昇った太陽に眼を向けると陽射しは長く真っすぐ森に注いでいた。追っ手の足音も遠くの呼び声もこの自然の静謐には届かなかった。彼は腰を上げ歩き出した。夕暮れ時には藪に潜んで時を待った。あたりが漆黒の闇に包まれてからふたたび歩きはじめ、南に向かう孤独な旅人となった。彼は夜通し歩き続けた。荒涼たる道の上では犬一匹寄ってこなかった。

納屋の屋根の修繕が必要だという男と話をしたときホームは二日間早生の蕪《カブ》の根しか食べていなかった。川で身体を洗い髭を剃りシャツの汚れをきれいに洗い落とそうとはした。だがシャツの襟は擦り切れて開き裏地のチーズクロスはレースの縁のほどけた胸当てのように項《うなじ》にかかりみすぼらしさは隠しようがなかった。

ペンキ塗りはできるのか？

もちろん。ホームは答えた。しょっちゅうやってますよ。

男は彼の身体を上から下までじろじろと見た。納屋の屋根のペンキ塗りが必要なんだが。男は言った。屋根はできるか？

屋根なら何度もやってますよ。

長期契約か日給かどっちがいいんだ？

ホームは二本の指で唇を拭った。まあ。彼は言った。仕事が屋根ひとつだけなら日給のほうがいいですかねえ。

屋根の作業は速いのか？

かなり速いと思いますがね。

男はあらためて彼の身体をまじまじと見た。分かった。男は言った。日給で一ドル払おう。明日から始めたいなら今晩のうちにペンキを用意しておこう。

それでいいですよ。ホームは言った。何時に始めたらいいですかね？

俺たちは六時に作業開始だ。黒人は別だがな。あいつは餌やりがあるからもっと早い。

ホームはこくりと頷いた。

よし。男は言った。

彼は歩きはじめた。

どこで寝泊まりしてるんだ？　男が訊いた。

ホームは足を止めた。まだ見つけてねえです。着いたばかりなんでね。

嫌じゃなきゃ納屋で寝てもいいぞ。男は言った。昼は一日中納屋の上にいて夜になったら下で寝るってな。

そりゃいい。彼は言った。感謝しますよ。

ただし煙草は駄目だぞ。

煙草なんて吸ったことねえですよ。

屋根の棟《むね》からはうねるように広がる田園の風景を遠くまで見渡すことができた。彼は吊り梯子を調整するとしばらくの間腰を下ろし、太陽が東の空を赤く染め上げるのを眺めやり、道を歩く小さな山羊に視線を移した。頭上の錆びた風見鶏が朝の風に小さく音を立てた。彼は桶のペンキをブラシの刷毛で練り調整した。せっせと動く彼の影は災いをもたらすかのごとく斜め下の地面に落ち、眼醒めた土地の上では一斉に啼き出した雄鶏の声が弱まりいったん止みふたたび聴こえはじめるのだった。陽光が屋根の東側の斜面に強く当たりはじめるとブリキ板の上の水滴はたちまち蒸発してしまった。彼は緑色の濃厚なペーストを掻き回した。

朝の半ばまでに屋根の熱はかなりの高温に達し塗ったばかりのペンキがブリキのパネルの表面で漆のようにぎらぎらと輝いた。休憩中に桶のなかのペンキは凝固しブラシの根元は艶のない緑の浮きかすに覆われてしまっていた。彼は作業を続け、波形のパネルをどんどん片付けていった。屋根から上がる熱気のもやの向こうに見える少女は洗濯物を抱えて家屋を行ったり来たりし庭の物干し綱に沿って移動し胸の形を服の上に露わにしながら洗濯かごに身を屈めたり手を高く上げたりしていた。ペンキの液が上に挙げたブラシの柄から動きの止まった彼の手首に垂れてきた。彼は指一本でそれを拭うとブラシを振って柄の端のペンキを落とした。そうしていると少女が家のなかに入っていくのが見えた。

三日目の午後までに彼は屋根の片側半分の作業を終えもう一方の側へ吊り梯子を移動し、吊り梯子を屋根の棟にくさび形の止め具で掛け、桶は梯子の横木で平衡状態を保ち、上のパネルから順に下にペンキを塗っていった。その男たちがやってきたのが前日あるいはその日の朝だったら彼らの姿は見えなかっただろう。男たちは四人で、すでに納屋の前庭に入りフェンス沿いの馬糞の混じった泥濘を足を高く上げながら近づいてきていた。ひとりは散弾銃を持ちあとの三人はスレート片を手にして、陽光に照らされた顔を上に向け、彼を見ていた。彼はブラシを下ろし、吊り梯子の横木の下に差し込み、屋根のてっぺんを目指して梯子を昇りはじめ、上まで来ると直立し、ブーツの足を見ながら棟を歩き、地面に置かれた梯子の上まで進んだ。そこでかかとに重心をかけてしゃがみ、両手とブーツの底でブレーキをかけながら屋根の縁まで滑り降りた。男のひとりが大声を上げるのが耳に入った。彼は眼下を見て男たちの位置を確認しようとしたが彼らはすでに納屋の陰に入っていた。

先回りしろ。ひとりが叫んだ。

反対側だ、ウィル、反対側だ。

こっちにおびき寄せろ。俺が始末してやる。

ホームは梯子を階段のように半ば駆け下り、最後の六フィートで足を踏みはずしたが、よろめきながら立ち上がると納屋の横を走った。納屋の角からひょこっと男がひとり現れ、青白い顔に白い唇の歪んだ笑みを浮かべながら、スレート片を横に振って彼の背中をバチンと打つとその衝撃が全身に走った。彼は頭から乾燥したもみ殻のなかに倒れこんだが、それでも動きを止めずに地面から起き上がり、ふたたび駆け出しフェンスを乗り越え豚の囲いに飛び込むと、泥土の窪みから雄豚が啼き声を上げながら出てきて威嚇されたが反対側のフェンスを越えてその先の牧草地に逃げ込んだ。それから背後から男の罵声が聴こえてきて、近づいてくる雄豚から逃げようとし右往左往する男は、このくそ野郎と罵りながらフェンスまで戻ろうとしていたが、ほどなく絶叫する豚に追いつめられ泥に足を滑らせじたばたしながら豚の皮膚をスレート片で何度も叩いていた。

ホームは腰の高さまで草が生い茂る野原を進みながら、銃声が聴こえてくるのを今か今かと待ったが耳鳴りがしただけだった。銃声は聴こえてこなかった。丘の上にやってくると身体の向きを変えて後ろを見渡した。男たちは一〇〇ヤード下の野に散り散りに広がっていた。男たちはひとりまたひとり三人目四人目と操り糸につながれているかのように足を止め、散弾銃を持った男がその銃を構えたかと思うとその周囲に黒い華がぱっと開いたように見えた。ホームは身体をくるっと回転させた。それから雀蜂の針のように散弾が背中をかすめていった。彼はたじろぎ片手を首に当ててみると血の染みが細くついたがすでに走り出していた。野原を走って下ると丘の麓の松の森に入り開けた土地に立つ木々をかわしながら懸命に駆けた。窪みにつまずき頭から松葉の上に倒れ込み、暗い凹地から出てきたときにはペンキと血に塗れた掌に松葉がべったりとついていた。後ろを見るにも余力がないと言わんばかりに両手でその獰猛な顔を挟んで振り返ったが前進しはじめると狂ったような速さで疾走し森のさらに奥へと入っていった。

やがて渓谷に突き当たると右に大きく旋回する地点までその渓谷沿いを走り土手を滑り降りて下を流れる小川を飛び越えようとした。しかし柔らかい芝に足をとられ顔から水のなかに倒れこんだ。立ち上がろうとしたが力が残っていなかった。肘を支えに身体を起こし、あえぎながら、耳をすませた。小川は暗い渓谷をさらさらと流れていた。彼は浅瀬に顔を傾け川の水を飲んだが、息が詰まり、ほどなくして吐き出した。それから時間を置いてまた飲んだ。

男は形が崩れ埃を被ったサイズの小さすぎる黒い亜麻のスーツを身に着け顎鬚と髪の毛は長く黒く縺《もつ》れていた。シャツやカラーは着けず自家製のブロガンの先端から裸足のつま先が飛び出していた。彼は押し黙っていた。周囲の者たちが促すと馬車に近づき荷台の男を見下ろして立った。周囲の者たちは神妙な面持ちで待った。彼はゆっくりと振り返り周囲を見渡した。親父さんのソルターだよ。ひとりが言った。死んでるよ。刺されて殺されたんだ。男は頷いた。分かった。彼は言った。親父を殺した奴を見つけだそうじゃないか。松明の火明かりのなかで黒瑪瑙《めのう》のような眼以外の顔の部分は見えず、顎鬚にも着ているスーツにも火明かりを反射するほどの艶はなく、埃に塗れた巨体のその大きさだけが町の男たちが今晩この男について行くべき理由を提供していた。

冷たい煙燻る夜明けに村はずれの野原に立つブラックホーの木に工場で働く季節労働者二人の死体がぶら下がっていた。死体はゆっくりと左から右へ回転しまた反対に回転するのだった。あたかも何かを見張っているかのように。その他に周囲で動いているのは朝の風にわずかに揺れる死体の髪の毛だけだった。

夜中に一度田舎道をやってくる馬の足音が聴こえ、気性の荒い馬が生気のない月光のもと青白い粉塵を舞い上がらせながら道を進んでくるのが分かった。馬が苦しそうに呼吸をし馬具が軋み鉄の飾りが鳴るのが彼女の耳に入りそれから橋の厚板をけたたましく叩く蹄の音が聴こえた。砂埃と砂利が板の隙間から彼女の上に落ち川水をさらさらと鳴らした。馬の蹄の打撃音は道の向こうへと徐々に小さくなりやがて彼女の厚みのない胸のなかの心臓の鼓動と重なり合った。彼女は衣服を包んだ汚れた包みを顔の下に引き寄せるともう一度眠りに入った。

夜明けの兆しが青白く生じ、川霧がやさしくあたりを包み込み燕がアーチ状の橋の上を飛び交いはじめたときにも彼女は眠り続けていた。一日のはじめの暑気が訪れてもなお眠り続けようやく眼醒めたときには胡麻のような眼をした小鳥たちが頭上の粘土質の巣からこちらを見ているのが見えた。彼女は立ち上がると川で顔を洗い髪の毛で拭った。持ち物を収めた包みを手に取ると橋の下から出てまた道沿いを歩きはじめた。やせ細り眼を瞬き身に纏ったぼろの服を風に揺らす彼女は残忍な神の御業によってずたずたの屍衣と機能不全の肉体のまま地中から掘り返され灼熱の太陽の下へ送られたかのようだった。蝶が彼女の身体の回りを舞い道にいる鳥たちは彼女が通っても飛び立とうとしなかった。道行く彼女が口ずさんでいたのは今は忘れられた遠い昔の子供歌だった。

半マイルほど行くと家屋や納屋がいくつも現れ畑には粗末な用具が放置されているのが見えた。彼女は歩みを緩めて進んだ。料理の匂いが流れてきた。彼女が選んだのは手入れが行き届いた庭に建つペンキ塗りの木造家屋だった。家屋に近づき、犬に注意しながら玄関に通じる通路を歩き、西洋山薄荷《セイヨウヤマハッカ》と花魁草《オイランソウ》が繁茂する自然石の花壇を過ぎ、朝顔《アサガオ》が咲きほこる真っ白な羽目板の格子を過ぎた。ボンネット帽を被り移植ごてを持った女が黒い土にかがみこんでいて、傍らには小さな石塚があり植物を包んだ円錐形の紙が置いてあった。

こんにちは。リンジーは声をかけた。

女は肩越しに彼女を見て、かかとに重心をかけると移植ごての土の塊を叩き落とした。

おはよう。女は言った。何かご用？

はい。この家の奥さんにお会いしたいんです。

それなら、眼の前にいるよ。

そうなんですね。もしかしてこの家でお手伝いが必要じゃありませんか。

女は立ち上がり、スカートを両手の甲で掃《はら》った。ボンネット帽の陰から覗く女の眼は異様に青かった。

手伝いかね。女は言った。ああ。庭仕事の手伝いが必要に見えるんだろうね。

本当にきれいな庭です。今まで見たなかで一番。

うれしいこと言ってくれるね。

本当のことです。

あんた結婚はしてるのかい？

いいえ。

というか住み込みはできるのかね。

できます。

ずっとかい？

あの、どのくらい長く続くかは分かりません。雇ってもらえるかもまだ言われてませんし。

一週間だけっていうならお断りだよ。そういう連中にはうんざりしてるのさ。もめ事ばかり起こすからね。私が女の子の女中を欲しがってるって誰から聴いたんだい？

誰からも聴いてません。

誰かに言われてここに来たんじゃないのかい？

違います。自分で考えて来ただけです。お手伝いが必要かどうか訊きたかったんです。

あんたクリーチ家の娘じゃないんだね？

いいえ。名前はホームです。

女がにこっと笑ったので彼女も笑い返した。それから女が言った。あの声は孫娘だよ。そう言われて家のなかから子供の泣き声が聴こえてくることに気づいた。

親子で今週ずっとこの家に来てるのさ。孫の世話をしなきゃならんから付いてきておくれ。

それから女の後について石の通路を歩き家の後ろに回り台所に入った。女はボンネット帽を頭から取ると椅子にひょいと置いて言った。椅子に坐っててちょっと休んでな。すぐに戻ってくるから。

彼女は腰を下ろした。ほどなく身体《からだ》が火照り胸に湿り気を感じ例のものが始まり、坐ったまま膨れた乳房を抱えたが、例のものが何筋も腹部を下っていくのを感じ、乳房に押し付けた服の生地に黒い染みができるのが見えた。

奥さん。

なんだね？　女は戸口で振り向いた。

ここでの仕事の話ですけど……やっぱりあたし……

だからちょっと待ってな。すぐに戻るから。

女が階段を使って子供の泣き声のする方へ歩いていくのが聴こえ、やがて足音も泣き声も聴こえなくなった。彼女は立ち上がるとテーブルとストーブと料理鍋くらいしかないがらんとした部屋を出て、青い乳が生地に滲み出て異臭を放つ胸に持ち物の包みを抱えながら、通路を戻り来た道に出た。

町なかを横切り、何軒もの家屋、庭の野菜畑に植えられ道埃《みちぼこり》で黄色がかったトマトや豆、熱気のなかに斜めに立つ何本かの支柱を横眼に歩き、灰色の壌土に手の高さほどに発芽した玉蜀黍の列を越え、横木を虫に食い荒らされた古いフェンス沿いを進んでいくと、裸足の踵から弧の形に舞い上がる砂埃《すなぼこり》が蒼白い羽根のごとく道の上に戻っていった。鴉の群れが野原から飛び立たなかったらその方向に視線を移し二人の男が粗悪な鐘みたいに木にぶら下がっているのを眼にすることはなかったかもしれなかった。

　彼女はしばらくの間衣服の包みをぎゅっと握りしめ、二体の死体を眺めながら、真昼に遭遇したこの陰惨な行為にもかかわらず夏鳥の啼き声があたりに響きわたっていることを異様に感じていた。しばらくして彼女はまた歩き出し、そろりと歩を進めた。一度後ろを振り返ってみた。吹きさらしの木に動くものは何もなかった。

　先に進んでいくと蕪《カブ》が植えられた大きな畑が見えた。彼女はフェンスを通り越し、掘り返された黒い土の上を蕪の方に向かい歩いていった。蕪はすでに実をこぼしていて毒人参《ドクニンジン》のような黴臭さが空気のなかに甘ったるく漂っていた。蕪は小さく、苦く、わずかに柔らかみを帯びていた。彼女は蕪を六個引き抜きまくった服の裾で土を払い落とした。最初の一個を食べていると畑の反対側から怒鳴り声が聴こえてきた。曲がり道の向こうに家屋と納屋が見え男が納屋の前庭に立ってこちらを凝視しているのに気づいた。男の怒鳴り声は熱のこもった空間に漂い消えていった。

　蕪畑から出るんだ。

　彼女は手にいっぱい持った蕪を見て、男に視線を移し、それから蕪の葉の部分を取り除くと根を包みにしまい道に戻りはじめた。その家屋に着くまで男は仁王立ちで待っていた。彼女は唾を飲み込んで男に頷いた。おはようございます。彼女は言った。

　おはようだと？　ずいぶんと長い朝だな。俺の畑で盗みを働くとはどういうつもりだ？

誰かが育ててるって知ってたら取ろうなんて思わなかったです。いらなくなった古い蕪だと思ったんです。それに今日は何も食べてなくて。

何も食べてない？　何でまた？　どこかから逃げてきたのか？

いいえ。彼女は言った。あたしには逃げてくる場所なんかありません。

彼はこの言葉をしばらく吟味していた。片眼はほとんど閉じられていた。逃げてくる場所がないなら逃げ込む場所もないってことだな。俺には関係ないことかもしれんがどこに行くのか自分で分かってるのか？

誰かが教えてくれたらいいのにって思いはじめてたところです。

きっとどこかから追い出されたんだな。男は言った。

自分で出てきたんです。

そうか。男は言った。それから彼女の身体をじろじろと見た。

あたし鋳掛屋さんを探してるんです。

鋳掛屋だって？

そうです。あたしのものを持って行っちゃったんです。

なるほど。

それを取り戻したいんです。

その取り戻したいものっては何なんだ?

それは言えません。その人も自分が持ってちゃいけないものだって分かるはずなんです。あたしと会いさえすればですけど。

そう言われるとますます知りたくなるな。男は言った。家族はどこにいるんだ?

家族はいません。兄がいるんですけど行方知れずなんです。なのであたしひとりでその鋳掛屋さんを見つけなきゃならないんです。

男は首を振った。その鋳掛屋に何かよこせと言っても無駄だろう。とくに後ろ盾になってくれる家族がいないんだったらな。それにしてもあんたが恥じらいもなくその鋳掛屋が相手だって言うのには驚いたな。

まあ。彼女は言った。そういうことじゃないんです。だってあたしその鋳掛屋さんには一度も会ったことがないんです。

悪さをする男が世のなかにはいるって知って……何だって?

その鋳掛屋さんに会ったことはないんです。

そうなのか。

ええ。

男はしばらく彼女をまじまじと見ていた。あんた。男は言った。少し日陰で休んだほうがいい。

あたしは平気です。

家に行って俺に言われていっしょに食事をすることになったと女房に伝えてくれ。さあ行ってくれ。俺は用水路を開いて水を入れたらすぐ戻る。

あの。彼女は言った。本当にいいんですか。あたし人に面倒はかけたくないんです。

さあさあ。男は言った。俺はすぐ戻るって女房に伝えてくれよ。

彼は彼女が歩いていくのを見ながら頭をゆっくりと横に振った。彼女は小さく銃を撃つ身振りをしながら鶏を追い払い草の生えていない凸凹の庭を横切り戸口に着くとドアを叩いた。

戸口に現れた女は片手にバターの型枠を持ち、もう一方の手で掴んだエプロンのギャザーで顔を拭った。玄関前に立つこの虚弱な人間を見て女はうんざりしたようだった。何か用なのかい？　女は言った。

旦那さんがあたしにここに来て……奥さんに訊いて食事をいっしょにしてもいいか……

女は何も聴いていないように見えた。彼女は常軌を逸するほどの厳しい眼差しでこの嘆願者を見ていた。ずっとバターを掻き混ぜてたからくたびれてるんだよ。女は言った。

たいへんな作業ですよね。

すっかりくたびれちまった。そう言った女はバターの型枠を身体の前で両手で生贄を捧げるように持った。

それであの。向こうで会った旦那さんにここに行けって言われたんです。それとすぐ戻るって伝えてくれって言われました。

女は彼女をじろじろと見た。食事まではあと半時間あるよ。女は言った。この家の食事の時間がいつなのか一九年も経てば知ってるはずなんだがね。

はあ。彼女はそう言ってうつむいた。

私が鐘を鳴らす時だよ、その前でもその後でもなく。

それは知りませんでした。彼女は言った。

旦那のことだよ、あんたのことじゃないよ。あいつはどこにいるんだい？

用水路に水を出しに行きました。

やれやれ。女はバターの型枠を何気なく叩いた。あれで男の働く時間が少なくなって女の働く時間が長くなるなんておかしな話だよ。それであんたはここに食事をしに来たってわけだね？

ご迷惑じゃないなら。

迷惑なんかじゃないさ。今のあたしには女中兼料理人がいるんだから。お入り。

彼女は台所に入った。

椅子に坐りな。片づけをしちまうから。

お手伝いします。

坐ってな。すぐに終わるから。

分かりました。

そこじゃないよ。その椅子は壊れてるよ。

彼女は女が攪乳器の底にあったバターの残りを掬《すく》い上げ型枠に入れ押し固めるのをじっと見ていた。

分かりました。

とてもおいしそうなチーズ。

女は台所の片づけをしていた。そしてテーブルの上の板に山積みされたバターをちらっと見た。冬にはもっとたくさん作るんだよ。女は言った。二軒の店に売ってるんだ。

もう一方の女は膝に置いた染みのついたぼろ布の包みの上で両手を組んだ。バターを掻き混ぜるのって何時間もかかるんでしょう。

牛の乳を搾るだけでもえらい時間を取られるよ。女は攪乳器で木製の柄杓を動かした。

ここに住んでるのは二人だけですか?

そうだよ。子供は五人いたんだけどね。皆死んじまったよ。

それを聴いて彼女は興味か是認を示して相づちを打とうとしたが顎は反応せず両手は膝の上で絡み合ったままだった。台所に流れる沈黙のなかで柄杓の木とバターのついた木がぶつかるにぶい音だけが響いていた。

牛の乳首には男の手の方が合ってると思うかい? 女は訊いた。

彼女は足元に視線を落とし音を立てないように両足を揃えた。分かりません。彼女は答えた。

結婚はしてないのかい？

してません。

そうかい。一度でもしたら結婚なんかするもんじゃないって分かるよ。

そうなんですね。ところで本当に手伝いはいらないですか？

もう終わるよ。心配ご無用。坐っておくれ。

分かりました。

女の子は四人だったよ。

彼女は両手を固く握ったまま坐っていた。女はチーズクロスを湿らせてバターの上に被せた。

一番上の子は生きていればあんたと同じくらいの年だったと思うがね。

あたしは一九歳です。

そうかい。ちょうどそのくらいの年だよ。ところで旦那はまだ帰ってこないかい？

リンジーはわずかに頭を上げて小さな窓から外を見た。いいえ。まだみたいです。

そうかい。

いい陽気になりましたね。

ああ。子供のときに死んじまった子は育てたなんて言えんかもしれんがね。息子はもう少しで成人ってときに死んじまったんだよ。

そうなんですね。本当にお気の毒です。

はあ。お気の毒かい。気の毒には事欠かないよ。この家ではね。気の毒の上にこの家は建ってるんだから。気の毒なことばかりで気の毒な人間がいて天からは災いばかり降ってきて死にたくなるほど悲惨だよ。

彼女は自分のつま先を見続けていた。

一九年間ずっとね。

そうなんですね。

旦那が帰ってきたようだ。女は言った。呼んでも呼ばなくても帰ってくるんだから。旦那かどうか分かるかい？

旦那さんです。彼女は答えた。

そうかい。旦那が顔を洗ったらすぐに食べようじゃないか。洗わないかもしれんがね。

家のなかに入ってきた男は彼女に頷くとドアを通って隣の部屋に歩いていったが女には一言も声をかけなかった。それから何やら忙しくしている物音が聴こえてきた。女は焜炉《こんろ》の目を上げ儀式を司るかのように黒い蒸気を吐き出させ火を突いた。蒼白く上がった雲煙が天井で平らに広がった。台所のなかはとても静かだった。蝿がブンブンと行き交っていた。戻ってきた男はテーブルのまわりを歩き反対側に坐ると防水布《オイルクロス》の上で両手を組み合わせた。

さっきはどうも。彼女は言った。

ああ。先に食べはじめてると思ったんだが。

お手伝いしようと思ったんですけど奥さんが自分ひとりでやるっておっしゃって。

あいつは何でも自分ひとりでやらないと気が済まねえのさ。

女はオーヴンの扉を開け玉蜀黍パンの載ったトレイを差し入れた。

見るからにおいしそうなバターですよね？　奥さんがつくるバター。

俺はバターが食べられねえんだ。

彼女は組んだ両手を口元に当ててすぐにまた膝の上に戻した。

食べられねえんだ。食べると狂った犬のように吐いちまってね。

誰にでも食べられないものは……そう、誰にだって食べられないもののひとつや二つはあると思います。

あんたのは？

はい？

あんたのは何だって訊いたんだ。食べられねえものはあるのか？　蕪は違うだろうがな。

彼女は両手をじっと見ていた。黄色い皮膚がこぶしまわりにピンと張っていた。分かりません。彼女は言った。

はあ。

死ぬほどお腹が減っているとほとんど何でも食べられるんです。

それは聴いた。俺は幸い飢えたことはねえがな。

飢えないのが一番だとあたしは思います。

俺はしなきゃならん仕事があまりねえのが一番だと思うがな。正体の分からねえ奴を探すとか……そう言わなかったかい？

会ったこともないって言ったんです。

どうでもいいけどな。まあ夜になったらどこでもぐっすり眠れるってのが一番かな。いやそれほどでもねえか。

女は頭を上げて髪の毛を顔から振り払った。ほっといておやりよ。女は言った。その子があんたに迷惑かけてるわけじゃないだろ。

黙って席につけ。人の話に口を挟むな。

無視してかまわないからね。根が腐った気の毒なこの男にはつける薬がないんだから。

かまいません。彼女は言った。おしゃべりしてただけですから。

男の染みだらけの両手が二匹の死にそうな巨大蜘蛛のごとく上昇し前に置かれた空の白皿の両端を掴

んだ。この口汚い婆め。俺が気の毒な奴だと。お望みなら気の毒ってのがどういうものか見せてやるよ。女は焜炉《こんろ》の上でまた頭を振った。そりゃいいね。女は言った。お仲間が増えていいじゃないか、え？お前もお仲間もくそくらえだ。男はそう言いながら立ち上がった。お仲間がどうとかたわごとをぬかしやがって。自分のお仲間のことは棚に上げて……

何だって？　女は振り向いて言った。何て言った？　面と向かって私の家族を侮辱するつもりかい？

お前の家族だと？　ああお前もお前の家族もどうしようもねえ連中だ。俺が言ってるのは……

この時までに彼女は包みを脇に抱え席を立つと、この修羅場に眼を瞠《みは》りつつ近くの壁まで移動していた。スプーンがシュッと鋭い音を立ててシチューのしぶきをまき散らしながら部屋を横切った。男は煉瓦状に積まれたバターの塊をひとつ掴んで投げた。バターはひとしきり加温器の扉に黄色くべっとりとくっついていたがほどなく焜炉の上に落ちシューと音をたてた。

私のバターに触るんじゃないよ。女は言った。その汚い手でバターを触るなって言ってるんだ。

彼女はこっそりと壁伝いにドアまで歩き、後ろ手に探り当てたハンドルを回し、開いたドアから後ろ向きに外に出た。男がにやりと笑うのが見えた。身体の向きを変えて走り出す前に最後に見たのはバターを載せた板が空中を飛び、女が大声をあげている光景だった。彼女が庭を横切る間破壊音は徐々に大きくなりガラスが粉砕される音で大団円を迎えほどなく訪れた沈黙のなかから弱々しいすすり泣きが聴こえてきた。彼女は後ろを振り返らなかった。道まで来ると駈足から速足に緩め片手を脇腹に当て刺すような痛みを感じて前のめりになりながらも足を引きずって進んだ。その家の敷地から道に出てカーブを二つ曲がったところで足を止め痛みが去るまで道端の草の上で休んだ。ひどく空腹を感じた。もしかしたら馬車が来るのではないかと期待して待ってみたが長い時間待っても来なかったのでふたたび歩きはじめた。

切り開かれた土地の境界を進んでいくと道は下りになり沼地が広がる深い森に続いていた。蒲《ガマ》や沢瀉《オモダカ》がどぶや花粉に塗れた水たまりに群生し日光浴をしていた亀たちは彼女が近づくと石や丸太から逃げ出した。この道を何マイルも進んだ。家らしきものが目に入ったのは午後遅くになってからでそのおんぼろ小屋はほとんど木間に隠れていた。

頭巾を被り腰の曲がった猿のような人間がぶつぶつ独り言を言いながら柵沿いに向かってきたとき男なのか女なのかにわかには判別できなかった。若木の枝を粗雑に柄にした鍬《くわ》を片手に持ち、顔はしわしわでひょろ長い髪の毛が頭巾の下から羊の尾みたいに固まって垂れ下がり、ブロガン靴の足取りは覚束なく、オーバーオールを着ていた。思いがけず現れたこの存在を眼にして彼女は足を止めた。深い森の道には湿気がこもりその家屋のまわりには苔や地衣がベロアのごとく繁茂し毒気とおぼしき腐臭が垂れ込めていた。鶏が庭の土を掻きとってしまい木の根のこぶや突起がいたるところで飛び出した奇怪な地面はどこかから集められてきた狂人たちが突然この場に放り出され裸のまま苦痛で身もだえしている姿を想わせた。彼女は様子を窺った。最初に言葉を発したのは老女だった。

この鍬で草刈りしてたわけじゃないよ。これは蛇を殺すためさ。

彼女はこくりと頷いた。

人にとやかく言うつもりはないけどね。あたしが草刈り仕事をしてたなんて思わないでくれよ。

はい。彼女は言った。

あたしは安息日を破るのが嫌なんだ。人がどうしようがかまわんがね。

今日は日曜日じゃないですよ。彼女は言った。

何だって？

今日は日曜日じゃありません。彼女は繰り返した。

老女はいぶかし気に彼女を見た。あんた洗礼を受けてないんじゃないかね？　老女は訊いた。

分かりません。

ああ。老女は言った。あんたもあっちの人かい。そう言うと小さな土の塊を鍬の刃の平面でつぶした。

ここにお住まいなんですね。

老女は顔を上げた。ここに住んでもう四七年だよ。結婚してからね。

涼しくていいところですね。彼女は言った。

その通りさ。いつも日陰ができるからね。あたしはこの家の近くの木は一本も切らせないんだ。

家のポーチには端から端までいっぱいに薪が積み上げられこちら側に面した窓にも蜘蛛の巣の張った

汚れた薪の束があるのが見えた。旦那さんと二人で暮らしているんですか？　彼女は訊いた。

アールは死んだよ。老婆が答えた。

そうなんですね。

あたしは蛇が大嫌いなんだがあんたはどうだい？

好きじゃありません。

あたしの婆ちゃんもそうだった。婆ちゃんはこの世で一番嫌いなのは蛇と猟犬と惨めな女だっていつも言ってたよ。

そうですか。

この家には猟犬はいらない。

そうですか。

老婆は親指と人差し指で鼻の両穴をつまむと粘液のしぶきを噴き出して着ているオーバーオールで指を拭いた。

アールの父ちゃんは老いぼれの猟犬をたくさん飼ってたよ。アールの犬もいっしょに飼ってた。あたしがこの家では一匹も飼わせなかったからね。アールの父ちゃんときたら夜中の半分は森で犬の群れといっしょに気がふれたみたいに走り回ってるのさ。そんな奴と我慢して付き合ってってもしょうがないだろ。だから犬といっしょに追い出してやったよ。言ってやったのさ。そんなに長い時間ずっと犬といっしょに走ってると顔が犬みたいになっちまうし身体も犬臭くなるってね。アールの父ちゃんは地元の名士だったよ。あの一族は普通の家柄じゃなかったが行いはおせじにも善かったとは言えないね。名士の一族と言えどね。娘がどこの馬の骨とも分からん奴と駆け落ちするのを止められなかったし。おまけに娘は腹を大きくして脚はがりがりに細くなって帰ってきちまうしその男からは音沙汰なしさ。まあ最後の審判の日までには連絡が来るかね。ところであんたは遠くまで行くのかい?

ちょっと道の先まで。旅をしてるんです。

どこへ行くんだい?

それが。特に決まったひとつの場所っていうのはないんです。

老女は小人《こびと》のような顔を傾けて年月の経過で色彩をほとんど失った眼で彼女をまじまじと見た。鋤の柄を掴んだ細い縄のような手が開いたり閉じたりした。だったら決まったいくつかの場所に行くつもりってわけだね。老女は言った。

いいえ。決まった場所っていうのはひとつもないんです。人を探してるんです。

誰をだい?

よく知らない人なんです。

老女の視線は彼女の腹に向けられそれから元に戻った。

彼女は背筋を伸ばして脇に抱えた衣服の包みをしっかりと持ち直した。

男かい。老女は言った。そいつはどこに行っちまったんだい？

それが分かればいいんですけど。

老女は相づちを打った。誰かを探すにはこの世界はずいぶんと大きいからね。

まったくその通りです。

とにかく幸運を祈るよ。

ありがとう。

老女はまた相づちを打ち鋤で地面を叩いた。

じゃあそろそろ行きます。

そんなに急ぐこともないだろう。家へ寄っていきな。

でも。

昨日の晩の玉蜀黍パンが残ってるし野菜と脂肉の煮物もある。腹が減ってるんだろう。冷たいバターミルクも出せるがどうだね。

じゃあ。ご迷惑じゃなかったら。

そうかい。ついておいで。

彼女は老女についていき家の方に向かう塹壕のような小道を歩いた。老女は敵対的な生物がいないか確認するかのように赤い土の上に出た木の根のこぶを突いていた。二人はほぼ真っ暗闇の家のなかに入り、低い天井まで両脇に薪が山積みに置かれ猫が通れるくらいの狭い通路を通り、突き出た木片や丸太に囲まれた別の廊下を抜け台所にやってきたが、そこにもまた至るところに薪が置かれていた。

椅子にかけておくれ。老女が言った。

ありがとう。

老女はストーブの前で火の消えた灰から火を熾そうとしていた。結婚はしてないのかい？　老女はたずねた。

してません。

老女は薪を加えた。残り物の食べ物が入った鍋の蓋を取り中身を調べた。それから老女は部屋のなかに虚ろに響く声で言った。赤ん坊はどこにいるんだい？

はい？

赤ん坊はどこにいるのかって訊いたんだよ。

子供はいません。

赤ちゃんや、赤ちゃんや。老女は口ずさんだ。

赤ちゃんなんていません。

そうかい。老女は言った。川の闇取引で売っちまったってとこだろう。だとしたらそこにいる雌豚があんたの旅のお供にはうってつけだね。そいつは子豚を一匹だけ残して後は溺れ死にさせちまったんだよ。

彼女は椅子の上で背筋を伸ばした。壁際の薪の揺りかごのなかで眠っている豚にこのときはじめて気がついた。腰の曲がった小さな老女はその両性的な身体の向きを変え、黒いスプーンで何かの身振りをしながら、彼女がしゃべるのを待っていた。

言われたようなことは何もしてません。彼女はしわがれ声で呟いた。そんなことするはずありません。盗まれたんです。男の子です。あたしその子を探してるんです。

手を挙げて神に誓えるかい。老女は言った。

彼女は手をそっとテーブルの上に挙げた。はい。彼女は答えた。

そうかい。それでその子は今どこにいるんだい？

鋳掛屋さんが連れていったんです。

鋳掛屋かね。

ええ。あたしがお産の床にいたときに家に来たんです。そこに四カ月以上住んでいたのに鋳掛屋さんが来たのはそのときがはじめてでした。

なるほど。それでそいつが赤ん坊を盗んでいったってわけだ。そういうことをやる輩がいるって話は聴いたことがあるね。

彼女は落ちつかずに椅子のなかで身体を動かした。そうじゃないんです。彼女は言った。兄が鋳掛屋さんに渡したんです。もしかしたら売ったのかも。兄は赤ん坊が死んだことにしようとしたけどあたし嘘だって分かって問い詰めたら白状したんです。

兄だって？

はい。

その兄さんは今どこにいるんだい？

分からないんです。

訴えてやらなかったのかい？

いいえ。

訴えるべきだったね。

でも。家族だから。

老女は頭を横に振った。事が起きたのはいつだい？　老女は訊いた。

三月か四月か。覚えていません。彼女は顔を上げた。老女は手にスプーンを押しつけながら彼女の背後を見つめていた。

たしか三月だったはずです。

そのときは母乳を赤ん坊にやってたんだね。

いいえ。その機会もなかったんです。赤ちゃんの顔も見れなかったんです。

老女は視線を落とし彼女を見た。すぐにそいつを見つけないと駄目だね。さもないと逃げられちまうね。二つにひとつだ。

はい。

それから乳首に油を塗った方がいいね。

はい。彼女は言った。

そう言えば。老女は言った。少し残ってるはずだから後でやるよ。老女は火室の扉を開け少し掻き回してから炎に唾を吐き出すとまたカチンと扉を閉めた。雌豚は上体を半分起こしずる賢く敵対的な表情を浮かべながらピンク色の細い眼で二人をじっと見た。老女は鍋のなかを確認すると食器棚からバターミルクの入った水差しとグラスを下ろした。バターミルクが嫌いな奴はいないだろ。老女は言った。あんたも好きだろ？

はい。彼女は答えた。壁沿いの薪の山から出てきた森鼠《モリネズミ》が小さな後ろ足で身体を掻いているのが見えた。

そこに鼠が。彼女は言った。

あたしの家に鼠なんか一匹もいないよ。老女は無愛想に言った。

鼠は二人を見てから薪の山を横切り視界から消えた。

あたしゃね、害虫やら害獣の類は我慢がならないんだ。

リンジーはこくりと頷いた。私も同じです。彼女は言った。

夕食はすぐにできるからね。

ありがとう。彼女はミルクのグラスを手にし口元をさながらピエロのように白く染めながら言った。

部屋のなかは暗く鉄のストーブ台の合わせ目からピンク色の細い火が覗いていた。

このあたりに来る鋳掛屋もいないことはないよ。めったに来ないがね。老女は言った。驢馬に物を引かせて安物の葉巻を吸ってる奴だよ。あんたが探してるのはそいつかい？

分からないんです。会ったこともないんです。

老女は嗅ぎ煙草のブリキ缶の蓋を外す手を途中で止めた。顔は上げなかった。しばらくして蓋を外し指の間に煙草をひとつまみ取り下唇の上に載せた。あんたもやるかい？　老女は訊いた。

いいえ。煙草はやらないんです。

老女は頷き蓋をはめ直してからブリキ缶をシャツのポケットに戻した。会ったことがないなら。老女は訊いた。会ったときにどうやってその鋳掛屋だって分かるのかね。

それは。彼女は言った。その鋳掛屋さんは驢馬は連れてないと思うんです。

驢馬を連れてる鋳掛屋の方が少ないさ。

本を売ってるんです。

どんな本だい。

いやらしい本です。

皆それくらいは売ってるさ。その鋳掛屋はあんたの家に来たんじゃないのかい？

戸口まで来たんですけどなかには入らなかったんです。

バターミルクもっと飲むかい？

いいえ。でもありがとう。もう充分です。

そんな身体《からだ》で歩き回るなんてしんどいだろう。

仕方ないです。

もしそいつを見つけたらどうするんだい？

ただ言うだけです。あたしの赤ん坊を返してって。彼女は一方の手を宙に浮かせ奇妙な身振りをしていた。老女は彼女をじっと見ていた。身に着けた黒い服に乳が染み出し、手は鳥が降下するみたいにふたたび膝上に下ろされた。どうしても赤ん坊を一目見たいんです。彼女は言った。たとえ死んでたとしても。

老女は頷くと口の両側を順番にひからびた親指の皮膚で拭った。さて。老女は言った。後ろにあるプレートを取っておくれ。

はい。

ウェルズ・ステーションを通ってきたのかい？

はい。今朝通りました。人が二人木からぶら下がっているのを見ました。

あれは昨日だよ。

いいえ。今日の朝です。

だったら今朝になってもまだぶら下がってたんだね。そいつらソルターの親父さんを殺したんだってさ。

心臓が止まりそうになりました。

だろうね。さて。ランプを取ってくるよ。

ひとりで暮らしてて怖くはないんですか?

少しはね。怖いときもあるさ。あんたは?

はい。いつも怖いです。近くで殺される人がいなくたっていつも怖いです。

耕作地を出て陽射しの届かない森に入ると暗く冷たい道は曲がりくねり、羊歯《シダ》があたり一面を覆い、木々には年老いた魔女の髪のような灰色の苔がぶら下がり、このしだれ性の緑の要塞のなかに聴いたことのない鳥の啼き声が響いていた。ぎっしり詰まった道の砂の上に足跡はなく彼自身の足跡も残らなかった。午後の半ばに一軒の小屋に辿り着きベランダで鬚を生やした老人が杖を片膝に斜めに立てかけて坐っているのが見えた。血走った眼をした二匹の猟犬が草の生えていない浸食された庭の土に鼻面をつけながら彼を見ていた。彼は歩みを緩め片手を挙げた。老人はひとしきり動かなかったがやがて掌を外側に向けた片手がゆっくりと膝から胸の下まで挙がったかと思うとすっと元の場所に戻った。

やあこんにちは。

やあ。そう言った老人の声は遠くから聴こえてきたように柔らかかった。

面倒はかけたくねえんですが水を飲ませてもらえねえかと思いましてね。

水ぐらい悪魔にでも飲ませてやるさ。老人は言った。入ってきたらいい。

どうも。彼はそう言い、庭を歩いていくと、二匹の猟犬は不信感を露わにしながらむっつりと身体を起こし向こうへ行ってしまった。

井戸水はいっぱいになっとる。老人は言った。角を曲がったところじゃよ。好きに飲んだらいい。

そりゃどうも。ふたたびそう言い、頭をぺこりと下げ、家屋の横を通って裏手に歩いていくと、鉄のポンプが立ち井戸の蓋の一フィート上にパイプが伸びていて、あたかも地面自体がポンプの軸をここに設置し露出させているといった具合だった。ハンドルを掴みクランクを回すとたちまち水が勢いよく大量に汲み出されポンプの口を伝って足元のバケツのなかに滝のごとく流れ込んだ。一匹の蜘蛛がその水路の上に張られた巣についた数珠状の水滴を一滴一滴確認するように移動していた。彼はバケツのなかから瓢箪の容器を取り出し濯いでから水を満たして飲んだ。水は冷たく甘くわずかに鉄の味がした。容器いっぱいに二杯飲むと手の甲で口元を拭いあたりを見回した。壌土を掘り返した小さな菜園の向こうに蔦漆《ツタウルシ》の壁がありその先は見えなかった。やせた小麦色の草が散在していた。地面の一部は洗濯水の廃水で青く変色していた。

家屋の後部には窓がなかった。戸には取っ手がなくストーブの管が斧で壁に開けられた穴から斜めに伸びていた。家畜がいる形跡はなく、鶏一羽もいなかった。ホームはこれはウィスキーの醸造小屋じゃないかと当たりをつけたが、そうではなかった。

彼はポーチの老人のところに戻った。うまい水でしたよ。彼は言った。

老人は顔を向け見下ろした。そうじゃろ。間違いない。あの井戸の深さはどれくらいか分かるかの?

いや。五〇フィートくらいかな?

一五フィートもないんじゃ。昔はこの家の裏に泉があったんじゃが枯れちまったか地下に沈んじまった。まあ沈んじまったんじゃろな。ハリケーンが来た年じゃった。煙突が風に飛ばされちまったよ。庭に落ちてきた煙突のせいで家の横にでっかい穴もできちまった。わしは家のなかで坐って火を見てたんじゃがちょっと眼をつぶったら次の瞬間その穴から外の様子が見えたんじゃ。次の日の朝になって行ってみたらあったはずの泉は消えておった。それで今は井戸を使っとるんじゃ。あのポンプは使う必要もないんじゃがたまたま見つけて手に入れたんじゃ。とにかく水はうまいじゃろ。

たしかに。

わしが見つけたものは何でも土の下に流れちまうみたいじゃから探しに行かにゃならんてわけじゃ。

ここにはひとりで住んでるんですかい？

そうとは言えん。猟犬二匹と一〇番径の二連式散弾銃にお供をしてもらってるからの。このあたりにはたちの悪い奴がたくさんおるからな、わしなんてまだかわいい方じゃ。

ホームは顔を背けた。老人は椅子のなかで前のめりになり顎鬚を撫で目を細めた。

ひとりで暮らしてると独り言が多くなるもんじゃがそうなると頭がおかしいと思われるのがおちじゃ。でも犬としゃべるのは問題にならんらしくそうする輩もたくさんいるんじゃな。もっとも犬の方は理解してるのか分からんし理解してても答えられんがの。

はあ。ホームは言った。

そういうもんじゃ。老人は言った。老人は椅子をまた傾けて家の壁につけた。あたりは静寂に包まれていた。二匹の犬は庭に置かれた石膏の像のように横たわっていた。

それじゃ、水をどうも。ホームは言った。

そんなに急ぐこともあるまい。老人は言った。

もう行かなきゃならねえんでね。

どこに行こうとしてるんじゃ？

この道の先ですよ。仕事を探してましてね。

日が暮れる前には着かんと思うが。

どこに着かねえってんです？

プレストン・フラッツじゃよ。一四マイルはあるからの。

その手前には何もねえんですかい？

老人は森の方を身振りで示した。見ての通りじゃ。同じ景色が続いているだけじゃよ。もう一軒家があるがの。二マイルほど行ったところじゃ。

そこには誰が住んでるんですかい？

今はもう誰も住んでおらん。前はミンク狩りをする奴が住んでおったが蛇に咬まれて死んじまった。前に咬まれたときは毒をすぐに抜いたらしいんじゃがの。このときは首を咬まれたんじゃな。見つかったとき奴はお祈りをするみたいに跪いた格好で硬くなってたらしいんじゃ。針槐《ハリエンジュ》[＊8]の柱みたいにな。

八年くらい前のことじゃ。

そりゃひどい。ホームは言った。

そういうことじゃ。老人はまた脚を組んだ。わしは奴をあまり好かんかったがの。わしの犬二匹に毒を食わせたからじゃ。

どうしてまた毒を？

分からん。わざとじゃなかったのかもしれん。奴は害虫やら害獣用に毒を置いておったからの。話によれば奴を棺に入れるのに体中の骨という骨を砕かにゃならんかったそうじゃ。検視官は六ポンドの大槌を使って奴の身体を打ち砕いたらしい。

ホームは驚異が滲んだ表情を浮かべて老人に視線を向けたが老人の方は道の向こうの霧に煙った森を見ていた。そうしてオーバーオールの胸当てから噛み煙草をひとねじり取り出した手を空中で止めたままナイフを探してポケットをまさぐった。

噛むかい？

いや結構。ホームは言った。煙草は苦手なんでね。

老人は一片切り取り口のなかに詰め込んだ。酒はやるのかい？　老人は訊いた。

飲めねえわけじゃねえですよ。ホームは返した。

＊8　針槐《ハリエンジュ》：ニセアカシアの和名。北米原産だが世界各地に移植され、野生化している。

あれば出してやるんじゃがあいにく切らしててな。ひょっとしてポケットに入れてないかね？

だったらよかったんですがね。ホームは言った。

そうか。老人は言った。ウィスキーを飲もうと思ったら一番近くはスミス・クリークに住んどる黒人の女のところじゃがあのウィスキーは飲めたもんじゃない。おまけに酔っ払ったインディアンの連中がごろごろ横になっとる。槍みたいに大きなナイフを持ってな。あれには神経がまいるな。老人は杖をもう一方の膝に移し唾を吐いた。そう思わんか？

そうでしょうよ。

耳をすませてみな。老人はそう言いながら頭を傾けた。

何ですかね？

聴いてみるんじゃ。

二匹の犬は面長の顔を上げお互いを見合った。

あっちに行くぞ。老人は指を差しながら言った。

空高くV字型の隊列を組んだ雁の群れがゆったりと飛行し遠ざかっていき喧しい啼き声はだんだんと小さくなっていった。

昔は稼ぎのためにあいつらを撃ったもんじゃが禁猟になっちまってな。老人は言った。ずいぶんと昔の話じゃ。あんたが生まれる前じゃろ。あんたまさか猟区監視官じゃないじゃろ？

まさか。ホームは答えた。

そうじゃろな。四番径の散弾銃は見たことあるかね？

いや。ねえと思いますがね。

老人は椅子から立ち上がった。見せてやるからなかに入りな。彼は言った。

老人は先を歩き家のなかに入った。家は二部屋の木造小屋で異なる大きさの椅子がいくつかばらばらに置かれ、鉄の寝台架のベッドがひとつあった。鼻をつく湿った臭気が漂っていた。壁の下部分には棚状に並んだホタテ貝のように茸《キノコ》が群生し踏み跡のない床部分には腐りかけの毛皮を想わせる灰緑色の苔が横たわっていた。暖炉の上には部屋の長さほどもあるガラガラ蛇の皮が掛かっていた。老人は彼がその蛇の皮をまじまじと見ているのを見た。残りはそれだけじゃ。老人は言った。

何の残りが？

蛇のじゃよ。残ってるのはそれだけじゃ。それが一番大きいやつじゃ。見たことも聴いたこともないくらい大きいじゃろ。

まったくその通りで。ホームは言った。

その蛇は八フィート七インチで発音器官の節[*9]が一七もあったんじゃ。身体の太い部分は両手でも掴みきれんくらいじゃった。こっちに来な。

二人は木枠が乱雑に置かれ、ぼろ布や紙が重なり、黴の生えた歪な木材が山積みにされた床を歩いていった。部屋の片隅に七フィートほどの長さのパントガン[*10]が立て掛けてあり、老人は手を伸ばして取りホームに渡した。彼は受け取ると隅々まで観察した。パントガンは穴の開いた沼杉《ヌマスギ》で銃床が取り付けられ表面を硫黄とおぼしき黄色の腐蝕物が覆い相応の臭いを発していた。

その銃を使うときはボートの舳先に横たえて鴨の群れがいる方にゆっくりと流れていくんじゃ。老人は言った。パントガンは草で覆ってゆっくりと流れにまかせて四〇ヤードぐらいの距離に近づいたら群れのなかで一番太ったのに向けて撃つんじゃ。ここを見るんじゃ。老人はホームから銃を取り上げるとくるっと回した。銃身の下部にアイボルトが半田付けしてあった。ここにフックをかけた縄を通すんじゃ。衝撃を抑えるためじゃ。老人は大きな蛇状の撃鉄を起こし引き金を引いた。にぶい木の音がした。ちょっと錆びついてるがまだまだ撃てる。あんたが食い物を腹に詰め込むのと同じくらいに弾も詰め込めるしの。一度に鴨を一二羽も仕留めたこともあったんじゃ。撃たれて水のなかに沈んじまったやつも含めてじゃがな。その頃は一羽で五〇セントの値がついたが当時としては大金じゃった。娼婦やらウィスキーやらに使い込まんかったらわしも今頃は大金持ちじゃったの。

老人は銃を部屋の隅に戻した。ホームは周囲を何とはなしに眺め回した。棚の上に埃を被った瓶がいくつか並んでいて体節に分かれた幼虫の皮らしきものがいっぱいに詰まっていた。

あんた。ギターかバンジョーは弾かんかい?

いや。ホームは答えた。

弾くんだったらなかに入れるようにそこのガラガラをひとつやるんじゃがな。

ガラガラですかい。

そこの蛇のガラガラじゃよ。ギター弾きとかバンジョー弾きはいつもガラガラを楽器のなかに入れとるじゃろ。弾き方も知らんのかい？

弾いたことも持ったこともねえですよ。

音楽の才能がある奴もおればない奴もおる。ヴァイオリンの達人だと言われておったわしのじいちゃんは自分よりうまく弾ける奴には死ぬまで会わなかったそうじゃ。

おれの家系でヴァイオリンを弾いたことがあるやつなんかひとりもいねえですよ。ホームは言った。できたら蛇を見せたいんじゃがあいにく今は手持ちがないんじゃ。あのでっかいのが事の始まりだったんじゃがな。あの蛇の皮に一〇ドル出すっていう奴もおったがわしはあれと同じような蛇を捕まえて

＊9　発音器官：ガラガラ蛇の尾の先端にある発音器官は空洞の硬い節が緩くつながったもので、脱皮するごとに新しい節が増える。ガラガラ蛇は危険を感じると、尾を激しく振って警告音を発する。

＊10　パントガン：一九世紀から二〇世紀初頭にかけて商業狩猟で使われていた大型の散弾銃で、パント（平底で両端が方形の舟）に固定して使用する必要があったためこの名がある。一度の射撃で水鳥を五〇羽以上撃ち落とすことができた。パントガンによる乱獲のせいで水鳥が激減したため、アメリカではほとんどの州で一八六〇年代までに禁猟となった。

やるってやったんじゃ。あれはどうしても売りたくなかったからの。そしたらそいつは生け捕りにできるかって訊いてきたんでわしは少しばかし考えて何とかなるって答えたんじゃ。奴はわしが捕まえた蛇は全部一フィート一ドル計算で買い取るって言うんじゃ。あのでかい蛇と同じサイズのだったらその倍の金を出すってな。だが結局あんな大物には二度とお目にかかれんかった。これからもっと長生きできれば分からんがの。蛇を捕るときは針金の網をつけた棒を使うんじゃ。今は時期が悪い。一番いい季節は春と秋じゃ。春は穴から燻し出せるし秋には手で掴めるくらい近くに出てくるからの。見つければ沼蝮《ヌママムシ》も捕るがあれはたいして金にはならんし毒があって面倒だからの。老人は火のない暖炉のなかに唾を吐き出し顎を拭い熱に浮かされたようにあたりを見回した。

それじゃあ。ホームは言った。水やら何やらどうも……

かまわんさ。ポーチで少し坐っていったらどうじゃ。来てからずっと立ったままじゃろ。

じゃあちょっとだけ。

ポーチに出ると老人は揺り椅子に坐り椅子を指さしてホームにすすめた。ホームは腰かけると手を膝の上で組んだ。老人は揺り椅子を勢いよく前後に揺らしはじめた。揺り椅子はゆるんだ脚が一本つなぎの穴に出たり入ったりして水を汲むような音を立てていた。

蛇は不幸を呼ぶって皆言うが。老人は言った。役に立つところもあるはずじゃ。ガラの黒人*11の呪術師が蛇から薬を作ってたようにな。それを悪魔の治療だと言うんじゃったら話は別じゃが。じゃが悪魔が病気を治すなんて話は聴いたことないじゃろ？　まあ説教師も答えに詰まるところじゃな。説教師だって奴らが助けにならないとか病気を治せないなんてはっきりとは言えんからの。病気か怪我か知らんが治療してもらおうとこっそり沼地までやってくる輩もおる。打つ手がなくなったらそうするんじゃな。あんただったらどうする？

そうするでしょうな。ホームは答えた。

そうじゃろ。老人は言った。蛇だって悪いことばかりじゃない。何かの目的があって存在しておるんじゃ。わしは何事にも目的があると思っとる。あんたもそんな風に思わんか？

老人は揺り椅子のなかで前屈みになりホームを凝視しながら、親指と人差し指で顎鬚のなかに住みつく小さな生き物を捜し出そうとしていた。

分かりませんや。ホームは言った。あまり深く考えたことがねえんでね。

そうかい。まあいいさ。わしだってそんなに深く考えたわけじゃないしそんな風に思ってるだけじゃ。

＊11　ガラの黒人：ガラ人。ノースカロライナ州からフロリダ州の沿岸地域に住むアフリカ系アメリカ人で、その共同体はアメリカの黒人共同体のなかで最もアフリカの文化が保存されているとされる。ここでは“geechie”という語が用いられているが“gullah”の方が一般的。同語は嘗ては「南部の田舎の黒人」を指す俗語として使用されており、ここでの意味合いは曖昧である。

考えれば考えるほど分からなくなることだってあるしな。考えれば考えるだけ間違うことだってあるんじゃ。年寄りの猟師が昔そう言ってたな。その猟師、射撃大会でわしを負かして牛肉を半頭分持って行ったわい。まあわしだって勉強しなくても知ってることはたくさんある。考えたことがなくたって知ってることもある。

ホームはうんざりしながら相づちを打った。そろそろ行きますよ。彼は言った。

もうちょっといてもいいじゃろ。老人は言った。そんなに急ぐ必要もあるまい。

もう行かねえと。

いいからもうちょっと。老人は言った。蛇の捕り方を教えてやるから。どうやらあんた若いにしても蛇が怖くないと見える。

そうかもしれませんがね。ホームは言った。時間がね。

プレストン・フラッツまでの途中に親類がおるわけでもなかろう？

いいねえですがね。

結婚もしてないんじゃろ？

はあ。

じゃったらもうちょっとここにいたっていいじゃろ。

ミンク猟師の必死の祈りが太陽の眩い光のなかに現れあたかも沸騰した水のなかで悔悛者が灼熱に打

ち震えるように彼の眼の前で実体化したかのように見えた。その揺らめく像の向こうに浮かび上がった森の形は同じように歪曲していた。彼は瞬きし椅子から立ち上がった。親切にどうも。彼は言った。でも片を付けなきゃならんことがあるんでね。

いったい何じゃ？

ホームはポケットの深くまで入れた両手で生地を伸ばしながら、かかとの重心を変えて身体を揺らしていた。彼は動きを止めた。何て？　彼は訊いた。

片付けなきゃならんことってのは何じゃって訊いたんじゃよ、わしには関係ないことじゃがの。

ホームは老人を見つめた。それから言った。女を探してるんでね。

老人はこくりと頷いた。わしにはあんたを責めることなんかできん。今度の一〇月の五日で六五歳になるがわしだって……

そういうことじゃねえんです。ホームは口を挟んだ。妹なんで。俺が探してるのは妹なんで。

老人は顔を上げた。どこで妹さんを見失ったんだね？

出ていっちまったんですよ。妹は一九歳で髪の毛は亜麻色。背丈はこのくらい。いつも着てるのは青い服。リンジーって名前なんですがね。

どうして逃げたんじゃ？

それは分からねえです。あいつには分別がねえところがあるんで。何も言わずに出ていっちまって。

このあたりで見かけちゃいませんかね？

覚えておらんな。

でしょうな。

わしの昔の女房も一度家から逃げ出したことがあってな。まるで犬みたいにじゃ。だから一番に探すべき場所は家のなかじゃよ。

妹には家はねえんです。

だったらどこから逃げ出したんじゃ？

ホームは階段の一番上の段に踏み出していた片足を止め、片手を膝の上で広げた。それから唇をすぼめ白く乾いた唾を吐き出した。というか。彼は言った。あいつは何かから逃げ出したっていうわけじゃねえんでね。夜中にいなくなっちまったんですよ。それでこのあたりを通らなかったかって訊いたんで。もしあいつが見つからなかったら鋳掛屋を探しはじめなきゃならねえんですがね、それはかなり面倒でしてね。

妹さんが行きそうな親類はおらんのかい？

いや。血がつながってるのは俺だけなんで。

まあ親類は悩みの種にしかならんからな。

まったく。ホームは言った。親類はいてもいなくても悩みの種ですな。とにかくご親切にどうも。

ああ。老人は言った。でもまだいいじゃないか。

まあ、そろそろ行きますよ。

老人は家屋の横に立て掛けてあった杖を取った。じゃあ。老人は言った。今度は時間があるときに来てくれ。

そうしますよ。彼は答えた。彼は階段を降りて庭に出ていった。二匹の猟犬が眼を吊り上げて彼が去っていくのをじっと見ていた。道で半ば振り向いて片手を挙げると老人はこくりと頷き杖を小さく動かした。

水やら何やらどうも。ホームは言った。

なんてことはない。老人は言った。水ぐらい悪魔にでも飲ませてやるさ。

二匹の猟犬はポーチから立ち上がり逆毛を立て眼を怒らせながら外の闇《アウター・ダーク》へ降りていった。老人は散弾銃を手に取り小さな窓の歪んだガラス越しに外を見つめた。三人の男が階段を昇ってきてひとりが戸を叩いた。誰じゃ？　牧師だ。うす暗いランプの灯りが戸に落ち、笑みを浮かべた顔、黒い顎鬚、ピンと張った埃塗れの黒いスーツを映しだした。灯りに照らされたその刃が長く明るく光ったかと思うとナイフは老人の腹に沈み込みわずかにガスを漏らした。老人は即座に寒気を感じた。猟犬たちは行ってしまい物音ひとつしない夜の静寂が訪れていた。牧師？　老人はうめいた。牧師じゃと？　暗殺者は白い歯を見せて老人に微笑み、その両肩越しに同体の怪物さながら残りの二人の顔が覗き、厳めしい三位一体を形成し無言で、愛想よく老人を見ていた。老人は男のお椀形のこぶしが自分の腹を押さえつけているのを上から見た。そのこぶしは切断された内臓が外に噴き出すと盛り上がりナイフの刃は胸骨の接合部を突き抜け腹を裂かれた老人は棒立ちになった。彼は片手を伸ばして戸口の側柱を掴んだ。それから三人をなかに通し入れるかのように後ろに下がった。

陽が落ちてからも彼は歩き続けた。人の住む家屋はもう現れなかった。ほどなく月が昇り眼の前の灰白色の道は蒸気を発しながら曲がりくねり黒い森を抜けていった。あたかもすべての音が無効となった虚空を進んでいるかのように沼の蛙たちは彼が歩いてくると黙り込み行ってしまうとまた啼きはじめた。手に持った棒で歩く先に横たわる小さな影を手当たり次第に突いてみたがこの道にあるのは物の輪郭だけだった。

プレストン・フラッツに着いてみると町は人が住んでいないというよりも打ち捨てられているように見え、さながら疫病に襲われ滅亡した町といった風情だった。広場の真ん中に立ってみると商いの痕跡がまわりの乾いた土の上に化石のごとく横たわっているのが分かり、月光に仕上げを施された荒地の円形演技場のような地に立つ彼の姿は、身体の向きを変えても、塵のなかでもがく影に固く結び付けられていた。

急いで道を進んでいくと、闇に包まれた家屋や建物が立ち並ぶ町中では狭い道が分岐し彼自身の影が屋根の上に素早く飛んでいき、田舎道に入り青草が生い茂る初夏の野に暗くぽつんと立つ農場を過ぎていくと、夜は涼しく静寂に包まれ、青い死者の住む世界を想わせた。

夜遅くになって野原で眠ることにし、牛の毛草《ウシノケグサ》を踏み固めてつくった寝床に横になり膝の間に両手を挟んで夜空を見ていると、時おり月の表面を横切る鳥たちが小さな破片のように見えた。

彼は夜明け前に出発した。道は農地から松林に続いていた。拾い集めてポケットいっぱいに詰めておいた古い飼料用玉蜀黍《トウモロコシ》の粒を下顎を回転させるように噛み砕きながら険しい表情で道沿いに進んだ。昼近くにテレビン油採取場に行き当たると木材搬出道に入り小屋が立ち並ぶ場所へやってきた。黒人が何人か地面に寄り集まって坐り手桶から冷えた昼食を食べている横に男がひとり立っていて、黒人たちの様子を見ているのか別の方向を見ているのか窺い知れなかったが、片足を丸太の上に置き、鉛筆で手にもった剥ぎ取り式便箋を叩いていた。男はホームを見ると手を止め、束の間見つめていたがまた視線を逸らした。やあ。男は言った。

調子はどうですかい？　ホームは言った。

最悪だよ。あんたは？

なんとかやってますよ。あんたがここの親分ですかい？

いや。俺はこの黒人たちを監督してるだけだ。

ホームは片手でポケットのなかの乾燥した玉蜀黍をより分けた。人手は必要ねえですかい？　彼は訊いた。

何とかうまくやれてるよ。男は言った。そう言うと鉛筆を宙に浮かしたまま、まじまじとホームを見た。クラークがあんたをよこしたのかい？

いや。クラークなんて人は知りませんがね。

そうかい。俺も知りたくなんかなかったね。むかつく野郎だからな。

ホームはわずかに笑みを作った。男は横を向き黒人たちの方に視線を投げた。黒人たちは煙草を吸いながら低い声で話をしていた。男は便箋に数字を書き付けていた。

まだ答えをもらってねえですがね。ホームは言った。

何の答えを?

人手が必要かどうか。

要らないって言ったつもりだが。

何でもいいんですがね。

要らないよ。なんだったらクラークに訊いてくれ。

どこにいるんですかい?

男はホームを横眼でじろっと見た。ほんとに仕事を探してるのか? 男は訊いた。

ええ。

クソッ、本当かよ。まあいい。とにかくクラークに会いに行くんだな。奴なら手を貸してくれるかもしれん。

どこにいるんですかい?

家だろう。食事の時間だからな。町で訊くがいいさ。

分かりましたよ。ホームは言った。どっちの方向ですかい?

どっちの方向って何が？

町ですよ。

あんたはどっちから来たんだい？

それがどうも分からねえんで。道沿いに来たらこのキャンプが眼に入ったんでちょっと訊いてみようと思ったんですよ。

だったら道はひとつしかないんだからあんたが町の方から来てないなら道をそのまま進めばいいってことにならんか？

こりゃどうも。彼は言った。助かりましたよ。

男は最後にもう一度半分馬鹿にしたような視線を投げると向こうを向き黒人のひとりに何か言った。ホームは歩きはじめた。道を十何歩か進んだところでまた後ろを振り返った。ちょっと。ホームは声を出した。

男は驚いて怒ったように視線を向けた。

その人の名前何でしたっけね？

何だと？

その人の名前ですよ。俺が町に着いたら会う人の名前。

クラークだよ、チッ。

どうも。去り際に軽く片手を挙げると見ていた男は頭を振りまた黒人たちに大声で何かを言った。ホームは歩いていった。

先に進むと板敷の暗渠があり小流が何かを吸い込むような冷たい音を出しながら勢いよく道の下を流れていた。彼はしばし水の流れを見下ろしていたが、ほどなく羊歯《シダ》の茂みをかき分け小流沿いに森のなかに入り川の淵までやってきた。黒い砂の上に跪き透明な水に真っ白な両手を浸して広げ、水面に映った自分のシルエットを歪ませた。それからオーバーオールの胸当てから石鹸のかけらと自家製の革の鞘に入れた剃刀を取り出した。オーバーオールのストラップを下ろしシャツを脱ぐと両腕と胸を洗いはじめた。石鹸で束の間の薄い泡をつくり、剃刀をブーツのふくらはぎ部分で研いでから、水に映る自分の顔を注視し無精髭の剃り残しを手で探りながら髭を剃った。それが終わると顔に水をかけシャツを取り顔を拭いてからまた身に着けた。それから石鹸を葉っぱに包み剃刀といっしょに胸当てのポケットに戻すと髪を指でさっと梳き立ち上がった。

ようやく町に到着したのは昼過ぎで、シャツはまたすえた臭いを発し汗が袖口についた塩の白い固まりや番犬に咬み裂かれたようなぼろズボンの折り返しを黒く染めていた。白い砂塵が小麦粉のなかで膝をついたかのごとく湿った膝当ての布にこびりつき顔や髪は淡い色の埃に塗れ眼だけが燻られたように際立っていた。彼は厳しい熱気に襲われた広場にふらっと入りあたりを見回し、眼を瞬いた。人々は店の日除けがつくる陰から陰へと移動しきらきら光る地面を重い足取りで歩いていたが、眩いばかりの陽光の下を動き回る様子は目的を無くし茫然自失となった夢のなかの苦役者たちを想わせた。物憂げな人物ばかりが出てくるこの活人画に含まれない人物で彼が最初に遭遇したのは車輪の調整をしていた馭者だった。彼は馭者の曲がった背中越しに声をかけた。

なんだい。男は言った。馭者は人差し指を獣脂の缶のなかに走らせケーキのアイシングのように最後のひと掬いを取ると車軸の先細のスプラインの表面に塗りつけた。ホームは男が車輪をもとの位置にゆっくりと戻しナットを取り付け固く締めるのを眺めていた。馭者が回転させると車輪はスムーズに動き水のなかを進んでいるかのようにわずかに形が歪みヒューヒューと音を立てた。あのレンチどこに置いたかな？　男は言った。男が地面を手探りしていたのでホームは一瞬男が盲目なのかと思った。

足元にあるみてえですがね。彼は言った。

男は手を止めると顔を上げ、それからレンチを取った。ああ、ここにあったか。そう言うと男はナットを締めグリースカップに保管してあった割ピンを取り先端を親指で曲げて嵌めてから元のラッパ形に戻した。それからグリースカップを親指のつけ根で押して元の位置に戻し立ち上がった。

さてと。両手をかぎ爪よろしくオーバーオールの脚に擦りつけ黒光りする油の跡を残しながら男は言った。何の用だったかな？

どこに行ったらクラークっていう人に会えるかって訊いたんですがね。

どこにでもいるさ。この郡にもごまんといるよ。

いや……

間違いない。

そうじゃなくて俺が探してるのは道沿いのテレビン油採取場で会ってみろって言われた人でしてね。

だったら親父さんだろう。親父さんならエッサリーの店で競売の準備をしてるよ。明日大きな競売があるからな。

ホームは陽光に大きく眼を瞬かせ掌で額の汗を拭った。仕事を探してましてね。彼は言った。

そうかい？　あそこじゃ居眠りしないほうがいいな、じゃないとつまずいて大けがしちまうからな。

ホームは細眼で男に視線を送り、周囲の陽光に焼けた平らな地面を見て瞬きし、身体の向きを変えると通りを歩きはじめた。

男はしばらく馬車の車輪に片肘をつきながら彼が去っていくのを見ていた。それから片手を挙げた。

なあ、ちょっと。男は大声を上げた。

ホームは振り向いた。

あんた。男は言った。ちょっと待ちな。

ホームはゆっくりと馭者のところに引き返した。男はおでこにつけた片手を日除けにしながら彼を見ていた。あんた酔っ払いじゃないよな？　男は訊いた。

違いますよ。ちょっと疲れてましてね。

ほんとに仕事を探してるのかい？

ええ。

気を悪くしてもらっちゃあ困るんだがね。俺は人が打ちのめされてるのを見るのが嫌なんだ。どうしようもなくな。あんた病気持ちかい？

いや。病気持ちじゃねえですよ。働き手が必要なんですかい？

いや、そういうことじゃない。ただあんたが面倒か何か抱えてるんじゃないかって思っただけさ。あんな歩き方を見るとな。気になっちまって。これ以上あんたのことには首を突っ込まないよ。

誰だって溝にはまっちまうことはありますがね。ホームは言った。俺は誰かに同情してもらおうなんて思わねえですがね。

なるほど。駁者は言った。

クラークって人のところには仕事がありそうですかね？

あるかもしれんよ。店に行って何時に親父さんが帰ってくるのか訊いてみたらどうだい。今はかなり遠いところにいるから暗くなる前にもう一度戻って来なきゃならんだろうがね。

分かりましたよ。ホームは言った。店の名前は何ていうんですかい？

クラークの店だよ。

どうも。ホームは言った。助かりましたよ。

何てことはないさ。駁者は言った。幸運を祈るよ。

いろいろどうも。ホームは繰り返した。彼は頷き通りを歩きはじめ駁者はひとつ相づちを打ってから自身に向けるように大きく頷いた。なあちょっと。駁者は大声を出した。

ホームは後ろを見たが、足は止めなかった。

親父さんと話すときは大きな声ではっきりとしゃべるんだぞ、分かったか？

ホームは片手を挙げて歩を進めた。

その店の店員はホームがたずねると眉をひそめて言った。親父さんがここに来ないことには会えんよ。

親父さんに何か用かね？

ある人に会ってみろって言われてね。仕事探しで。

ある人？

というか二人に。

お望みならここで帰りを待つがいいさ。そんなに遅くはならんと思うがね。

ホームは外に出てポーチの支柱に寄りかかり人々が通り過ぎ土埃が道に小さく舞い上がるのを眺めていた。ポケットから掌に半分ほどの玉蜀黍をすくいとり噛みはじめたが途中で噛むのを止めた。放心した表情が嫌悪の表情に変わり、彼は味のしない玉蜀黍を地面に吐き出した。吐き出すのと同時に角を曲がってきた男が後ろに飛びのき罵声を浴びせはじめた。

何だ？　ホームは唖然として言った。何なんだよ？

コレラだろ？　お前コレラだな？

何だよ、ただの玉蜀黍だろ。

俺は家族を皆コレラで亡くしちまったんだ。俺がコレラを知らないみたいに白々しい嘘をつくなよ。

クソッ。

まったくだ。小さい子供五人だ。五人だぞ。うちの婆さんもすんでのところまでいったんだ。神様も何だってあいつを……いやこんな話はやめよう。神様のご意志だからな。しかし何だってあんな口の悪い婆さんを長生きさせるのか。花の冠は忌まわしいものばかりに与えられる。家のなかには疫病が大手を振って歩き回る。そんなこんなに俺は耐えてきたんだ。あんた本当に病気じゃないんだな？

クソッ。ホームは繰り返した。今まで生きてきて病気になったのは百日咳の一回だけだ。

このあたりで疫病を広める奴がいたら狂犬病の犬と同じに俺が撃ち殺してやる。男はうそぶいた。

誰も疫病なんか広めてねえよ。ホームは言った。

そう願うがな。男は言った。そう神に祈るよ。男はポーチの端まできて唾液に湿った玉蜀黍の排出物が地面に散らばっているのを確認すると眼に用心の色を浮かべながら階段を昇った。クラークさんはどこだ？　男は訊いた。クラークさんを見たか？

いや。ホームは答えた。俺も帰りを待ってるんだがね。

あんたちゃんと食べてないんじゃないか？　ずいぶん窶《やつ》れて見えるぞ。

ホームは男に視線を投げると顔を背け、唾を吐き、手の甲で口を拭いた。質問には答えたからな。

ホームは言った。

どのくらいクラークさんを待ってるんだ？

少しだけだ。競売に行ってるみてえだ。

まさか。俺はそこから来たんだ。誰がそう言った？

ここの店員だよ。ホームは頭を振ってみせた。

あいつは糞とアップルバターの違いも分からんやつだ。男は言った。ルロイはどこだ？

ルロイなんてやつは知らんね。

そりゃそうだな。あんたはこのあたりの人間じゃないんだからな。男はそう言うと、飛んできた蜂をおもいきり打ち払った。あっちへ行け、クソ野郎。男は吠えた。ところであんた、どっから来た？　よかったら教えてくれねえか。

この界隈じゃねえよ。ホームは言った。

そりゃそうだ。男はそう言って店のなかに入っていった。

また戻ってきたとき男は背中をドアに押し当て罵り言葉をしきりに発しながらポーチに抜けようとし、クラッカーを片手いっぱいに掴み牛乳瓶をもう一方の手に持ちバランスを取りながら、頬張った口からパン屑や罵り言葉をうす暗い店のなかに雨あられと浴びせていたがやがてドアは閉まり男は外に出た。それから階段に腰かけ食べながら時おり通りの左右に視線を送っていたがホームに話しかけてはこなかった。ホームは足をぶらぶらさせながらポーチの端に坐っていた。しばらくして男がまた口を開いたときホームは別の方向を向いていた。男は言った。あっちから野郎が帰ってきたぞ。

彼は視線を送った。馬車の側面には仕切り板をまたいで斜めに傾いた緑の文字でクラーク競売会社と書かれ、駁者台には汚れた白いスーツを着込んだ大男がどっしりと坐り、その大男の姿がひときわ目立っているので彼を運んでいる馬車の方が滑稽に映るほどで、さながら薄汚れたピエロが一体化したサーカスの小型馬車といった風だった。大男はホームがいるポーチの一角のすぐ前に驢馬を停止させ、駁者台で立ち上がり、帽子を整えてから段を降りた。驢馬は頭を上げホームを見たがすぐに眼をそらした。男は階段を昇ってきた。店員が戸口に出てきてドアを開けてやった。

バターが手に入ってないんですよと店員は言った。明日は土曜日だし……

黙ってなかに入れ。男は言った。やあ、バド、いい天気だな。フー。暑くなるのはもう少し先かと思っていたんだが。そうじゃないかね？

天気なんかどうでもいいですよ。もう一方の男が返した。俺が知りたいのは誰が……

街道沿いに住んでる奴と話をしてきたんだがな、玉蜀黍《トウモロコシ》が発芽しはじめたって言うんだ。どう思う？なんと。本当ですかい？――いや、玉蜀黍のことなんか今はどうだっていい。俺は奴らをあそこから片づけてほしいんだ。

大男は帽子を脱ぎ曲げた人差し指で頭の汗を拭い取ると動きを止め話し相手の男を見た。誰のことを言ってるんだ、バド？　大男は訊いた。

知ってるでしょうよ。もう我慢できねえんですよ。あいつらを俺の土地の外に出してくれませんかね。

大男の方は、落ち着き払って、シルクの山高帽を扱うかのように砂色の帽子をきちんと被り直してから言った。なあ、バド。わしがそいつらをお前さんの土地に置いたとでも考えてるのかね？

誰がやったかなんてどうでもいいですよ。俺はあそこを片付けてほしいだけなんだから。

わしは町にいなかったがね。

それはどうでもいいんですよ。あのふたつの死体は……

お前さんの土地に置かれてると。

ええ。

木に吊られていると言ったかね？

それについちゃよく知ってるでしょうが。

お前さんも知ってのとおり郡は家畜の死骸の除去についちゃ何の権限もないんだ。

もう一方の男の顎は上下に動いたが言葉はなかなか出てこなかった。

どうしてバターが入手できなかったんだ？

それから口角泡を飛ばす攻撃が始まった。その侮辱と罵りの言葉の組み合わせがあまりに絶妙なので聴いている大男は感心して笑みを浮かべるしかなかった。大男はホームの方を向いてウィンクした。バドという男の口のなかが渇き言葉に詰まると大男はその肩に手をかけた。落ちつけバド。大男は言った。ひどく暑いからな。こうしよう。わしが法律で何とかならんか調べてみよう。

法律なんかくそくらえだ。法律ったってあんたが……

この類の問題は時間がかかるんだ。もう一方が言った。お前のは特殊な案件だからな。拙速な結論に飛びついて間違いを犯したくはないだろう？　思うにもう一日かそこらでお前の案件に取りかかれるよ。それに治安を保つためにはいい宣伝になるじゃないか。そう思わんか？

宣伝なんか関係ねえ。俺はあのクソ野郎どもを俺の土地から追い出したいだけだ。

大男は依然として笑みを湛えていたがその眼は笑っていなかった。そして言った。もう一日か二日だよ、バド。それでいいだろ？　大男はバドが何か言うのを待たずに片手を挙げ店のなかに入っていった。ホームもその後について店のなかに入った。彼は立ち尽くしている男の顔を見ずに前を通り過ぎた。

クラークはカウンターの後ろに回り葉巻箱に入った紙幣や手形をぱらぱらとめくっていた。店員は商品の埃を払っていた。ホームはカウンターに寄りかかり二、三分の間待っていたが、大男はホームに背を向け時々頭を前後に揺らして、独り言を言ったり、書類を整理したり、顎を掻いたり、悪態をついたりしていた。

クラークさん。ホームは声をかけた。

何だい。

相手が振り向かなかったので彼は言葉を続けずにいたが、やや間があってクラークは振り向き、いったい何だと言わんばかりに高慢と好奇の入り混じった眼つきで彼を見た。

何か用かね。クラークは言った。

何か俺にできる仕事はないですかね?

馬でかそれとも歩きでかい?

歩きですよ。

ビラ配りが必要なんだが歩きじゃ難しいかな。ほら。とにかくこれがお前さんの分だ。そう言うとクラークは印刷されたビラの厚いスクロールをカウンターの上で解いて一番上の一枚を取り出した。ホームはそれを手に取ってまじまじと見つめた。カウンターの上のビラの束は何かを切り取るような不穏な音を立てて丸まった。

ウィリス・ブラザーズ[*12]とリトル・オード[*13]が来るんだ。クラークは言った。無料の景品とレモネードも出る。皆に来てもらいたいんだ。

分かりましたよ。ホームはそう言うと顔を上げた。他に何か必要な仕事はありますかね? ここで人手が必要かもしれねえって言われたんで。もしかして競売の……

クラークが視線を送ると店員はまた商品の埃を払いはじめそれから彼はホームに視線を移した。誰から聴いたんだい？　彼は言った。

テラビン油採取場のひとですよ。

あんたの名前は？

ホームですよ。

ホームか。どこの出身だい、ホーム？

ホームは唾を飲みこむと早口で答えた。ジョンソン郡の出ですよ。仕事探しでここに来たんですよ。

水曜日はここにいなかったかね？

いや。今朝着いたばかりなんで。

男は立ったままホームを見下ろし、ホームは視線を逸らしていくつもの棚や棚に並べられた明るいラベル付きの商品を見わたしてからカウンターに視線を落とした。

わしがどうやって助手を雇うか分かるかね、ホーム？

分かりませんね。

畑には豆を摘んでる野郎がたくさんいてな、いの一番に馬車の後ろ扉に走ってきた奴を助手にするんだ。

ホームは力なく笑みを浮かべた。クラークはまったく笑っていなかった。

競売に行ったことはあるかい？

ねえですね。

クラークはビラのひと巻きの重さを一方の掌で計りながらホームをじっと見ていた。間違った答え方だな。彼は言った。それから店員の方に視線を移した。ルロイはどこだ？

分かりません。あいつを見張るのが俺の仕事じゃないんでね。

クラークはコートのポケットから巨大な懐中時計を取り出して眼を向けた。こうしようじゃないか、ホーム。彼は時計の文字盤に向けて言った。

どういったことですかね。

彼は顔を上げた。あんた一文無しなんだな。

ええ。

鶴嘴《つるはし》とシャベルは使えるかね？

＊12　ウィリス・ブラザーズ：有名なウィリス・ブラザース（The Willis Brothers）は一九三〇年代初頭から活躍したオクラホマ州出身のカントリー音楽のアンサンブル名。ここではアナクロニズムで使用されているのかもしれない。
＊13　リトル・オード：一九四七年から五八年にアメリカで制作されたアニメ「リトル・オードリー」（Little Audrey）を想起させるが、実在の人物か虚構かは不明。

使えますよ。

よし。そこにいるハロルドに店の奥から一組持ってこさせるからあんたはそれを持って教会に行って穴を二つ掘ってくれ。なかに人を入れてもいいくらい大きな穴をな。教会墓地のなかじゃない。あそこは誰でも埋葬していいってわけじゃないからな。掘るのは教会の裏の土地だ。小さな印がつけてあるはずだ。牧師の家で訊いた方がいいかもしれんがな。

分かりましたよ。ホームは言った。

あの使い古しの鶴嘴は柄のところが緩くなっていて使えるか分からんですよ。店員が言った。

今日はずっと鶴嘴の修理もできないくらい忙しかったんだな？　そう言うとクラークはホームにまた視線を戻した。この仕事をすれば郡から一ドルもらえる。俺だったらそんなに支払わんが郡の誰にも意見を訊かれなかったからな。夕方暗くなる前に仕事が終わってこの店に戻ってくれれば受け取れる。終わらなかったらまた明日だ。もっとも明日になってもまだここであいつが鶴嘴とシャベルを持ってくるのを待ってなきゃの話だが。

ホームが道具を肩にかけ墓地に行ってみると墓石に交じり黒人が二人いた。ひとりは坐りもうひとりを見ていて、そのもうひとりは上半身裸で自分の掘った穴に膝まで入っていた。のらくらと振り下ろされる鶴嘴が小さくにぶい音をたてながら地面を叩いていた。坐っていた方は彼の姿を見ると腰を上げかけたがまた腰を下ろした。作業をしている方は手を休め、汗で光る顔を上げ、二人して彼が近づいてくるのをじっと見ていた。

やあ。ホームは言った。掘ってる場所は間違ってねえよな？

間違いねえですぜ。坐っている方が言った。

二人分掘ってるんだろ？

ええ。俺はちょっと休憩してるだけですぜ。

もう一方はどこだ？

俺たち二人だけですぜ。

ホームはぽかんとして二人を見た。もう一方の穴はどこだ？　彼は言い直した。

二人の黒人はお互いを見合った。穴を掘っている方が言った。俺たちが掘れって言われた穴はひとつだけですぜ。

これはソルター夫人の墓でさあ。坐っている方の黒人はそう言うと、親指を後ろに向けて寄りかかっている墓石を指し示した。奴さん右側に入るってことなんですがね、奴さんの右側なのか俺の右側なのかって訊いたんでさ。そしたら夫人の右側だって。

ホームは肩から下ろした道具に寄りかかりあたりを見回しそれからまた黒人たちを見た。本当に掘れって言われた穴はひとつだけなんだな。彼は訊いた。

それしか聴いてませんぜ。

だったら別の奴のらしいな。ところで牧師は見なかったか？

ちょっと前に道を歩いていくのを見ましたぜ。

ホームは頷いた。教会の裏側には手入れされていない区画があり傾いた薄板の墓標がいくつか雑草のなかに見えた。あそこは前もって言わなくても誰でも埋めていい場所なんだな？

穴を掘っている方の黒人は再開していた作業の手を止めたがどちらも答えなかった。

違うのか？

ええ。穴掘りの方が言った。そうじゃねえですかね。

ホームは二人に相づちを打ち歩いていった。

彼は穴を掘り続け日が暮れてからも少し作業を進めた。眩暈がしはじめすきっ腹がきりきりと痛んだ。しばらくの間暗闇のなかで掘り進めてから作業を止めた。牧師の家に灯りは点っていなかった。戻った店にも灯りはなく人の気配もなかった。今は何時なのか検討がつかなかった。彼は鶴嘴とシャベルをポーチの下にそっと投げ入れ道を歩いていったが、暑さが息づく暗闇のなかを歩く孤独なシルエットには影もなく目撃者もいなかった。夜は干し草の山の陰で眠り眼醒めたのは夜明け前だった。光や希望の兆しもまだ現れていなかった。何かが道を通り過ぎたような気がしたので未だ訪れぬ夜明けの冷気に抗し身体を丸め生者が死者に強いるような格好で両腕を胸の前に組み耳をそばだてたが何も聴こえてこなかった。何か身の毛のよだつものの存在が感じられた。道の彼方から犬の吠え声が聴こえてこないかと期待したが吠える犬はいなかった。長い時間眼を醒ましたまま横たわっているとやがて東の空に青白い光が集まり、鶏や朝早い鳥たちが告知することなく朝が訪れた。彼は起き上がり道に出て切り藁《わら》をみすぼらしい服から掃い足を踏み鳴らして立派なブーツに詰まった墓地の土を落とした。町に向かい歩を進め道の小山の上にさしかかると二羽のノスリが野原の枯れ木からバサバサと舞い上がり三人の男がぶら下がっているのが見えた。ひとりは汚れた白いスーツを着ていた。動くものは何もなかった。ノスリは森の向こうに遠ざかりあたりには何の音も動きもなくなった。光だけが徐々に集積し眼のない死者たちが夢の世界から迷い込んでしまったかのように非現実的で異様な存在として立ち現れた。

彼は道を急ぎ空っぽの町に入った。今はもう日が昇っていた。店に着くとクラークの馬車がポーチの一角に放置され驢馬は引き綱につながれたまま眠っていた。階段を昇り戸を叩きしばらく待ってから再度叩いてみた。それから店のなかを窓から覗いてみた。彼は呼びかけてみた。自分の影法師が屈折した光のなか床の上に伸びていた。すべてのものが朧で埃に塗れていた。しばらくして階段を降り道に戻って立ち止まりあたり一帯を見回し物音に耳をそばだててみたが何も聴こえてこなかった。彼は身体の向きを変えると歩き続けて町を抜けていった。かなりの速足で歩いていたがしばらくするとまた走っていた。

彼女はしばらく小割板の歩道に坐り前屈みになって痛む乳房を抱えていた。雨が降りそうな雲行きだった。飼い葉袋を背負った女がひとり通り過ぎた。飼い葉袋のなかでは音も出さずに何かの生き物がもがいていた。話しかけると女は虚ろな表情を向け道を歩いていってしまった。しばらくして立ち上がり道に出ると、つま先の下の粉塵がタルクのように生暖かく柔らかく感じられた。道の反対側にある店の前に男が何人か集い彼女の方を見ていた。彼女は少し背筋を伸ばした。ほどなく左の建物のなかから男がひとり出てきて道を渡り彼女の前方に歩いてきた。男は挨拶がてら帽子のつばを持ち上げたがその仕草は蝿を追い払おうとしているかのように見えた。口元には笑みを湛えていた。

こんにちは。彼女は言った。

やあ。

彼女は男が歩いていくのを見ていた。もしかしてお医者さんですか？　彼女は男の背後から呼びかけた。

男は足を止め振り返った。いや。男は言った。私は弁護士だ。私が勝者を引き受けて相手は敗者を引き受けるって寸法さ。男は道の真ん中に立ち笑みを浮かべながら、帽子のつばにまた手を当てた。

ちょっと訊きたいんですが。彼女は言った。このあたりにお医者さんはいませんか？

弁護士は長い人差し指をベストのポケットに突っ込み懐中時計をつまみだした。それから時計の側《かわ》をパチッと開くとしげしげと見つめ、空にぼんやりと浮かんだ太陽を見たが、あたかもそれが時間を確認する正しい方法だと言わんばかりだった。彼は一時半頃までは戻らないだろう。弁護士は言った。今は一〇時だ。それから時計の側をパチッと閉めベストのなかにまた滑らせた。緊急なのかい？　弁護士は訊いた。

何ですか？

急いでいるのかい？　彼の診療所は私の仕事場と同じ建物に入っているんだ。お互いに仕事を融通し合ってる仲でね。あそこだ。弁護士が指さしたのは三階建ての建物で上階に高い窓があり窓ガラスに文字が書かれていた。

彼女は髪の毛を払いのけて顔を上げた。

何か問題があるのかい？　深刻なのかな？　それとも君は誰か別の人のために訊いてるのかい？

いいえ。あたしのことです。

なるほど。そうかい。具合が悪いのかな？　もし良かったら医者が帰ってくるまで私の事務所で休んでいてもいいよ。

彼女は道の向かい側の家に視線を送りそれから弁護士を見た。人に迷惑はかけたくないんです。彼女は言った。

いや。弁護士は言った。迷惑なんかじゃないよ。ちょうど帰るところだったんだから。

それじゃあ。彼女は言った。お医者さんの場所を教えてもらえますか。

いいとも。弁護士は言った。ついてきて。

彼女が弁護士の後ろについて二人は道を渡り、彼女は足を引きずりながらも遅れないようについていき、弁護士の靴のかかとや曲がりくねった車輪の跡や月形の驢馬の蹄の跡を見ながら急ぎ足で歩を進め、歩道まで来るとその建物まであとわずかというところで弁護士は横にのき手で合図した。お先にどうぞ。彼は言った。

彼女は長く暗い階段を昇りはじめたが傷んだ板に打たれた釘の頭が裸足の足の裏に冷たく感じられた。階段を昇りきったところは小さな応接室になっていて両側にドアがあった。彼女は後ろを振り向いて弁護士を見下ろした。

こっちだよ。彼は言った。弁護士はリンジーの横を通り錠に鍵を差し込みドアを開け彼女を先に通した。坐って。彼は言った。彼女は周囲を見回し、後ろに下がると革の継ぎ目が開き馬の毛が飛び出たモリス式安楽椅子のような椅子に腰かけた。彼女はつま先を揃えて坐り手を膝の上に置き床を見た。

さて。彼は言った。君はどこから出てきたんだい？

彼女は眼を吊り上げた。弁護士は机に腰かけ、開いた引き出しに足を掛け、前のめりの姿勢で葉巻に火を点けていた。

川の向こうから来ました。彼女は言った。

弁護士は葉巻を吹かしていたが途中で止め彼女をちらっと見てからまた吹かしはじめようやく火がつ

くとマッチを机の上の灰皿の方にひょいと投げ捨てた。気分はどうだい？　彼は訊いた。

まあまあです。ありがとう。

医者はすぐに戻ってくるよ。

ええ。彼女は言った。あのちょっと。

何だい。

お医者さんに会う前に訊きたいことがあるんです。

そうか。何かな？

あの。彼女は言った。あたし一ドルしかお金がなくてお医者さんてお金がかかるから一ドルだけじゃちゃんと診てもらえないんじゃないかって思うんです。

弁護士は葉巻をゆっくりと口から引き抜くと渦巻き状の青い煙のなかで両手を組んだ。少なくとも一ドル分は診てくれるさ。彼は言った。どこが悪いんだい？　嫌なら言わなくてもいいがね。

あの、お医者さんだけにお話しできればと思うんです。

分かった。まあ彼が何とかしてくれるだろう。彼は悪い医者じゃないからね。それはすぐに分かるよ。

あたし、誰のお情けも受けたくないんです。彼女は言った。

お情け？

ええ。一ドル以上お金がかかるならお医者さんにご面倒をかける前に出ていきたいんです。

弁護士は引き出しに掛けていた足を外し机に肘をついた。もし医者が必要な状態なら医者なしでやりすごすってのは難しいよ。靴が必要ってのと同じわけじゃ……。彼女は落ち着かなげに自分の足を見て、片方の足をもう片方に重ねた。……というか新しい鍋か何かが必要ってのと同じじゃないんだから。君は医者に何が問題か言えばいいだけで費用のことは医者が考えればいいんだ。一ドルしかないっていうなら残りは後でってことになるかもしれないしね。あるいは卵と交換にってことになるかもしれない。あるいは庭の菜園の野菜と……

あたしには菜園なんてありません。彼女は言葉を差し挟んだ。

とにかく医者に考えさせればいいんだ。

分かりました。彼女は言った。

弁護士はまた後ろにもたれた。部屋のなかはとても静かだった。陽光は強まったと思えば弱まり木の床の上にずんぐりと映る窓枠の形が何かが呼吸をしているかのように現れたり消えたりを繰り返していた。結婚はしてるのかい？　弁護士は訊いた。

いいえ。彼女は答えた。それから顔を上げて言い直した。というか、今はしてないんです。前はしてましたけど今はしてないです。

ということは未亡人てことかい？

はい。

それはお気の毒に。とくに君みたいな若い女性はね。赤ん坊はいるのかい？

ひとり。

なるほど。

部屋はだんだんと暗くなってきた。湿った風が二人に吹きつけ窓辺の擦りきれたレースのカーテンがはためいていた。

どうやら雨になりそうだ。彼は言った。

しかし雨はすでに降りはじめていて、窓ガラスには雨の飛沫がまだらに吹きつけ、熱を帯びた石の窓棚からは蒸気が上がっていた。

このあたりじゃ秋には雨がたくさん降るんだ。弁護士は言った。そうなるともうどうしようもない。

二人は暗さを増す部屋に坐り雨を見つめていた。しばらくすると弁護士は足を下ろし椅子から立ち上がった。あれは奴だな。彼は言った。

彼女は頷いた。彼は戸口に行き外を覗いた。彼女にも誰かが階段を踏み鳴らし悪態をつきながら昇ってくる音が聴こえてきた。

濡れちまったようだな、ジョン。弁護士は言った。

相手も何か言葉を返したが彼女には聴き取れなかった。

お客さんがお待ちだぞ。

医者はドア越しになかを窺った。背の低い太った男で口髭から水を滴らせ、曇った眼鏡のフレームの上から眼を凝らしていた。どうも。

こんにちは。

こっちへいらっしゃい。医者は姿を消し彼女は腰を上げ弁護士の前を通って床を横切り膝を曲げてちょこっとお辞儀をした。ぼろを纏い、靴を履かず、半ば錯乱していると想われるほどに恭しく、それでいて、確固とした自尊心を内に秘めながら移動していた。本当にお世話になりました。彼女は言った。

弁護士は頷きほほ笑んだ。何でもないよ。彼は言った。

診療室に入っていくと医者はドアの方に背を向け、濡れたコートを振って洋服掛けに掛けているところだった。彼は身体の向きを変え、シャツの肩の水気を払った。シャツは体にぴったりと張りつき肩の肌が透けて見えていた。

フー。医者は溜息を漏らした。さてと。どこか具合でも悪いのかなお嬢さん？

彼女は背後を見た。ドアはすでに医者が閉めていた。外の雨の音が聴こえランプの灯りが必要なくらいに暗くなっていた。

こっちへ。医者は言った。どうぞ椅子に坐って。

ありがとう。彼女は言った。それから医者の机の近くにあった椅子を取って腰を下ろし、すました様子で両足を椅子の横桟の下にたくし込んだ。顔を上げると医者は机の椅子に腰を下ろし眼鏡のレンズをハンカチで必死に拭いていた。

さあ。医者は言った。どうぞ話して。

あの、あたしの乳《ミルク》のことなんです。

君の乳《ミルク》？

はい。そうなんです。

熱があるのかな？

いえ。そうじゃないんです。というか何だか分からないんです。でもあたし自身の乳《ミルク》のことなんです。

ああ。医者は椅子の背もたれにもたれ指を鼻の横に走らせると、眼鏡がずれて宙にぶら下がった。赤ん坊に乳を飲ませてるんだね。そういうことかな？

彼女は少しの間押し黙っていた。それから言った。あの、そうじゃないんです。それだけ言うとまた話すのを止め助けを求めるように医者を見上げた。医者は窓の外を見ていた。それから顔をこちらに向け眼鏡を鼻の上にかけ直した。

こっちから質問しよう。彼は言った。最初に、私たちは牛の乳《ミルク》について話をしてるのかそれとも人の乳《ミルク》についてか。

人の乳《ミルク》です。リンジーは答えた。

なるほど。君の乳《ミルク》？

はい。

よろしい。それじゃあ君は赤ん坊に母乳《ミルク》をあげてるってことになるね。

いいえ。彼女は言った。赤ん坊に母乳《ミルク》をあげたことはないんです。それで痛くて苦しいんです。

赤ん坊は生んだんだね？

はい。

いつ？

春のはじめに。三月だったと思います。

六カ月も前だね。彼は言った。

はい。彼女は言った。

医者は前屈みになって一方の腕を机にのせ自分の手を見つめた。ということは。彼は言った。乳母に乳《ミルク》をあげてもらってたということだね。それで今どうして自分の乳《ミルク》が出なかったのか知りたいわけだ。

六カ月たった今。

いいえ。彼女は言った。そうじゃないんです。

痛みが和らがないのかな？

はい。とても痛くて。

母乳《ミルク》が出たことはないんだね。

必要もないのにいつもたくさん出ました。

医者は自分の手が何かを教えてくれるとでも言うかのごとく見つめていたがやがて本当に手に教えられたのだろう、顔を上げると彼女を見て言った。赤ん坊はどうなったんだい？

死にました。

最近のことかい？

いいえ。生まれたその日に。

そして今もまだ母乳《ミルク》が出ていると。

そんなにたくさんじゃありません。それはそれでいいんです。でも今度は血が出はじめたんです。乳首から。

それから二人とも長い時間黙り込んだ。部屋はほぼ暗闇に包まれ雨がひっきりなしに窓ガラスの上を小さく跳ね石の窓棚にパラパラ落ちる音が聴こえた。次に言葉を発したのは医者だった。とても小さな声で。彼は言った。君は嘘をついてるね。

彼女は顔を上げた。驚いた様子はなかった。彼女は言った。どの部分が嘘だって言うんですか？

それは君が言ったらいい。乳房のことなのか赤ん坊のことなのか。六カ月も前に赤ん坊が死んだのに母乳《ミルク》が出る女性はいないよ。

彼女は何も言わなかった。

診させてくれるかい？

何ですか？

診させてくれるかって訊いたんだ。乳房を。

はい。彼女は言った。それから立ち上がるとシフトドレスの首のボタンをはずし肩部分の布地を下に滑らせると両腕が服に括られる恰好になった。服の下には何も着けていなかった。

ああ。医者は言った。分かった。何か薬をあげよう。今もかなり痛むんだろうね。

彼女はシフトドレスを肩に戻し身体の向きを変えボタンを掛け直した。少し痛みます。彼女は言った。

圧抜きはしてるかい？　搾乳はどうかな？

いいえ。勝手に流れてくるんです。

そうか。それでも搾乳はした方がいい。赤ん坊はどこにいるんだい？

分からないんです。というか。生まれてから一度も見たことがないんです。だけど誰といっしょにいるかはその人を見れば分かると思うんです。

それはいつのことかな？　赤ん坊が生まれたのは。

三月だったと思いますけど四月だったかもしれません。

それはあり得ない。彼は言った。

だったら三月ってことです。

あのね。彼は言った。生まれたのがもっと後だとしたらどうだろう？　例えば七月とか？

どうでもいいことです。彼女は言った。

医者は椅子の背にもたれかかった。とにかく六カ月も経つのに母乳が出るってことはないんだよ。

赤ん坊が死んでたら。そういう意味ですか？　彼女は坐ったまま前屈みになり医者を見つめた。赤ん坊は死んでないってことですか？　もし死んでたら母乳が出るはずがないって、そういうことですか？

というか。彼は言った。しかし彼女の表情に狂気じみたものを感じ言葉を止めた。ああ。彼は言った。

そういう風に考えていいだろう。うん。

ずっと分かってたんです。彼女は言った。はじめからずっと分かってた気がします。

ああ。医者は言った。とにかく、塗り薬をあげよう。彼は椅子のなかでぐるっと回り立ち上がると机の後ろのキャビネットを開けた。しばらくの間なかをじっと見てから小瓶を選びキャビネットの扉を閉めた。これだ。そう言うと瓶を手元で回した。これをしっかりと塗り続けるんだ。乾いたらもっと塗るんだよ。それと痛くても圧抜きを忘れちゃいけない。最初は少しでいいからやってみるんだ。彼が机の上で走らせた瓶を受け取ると彼女はまじまじと見つめてから膝の上に抱えた。
二、三日したら戻ってきて具合はどうか教えてくれ。
まだここにいるか分からないんです。彼女は言った。

じゃあどこにいるんだい？

分かりません。また彼を探しに出なきゃならないんです。

赤ん坊のこと？

はい。

君が赤ん坊を最後に見たのはいつなんだい？　母乳をあげたことはないって言ったね。

生まれてから後は一度も見てないんです。

じゃあ君が嘘をついた部分ってのは？

死んだっていうところです。

なるほど。本当は何があったんだい？

赤ん坊は病弱だったってあの人は言ったんですけどぜんぜんそんなことはなかったんです。

それから何があったんだい？

あたしたちにはお金もなかったし助けてくれる人もいなかったんです。

結婚はしていないんだね？

はい。

それで何があったんだい？　赤ん坊は手放してしまったのかい？

はい。彼女は言った。そんなことはしてほしくなかったんです。あたしは恥ずかしいなんて思いませんでした。赤ん坊は死んだって言われましたけど嘘だって分かりました。あのひとはいつも嘘ばかりつくんです。

誰のことなんだね？

兄です。

医者は椅子の背にもたれ膝の上で組んだ手を見つめた。しばらくして彼は言った。赤ん坊が今どこにいるかは分からないんだね？

はい。

眼下の通りでは家畜の牛たちが追いたてられモーと啼きながら雨と泥のなかを移動していた。

どこに住んでいるんだい？　医者は訊いた。君の名前は？

リンジー・ホームです。

そして住んでるところは？

住んでるところなんてもうないんです。彼女は答えた。これまでも似たようなものでしたけど。今は赤ん坊を探し回っているだけです。あたしにはもうそれしかないんです。

道は小山の上で葛《つづら》折りになりそれから尾根に沿って続き眼下にずっと見えている川はゆったりと流れ、夕陽に照らされ乾燥した粘土色のさざ波を立てていた。岩山を下りはじめるまでなだらかに続いていた道はやがて洪水に浸食された泥道に変わり泥濘にはまった馬や人間の足跡と夜間に道を横切った小動物の足跡でいっぱいになった。道は川まで続きそのまま水に飲み込まれていたので彼は一目で川が増水していることが分かった。太い材木でつくられた足場から渡し舟のケーブルが川向うまで伸び、川の中ほどでは水面に接するほどにたわみ対岸に近づくにつれまた高くなっていた。対岸から人の声が聴こえてきたが何を言っているのかは分からなかった。しばらくして対岸の渡し舟から男が出てきて岸辺に立ち口に両手を当てるとほどなく遠くの声が聴こえてきたが今度もぼんやりと響いただけだった。それは言葉をともなわない単なる声だった。彼もお椀形に丸めた両手を口に当てて大声を上げようとしたが何を言ったらいいのか思いつかなかったので両手をだらんと下ろすとしばらくして対岸の男は渡し舟のなかに戻ってしまいそれから姿を現すことはなかった。

ホームは草地の乾いた部分を見つけて腰を下ろし川を見つめた。水嵩は高く大量の砂がシューと流れ落ちるような鈍い音を発しながら川は流れていた。空気はひんやりとし灰色の空は荒涼としていた。川の上流に鳥が何羽か飛んできて、その首の長い水鳥たちに彼は眼を向けた。ひとしきり鳥たちの様子を見ていたがやがて眠りに落ちた。

眼醒めたときには遅い時間になっていて川の上に艀《はしけ》舟が見えた。彼を起こしたのは馬が立てる音で頭をそちらに向けてみると渡し場に手綱を持つ男の姿が見えその傍らで馬が川の水を飲んでいた。ホームは立ち上がり身体を伸ばした。やあ。ホームは言った。

やあ。男は返した。

渡るのかい？

いや。男は答えた。彼は艀舟をまじまじと見ていた。

ホームは掌を擦り合わせ寒さに肩をすくめた。

奴は俺が乗るもんだと思ってる。馬乗りの男は言った。

そうかい？

ああ。男は手綱をぐいと引いて馬の頭を上げ首筋を掌でなでた。あれは半分まで来たと思うかい？

何のことだい？　ホームは訊いた。

男は指さした。あの艀舟だよ。ここまで半分来たかね？

艀舟が川を斜めに横切り上流側の舟体には水がうなるように当たっているのが見えた。ああ。ホームは言った。あっち側より少しこっち側に近いようだ。

そうだな。男は言った。川の半分がどこなのかを当てるのは半分のところにいないと難しい。男は手綱を引いて馬の頭の向きを変えあぶみに片方のつま先を入れひとつの動作で馬に跨ると駈足で泥を飛び散らせながら道を遠ざかっていった。

艀舟はキールボートほどの大きさだった。緩慢な岸辺の流れに速度を落とすとすっと舳先を泥濘に突っ込んだ。渡し守は前方甲板に立ちロープを調節していた。

やあ。ホームは言った。

まだ渡れんよ。あんたはあのクソ野郎の仲間か？

あの男のことか？　いや。俺が寝てたらあの男が来たんだ。

近いうちに双眼鏡を買わにゃならんな。渡し守は言った。渡し守は艀舟の甲板からひょいと跳び下りたがほとんど膝まで泥濘にはまり悪態をつきブーツの足を蹴り回してから地面の高い場所に歩いてきた。

ああ。渡し守は言った。双眼鏡がひとつありゃあんな子供だましにつきあわんで済むんだが。渡し守はブーツの泥を草に擦りつけて取ろうとしていた。短い革のベストを着て頭には船員らしいとももらしくないとも言えない奇妙な帽子を被っていた。ホームは草の切れ端を噛みながら渡し守を見ていた。

双眼鏡さえありゃあの悪党を懲らしめてやれるんだがな。渡し守は言った。

あの男の何が問題なんだ？

渡し守は彼を見た。問題？　渡し守は言った。見ただろ。あんな調子だ。いつも同じことをやりやがる。この二年間ずっとだ。ちょっとしたもめ事があってな。あの野郎は嫁をモーガンの町に使いに出したがっているんだがな、俺があの太っちょの女を運ぶのを拒否してるのさ。

ホームはぼんやりと頷いた。

何はともあれあんたは馬に乗った客が来るまでは渡れんよ。

分かったよ。ホームは言った。

人は一〇セント。馬は四〇セントだ。

そうか。

一〇セント払ってもらわにゃ渡れんからな。

分かってるよ。馬が来るまでどのくらいかかるんだ？

それは何とも言えん。

この道を来る人間はあまり見かけなかったがね。

見かけるときもあれば見かけないときもある。昨日の夕方は忙しかった。一日二日誰も来ないときもあるがな。

一日二日？　ホームは声を上げた。

すぐに誰か来るかもしれんがな。

一日二日も待つなんて御免だ。

すぐに誰か来るさ。

もうすぐ夜じゃねえか。ホームは言った。

夜に来る客も昼間に来る客もいる。渡し守は言った。俺にとっちゃ客は客さ。あんた。モーガン[*14]に行くのか?

川を渡って道沿いにあるなら行ってみる。

小さないい町だ、モーガンは。行ったことはないのか?

ねえ。ホームは言った。

小さないい町だ。渡し守は繰り返した。渡し守は草の上にしゃがみ、川向うを見渡した。今晩モーガンに泊まるつもりじゃなかったのか?

いや。ホームは答えた。そのつもりはねえ。

まあ、勝手にするがいいさ。

ホームはしゃがみこみブーツの足を組んだ。それから草の茎を引きぬくと片端で環を作った。あたりは急に暗くなってきた。渡し場の前をシューシューと流れる黒い川には巨大な爬行動物がたくさん生息しているように想えた。

水がどんどん増えてきてるな。渡し守は言った。

ああ。

あんたモーガンに行くって言ったか?

まだ分からんよ。ホームは答えた。その町に仕事はあるかい?

渡し守は唾を吐くと膝で口を拭った。どんな仕事のことを言ってるんだ? 渡し守は訊いた。

分からんよ。ホームは答えた。そして茎に結び目をつくるとプツッと切った。何でもいいんだ。

あんた仕事がないのか？

ああ。

確かなことは言えんが。何かは見つかるかもな。小さくてそりゃいい町だからな、モーガンは。

そこの出なのか？

ああ。生まれも育ちもモーガンだ。この渡し場は俺の父ちゃんが建てたんだ。もしかしてあんたクレイトン郡*15の出身か？

いや。ホームは答えた。

もはや顔の見えなくなった渡し守はしばらくの間何も言わなかった。暗闇が深くなるにつれ川の音は大きくなったがホームは水嵩が増しているのかそれとも暗闇のせいでそんな気がするだけなのかいぶかしく思った。

舟は流れに乗ってるだけだって気づいたかい。渡し守は言った。

＊14　モーガン：テネシー州には同名の郡が実在するが、ここではおそらく架空の町の名前として使われている。
＊15　クレイトン郡：テネシー州に近接するジョージア州に同名の郡が実在するが、ここではおそらく架空の郡の名前。

何だって？

あの舟は水の流れに乗ってるだけだって言ったんだ。艀舟を見たのは初めてなんだな。

ああ。ホームは言った。初めてだ。

そうなんじゃないかと思った。仕組みはこうだ。舟の前方のロープはケーブルにきつく繋いで後方のロープは緩く繋ぐ。そうすると前方が上流を向いて水の流れが舟を押して川を渡るんだ。帰ってくるときはきつく繋いでいた方のロープを緩くし緩くしてあった方をきつく繋げば同じ仕組みで動くってわけだ。

前と後ろを替えなくてもいいのかい？

いや。前も後ろも同じだからな。ロープの繋ぎ方を今言ったように替えれば大丈夫だ。

ずいぶん賢いやり方だ。ホームは言った。

その通り。金もまったくかからん。

あんたの父ちゃんが考えだしたのか？

いや。皆父ちゃんが考えたって言うがそうじゃない。父ちゃんはどこかで同じような物を見てきただけさ。

ずいぶんうまいやり方だ。

そうさ。ロープの繋ぎ方を替えればいいだけなんだからな。前も後ろも同じにしたら進まんがな。

そうか。

ケーブルが駄目になるってことはあるがな。

なるほど。

渡し守はどかっと坐りこんで両足を草の上で伸ばした。ケーブルが切れて馬が一頭死んじまったこともあるって話だ。男が馬を引いてたようだが切れたケーブルが馬を直撃して川のなかに落としちまったんだな。男の方は手綱を手に立ったまま呆然としてたってよ。

その男は運が良かったんだな。

渡し守はこくりと頷いた。それから言った。それに馬はその男の馬じゃなかったんだからな。

誰か早く来てくれねえかね。ホームは言った。ずいぶん寒くなってきた。

誰も来なかったら火を焚いたほうがいいだろうな。

このあたりは枯枝が少ないみてえだ。

まあ、すぐ誰か来るだろう。

そうだといいがな。

今日が土曜日ならとっくに人が来ていただろう。日曜日はどのくらい来るかまったく分からんが。

今日は何曜日だい？　ホームは訊いた。

知らんな。渡し守は答えた。土曜日じゃないのは確かだ。

二人は草地に坐ったまま川から何かが飛び出すのを待ちかまえているように暗闇のなかを流れる川をじっと見ていた。ああ。渡し守が言った。川の水が増してるな。

このあたりもずいぶん雨が降ったんだろうな。

ああ。水嵩がこんな高くちゃ夜に川を渡るのは危険だ。木とかいろいろぶつかってきて舟が壊れるからな。

だろうな。ホームは言った。

水嵩がこんなに高いと艀は縞模様の尻の猿みたいに滑っちまう。

ずいぶん高くなってるみてえだ。

ああ。ちょっと静かに。

ホームは聴き耳を立てた。

渡し守は立ち上がった。ほらやっぱり。彼は言った。

誰か来たのかい？

よく聴いてみな。

彼は耳をそばだてた。川を望む岩山の固い地面に馬がやってきたらしく蹄が道を叩く乾いた音が聴こえてきた。音はどこからともなく暗闇に響き、疎《まば》らに生えた尾根の木間には何のシルエットも映らず、夜空を背にした騎手の姿も見えなかった。渡し守はすでに艀舟のところに行き出航の準備を始めていた。

頭上で馬と騎手が立てる音はいつしか聴こえなくなっていてどうやら馬は軟らかい泥道を川に向かい降りてきているらしく、果たして暗闇から馬具がジャラジャラと鳴る音が聴こえてきたかと思うや馬の荒い鼻息も聴こえ、馬と騎手が渡し場に現れ、川を背にして騎手が馬を引く姿が見えた。それから渡し守の声が聴こえ、それに対し騎手は駄目だと言い、渡し守が別のことを言うと騎手はまた駄目だと言っていた。もうひとり乗客ができたぞ。

ホームは腰を上げ身体を伸ばし泥濘を艀舟のところまで歩いた。騎手は馬を舟に乗せようとしていた。馬は膝を高く上げいらいらして頭をもたげ舟の甲板をけたたましく蹄で叩いていたがほどなく騎手は馬を前進させ繋ぎとめた。ホームも乗船し一〇セントを取り出し渡し守に渡した。渡し守が頷きロープを投げすばやく巻くと艀舟は揺れはじめすこぶるゆっくりと出発した。鳩目穴が頭上のケーブルを軋りながら移動し川の水が船体を叩きはじめた。原油のように黒い川は無のなかへと消え入り、汀線は見えず、空は彼らを取り巻く水よりも薄い色の波と溶けあい、暗闇の深淵に漂う彼らの姿は井戸のなかの蜘蛛のようだった。

ホームは舟の後部のガンネルの下を走るベンチに腰かけていた。片手を下に伸ばしてしばらくの間身体のバランスをとるかのように掌を冷たい水のなかに浸していた。渡し守は後部甲板に危なっかしく立ちロープを調節していた。一行はかなりの速さで移動しはじめていて水は上流側の船体を激しく打ち足元の船体が震えているのが感じられた。

飛んでるみてえじゃねえか。彼は渡し守に向かい水の唸りに負けじと叫んだが、渡し守はロープの作業に忙しく、船員帽を頭の上で斜めに被ったまま、一行の頭上にあって今は狂ったヴァイオリンのように金切り音を発している鳩の目が付いたケーブルを見上げていた。艀舟の前方では馬が鼻を鳴らし嘶《いなな》き蹄で床板を叩き続けていた。ホームが再度眼を向けると渡し守はロープに絡まりながら踊っているように見え絶えず悪態をつく声が聴こえた。彼は立ち上がった。烈風が一行を包み込んでいるらしく水が勢いよく甲板の上に流入していた。川は傾いた舟の側面を激しく叩き、絶え間なく打ち寄せる黒い波はますます高くなり手すりを越えバシャッと大きな音を立てて舟の上に落下しはじめた。渡し守の声はもはや聴こえてこなかった。舟は傾き激しく揺れながら夜の闇を進んでいた。渡し守は甲板にすばやく移動し前方に駆けだした。馬は床板を踏みつけ横歩きをしていた。渡し守は突進し前方のロープを掴んだ。このときになると水は手すりの上を自由に飛び越えていたが、ホームは後方のロープ巻き上げ機に飛びつき何とかバランスを取りながら周囲に広がる驚愕の光景に眼を瞠った。横向きに疾走する舟は流れに逆らい上流に向かっているように見えた。舟が激しく振動したかと思うと敷布のような水が後方に飛び巻き上げ機を覆いシューという音とともに消散した。それから爆発が起き頭上を何かが叫びながら通過したかと思うと間もなく無音の静けさが訪れた。舟はがくんと揺れ旋回し壁のような水が引き一行はいつしか凪のなかを漆黒の闇に包まれて漂っていた。

ホームは水を撥ねながら舟の前方に進んでいった。何の音も聴こえてこなかった。おーい。彼は呼びかけた。何も見えなかった。手探りでガンネル沿いに歩いた。突然眼の前の暗闇で窒息しそうな嘶き声をあげながら何かが後ろ足で立ち上がった。後ろにひっくり返りあがきながら後ずさりする傍らを馬の蹄がさっと過ぎ去り床板を激しく叩いた。それから彼はさながら蟹のように濡れて冷たい甲板を後退した。おーい。ホームは大声をあげた。返事はなかった。繋がれてるんだろ。彼は声に出した。しかし馬は繋がれてはいなかった。舟の反対側に移動すると甲板を後方に駆け出した馬が嘶き何かに衝突する音が聴こえほどなくして馬がこちらに戻ってくるのが分かった。眼球がずきずきと痛んだ。甲板で身を伏せ手すりの下に潜り込み排水口のすぐ上に隠れると馬はドシドシと通りすぎ舳先に衝突した。這い出て舟の後方に向かいはじめたときまた馬が向かってくる音が聴こえた。彼は眼の前の暗闇を掻きわけ、悪態をつきながら、また甲板に身を投げるとその横を馬が銃声のような音を立てて駆け抜けた。彼は頬を冷たい木材にぴたっと付けながら様子を窺った。舟は水に漂い、打ち震えながらゆっくりと旋回していた。大量の水が甲板の上を流れ、身体の上を冷たく流れ、シャツのなかからブーツのなかにまで入り込んでから引いていった。馬が立てる音は聴こえなかった。下を流れている川が煮えたぎる砂のような音を立てていた。しばらくして彼は立ち上がり甲板の中央に戻った。あたりを包み込んだ黒い霧の冷気が顔に当たり視界の利かない眼球を刺した。馬が三度目に向かってきたとき彼は半狂乱になり前方の隔壁に身体を押しつけ吠え声をあげた。眼の前で馬は後ろ足で立ち上がり黒い馬体を光らせながら鋭く嘶くと、蹄で床板を猛烈に叩いた。彼は馬が発する臭いを嗅ぎ取った。口を大きく開けた馬が傍らを通りすぎ何かにぶつかりふたたび大きく嘶いたと思うと水の衝撃音が聴こえそれから何も聴こえなくなった。激しい憤りも何もかもが川に飲み込まれてしまったかのように消えた火のごとく痕跡も残らなかった。舟は穏やかに揺れて動きを止めた。ホームは甲板に滑り出て、息を切らしながら、両こぶしを胸の前で組んだ。頭を上げ沈黙に耳を傾けた。馬がいなくなったことを確認すると用心しながら立ち上がり漆黒の闇のなか覚束ない足どりで舳先に移動した。両手を手すりにかけ前傾姿勢になり水面を見下ろした。川は船体を優しく洗っていた。しばらくして自分が何かを踏みつけていることに気づきその物体を拾いあげた。ブーツの片方だった。彼はしばらくの間それを手に立ち尽くしていた。それから前屈みになりブーツを水のなかに落とした。ブーツは傾き水がいっぱいに入ると間もなく川のなかにある手がブーツの所有権を主張したかのように沈んでいった。彼はひどく寒気を感じた。

何をしたらいいのか見当がつかなかった。手探りでベンチまで進むと腰を下ろし身体を丸めて前後に揺らした。甲板の上を寄せては引くのを繰り返す波のささやきが耳に入った。彼を探しているとでも言わんばかりの波音だった。しばらく経って両手をお椀形に丸めて夜の闇に向かいおーいと大声で呼びかけてみた。しかしその声は反響すらしなかった。声は枝が切り落とされるみたいに口から落下しただけだったので彼はふたたび呼びかける気にもなれなかった。彼は岸まではどれくらいだろうか、夜明けまではどれくらいだろうかと想いを巡らせた。

夜の闇のなかで一度浅瀬を通過したとき大きくなった川の音が意味不明のおしゃべりのように聴こえ

てきて舟は吐き気を催すほどに大きく揺れながら岩が突き出た奔流《ほんりゅう》を滑り降り、彼は何もできず視界も利かずにベンチを掴んで坐ったまま、黒い斜面に胃を引っぱられ冷たく湿った霧に包まれ、神に見放された沈黙のなかで川よ静まってくれと心のなかで祈った。やがて川は穏やかになり舟は容易に進んでいった。時間が経つと霧も晴れた。彼は立ち上がり川を見渡した。川面がむっつりとした表情で威嚇するかのごとく見返してくるのが見えやがて窓の縦仕切りのような暗い木立が見えてきた。もはや残っているのは自分と舟だけだったが、舟がどのくらいの速さで進んでいるのか見当がつかなかった。彼は自分と舟が回っていることにも気づいていなかったが、木々のシルエットがぼやけ徐々に方向を換え無色の蒸気に変わりいつの間にか背後に回りやがてふたたび反対側に立ち現れたのは分かった。それが繰り返された。ほどなくしてふたたび舟は速度を上げて進みはじめた。舟が三回回った時点で木立に近づいていることが分かり、それから間もなく岸辺近くの早瀬が青白い歯を剥いているのが見え波音が修道院に幽閉された狂人のどもり言葉みたいに聴こえてきた。ほどなくして灯りも見えた。何の灯りだろうと考える間もなく見えなくなってしまったが眼を凝らしてその灯りを探した。舟がさらに二回回ると暗い木々の壁のほぼ真下の渦のなかにいた。漂流物が舟の横にぶつかったり滑ったりを繰り返し、舟の下で丸太がごろごろと鳴り動くのが感じられた。それからまた灯りが現れた。ガラスの杯のなかで小さく明滅する炎のように。彼は灯りを見つめた。雨が降り出していた。彼は腕にかすかに触れる雨を感じてぎょっとした。それでも彼は寒さに肩甲骨を丸め雨に打たれながら灯りを見続け、雨は暗闇のなかでハンマーで鍛えられるかのごとく揺れる川面に音もなく落ちていた。

最初は丸木小屋の灯りかと思ったがそうではなかった。アーチを成す木々の狭間から朧に見えるだけだったが彼はそれが焚火だと分かった。舟は速度を落として進んでいた。焚火の前を過ぎた何本かの木々が人の姿のように見えその後実際に男がひとり焚火の前を横切り、一瞬身悶えしているようにも見えたその立ち姿は燃え尽きて灰と化してしまったかのごとく視界から消えてしまった。川岸までわずかな地点で流れは滑らかになり舟はまた速度を上げた。

おーい。彼は呼びかけた。

彼らが動くのが見えた。彼はもう一度声を上げた。

誰だ？　声が返ってきた。

彼はすでに舳先から出したロープを手にしていた。

艀が最後の木立の横を滑って進んでいくとそぼ降る雨のなか川岸に三人の男が立っていてその背後で燃えている火は周囲の暗闇に男たちの姿を投影していたが男たちの姿自体には少しも奥行きがなかった。

ロープの端を掴んでくれ。彼は三人に向かって言った。

そっちは何人いる？

俺だけだ。ほら。彼らの顔は見えなかった。男たちの前へと明るみの前へと移動する彼は舞台の上で一方の袖からもう一方の袖へ引かれる役者のようだった。

撃っちまうかい？　声が聴こえた。

黙ってろ。ロープを投げてくれ、旦那。

彼はロープをしっかり握っていた。男たちの姿をはっきりと見ようとしたが見えるのはシルエットだけだった。それから艀が方向を変えはじめ川の音がまた聴こえてきた地点でロープを投げた。シュッと音を立てたロープは水の上を真っすぐに伸びていきそれから男たちのひとりが動きしゃがみふたたび立ち上がるのが見えた。

取ったかい？　彼は大声で言った。

ああ取った。ひとりが返した。

舟が揺れながら男たちの前を通り過ぎると彼らの姿はまったく見えなくなっていた。ロープがガンネル沿いに引かれピンと張る音が聴こえ艀舟は軋りながら上下に揺れ彼は二歩小さく足踏みをしてバランスを取った。木の枝が何本か船体を引っ掻き折れ曲がり舟の上に飛び込んできた。それから彼は岸に上がり腕で低木をかき分け藪の道を開きながら灯りの方へ進んだ。

小さな空き地に入っていくと二人だけがそこに立っていた。ひとりは片手にライフルをだらんと持ち歯をほじっていた。もうひとりは長い腕をだらしなく両脇に下ろして立ち、少し背中を丸め、何かに驚いたように口を開け卑屈な笑みを浮かべていた。ライフルを持っている方が手を下ろしてしばし言葉を発しそうにしていたが、何も言わなかった。

艀舟に乗ってたらケーブルが壊れたんだ。ホームは言った。あのあたりだ。彼は漠然と暗闇を指し示した。二人とも視線を動かさなかった。ただホームをじっと見ていた。

よかったらちょっと焚火にあたってもいいかい？　必要なら薪を拾ってくる。

二人は押し黙っていた。ホームはあたりを見回した。三人目の男が左方の火明かりの縁に立ち、真っすぐにこちらを見ていた。この男は形のくずれた黒いスーツを着ていたが胸回りのボタンが留められないらしかった。それにシャツを着てハンカチかぼろきれを首回りに結んでいた。赤いしかめっ面がもじゃもじゃの黒い鬚から覗いていた。男はホームに向かい頭をぐいと動かした。もっと火に近づいたらいい。男は言った。

どうも。ホームは言った。全身ずぶ濡れでブーツの先まで凍えちまいそうなんだ。

他の二人はわずかに身体の向きを変え、捕食動物が獲物を窺うかのごとく彼の動きを眼で追った。ホームは二人に相づちを打ち前を通り過ぎたが二人はそれに気づいた素振りは微塵も見せなかった。

坐りな。鬚の男は手振りで示しながら言った。

どうも。ホームは言った。彼は火の前に坐り恐ろしい災禍を告げようとする預言者のように両手をかざした。小雨が音もなく降りそそぎ湿った薪が炎のなかで歌うように音を立てた。鬚の男はホームを凝視していた。

川がひどく荒れちまって。ホームは言った。

ああ。

渡し守は舟から落とされちまったようだがね。

どの渡し守が？

ホームは炎越しに男を見た。渡し守はひとりだ。ホームは言った。あの艀舟の商売をしてた奴だよ。

お前は渡し守じゃないんだな。

いや。俺はただの客で川を渡りたかっただけでね。うまくいかなかったが。馬に乗った奴もいたけどあいつも川に落ちちまったようだ。

鬚の男は興味を示して前のめりになった。そうか。男は言った。お前は渡し守じゃないんだな。

違う。ホームは言った。渡し守はあれに一撃でやられて川に真っ逆さまだ。あの壊れたケーブルのことだがね。猫の軍団が一斉に啼きだしたみたいなすげえ音だった。

そうか。鬚の男は言った。お前が渡し守かと想ったんだが。

いいや。ホームは言った。言った通りだよ。

鬚の男は彼を凝視していた。ホームは視線を火に落とした。石の上に鍋があり黒く干からびた肉が入っていた。彼は火を見ながら両手を擦り合わせた。近くに寄ってきていた他の二人は薄暗闇のなかにしゃがみ込み彼の方に視線を向けていた。鬚の男は二人の方に視線を移しホームはまた鍋の肉を見た。

腹が減ってるならその肉を取って食べたらいい。男は言った。

ホームは唾を飲みこむとまた男をちらっと見た。男の鬚は焚火の光に斜め下から照らされ口は赤く、陰で覆われた新月形の両眼は何も宿していなかった。

何の肉なんだい？

男は答えなかった。

ホームは火の方に顔を向けた。そんなに腹は減ってねえんでね。彼は言った。でも良かったらこのシャツを乾かせてもらえたらありがたいんだがね。

男は頷いた。

彼は濡れたシャツを脱ぎはじめたが両腕を前に突きだしたとき背中の布地が音もなく破れるのを感じた。動きを止め用心しながら片手を背中に伸ばした。

シャツが駄目になっちまったようだな。男は言った。

そうみてえだ。彼は言った。それからシャツを身体から剥ぐように脱ぎ、火に翳した。

何も食べてないんだろ。男は言った。

ホームの腹の虫が虚しく啼いた。

遠慮することはない。好きなだけ食べたらいい。俺たちはもう済んでる。

彼はシャツを膝の上に置き、恐る恐る手を伸ばして鍋から黒ずんだ肉を一片取ると噛みついた。その硬質の厚切り肉は、灰に覆われていて、どこか硫黄の味がした。彼は一口噛み切ってから口のなかで噛みはじめ、顎で円を描きながら自暴自棄に動かした。

鬚の男は頷いた。騎手がいたんだな。

何がいたかって？

騎手だ。

ああ。

そうか。男は言った。

あのとち狂った馬にあやうく殺されるところだった。ホームは言った。口のなかで膨らんだ肉質の物体が難攻不落の繊維をともない捩《よじ》れ動き回った。彼は噛み続けた。

どこに行こうとしてた？　男は訊いた。

彼は肉の塊を片方の頬に転がした。川を渡りたかっただけだよ。彼は言った。とくに行くあてはねえんでね。

行くあてがないと。

ああ。

そうか。男は言った。

ホームは肉を噛み続けた。これまで食ったことがねえ肉だ。彼は言った。

俺もはじめてだったかもしれん。男は言った。

彼は噛むのを止めた。あんたも食べたことがなかったのかい？　彼は訊いた。

男は即座には答えなかった。やや間を置いてから男は言った。肉もいろいろだからな。

なるほど。彼は言った。

ライフルを脚の上に置きしゃがんだ男がイヒヒと笑った。いろいろか。ライフルの男は言った。糞落としのサギに、スカンクに……

鬚の男は何も言わなかった。ただ一睨みするとライフルの男は黙りこんだ。

気にしないでいい。男は言った。そいつの言うことには構わんでいい。もっと火の近くに寄ったらどうだ。おいハーモン、薪を探してこい。

ライフルの男は立ち上がり、一言も発していないもうひとりの男にライフルを渡してからその場を去った。

よかったら手伝うがね。ホームは言った。

お前は坐っててくれ。男は言った。薪の心配はいらん。

彼は肉を噛み続けた。

えらくいいブーツを履いてるじゃないか。男は言った。

ホームはブーツに視線を送った。坐って伸ばした脚の先にあるブーツは横向きに火にあたり、一方がもう一方の上に交差していた。そこそこだ。ホームは言った。

いいブーツだ。

雨が上がってくれねえもんかね。ホームは言った。そう思わねえかい？

ああ。男は言った。馬に何をした？

どの馬のことだい？

騎手の馬だ。

何もしてねえ。あの馬のせいであやうく死にかけたんだ。狂ったみてえに行ったり来たりしたと思ったら真っ逆さまに川に落ちちまった。

手に負えなかったってわけだ。

あの馬がどうなったのかはほとんど見えなかった。

あるいはその馬が自分のものになるのが怖かったんだな。

俺は馬なんかいらねえ。ホームは言った。

いらないのか。もっと肉を食べな。

まだ口のなかに残ってる。ホームは言った。

男は頭の向きを変え後ろを見た。ハーモンが濡れた枝を腕いっぱいに抱えて近づいてきていた。彼は枝の束を落とすと川辺の粘土質の地面に跪き火の熱で枝を乾かそうと位置を整えはじめた。男はその様子を眺めていた。しばらくして男は言った。坐れ。ハーモンはどかっと腰を下ろすと両腕で脛《すね》を抱え込んだ。

ところで。男はそう言いホームの方に顔を向けた。お前はそこに腰を下ろし火で暖まり物を食べながらまだ名前すら言っていない。どうやら名前は秘密にしておきたいようだな。

そんなことはねえ。ホームは言った。俺が住んでたところじゃ、名前なんてほとんど訊かれねえから。

今いるのはお前が住んでた場所じゃない。

ホームだよ。ホームは言った。

ホーム。男は鸚鵡返しに言った。あたかもその言葉が口のなかに不快感をもたらしているかのようだった。男はわずかに首を振りライフルを持った男の方を指し示した。あいつには名前がない。男は言った。あいつ自身は欲しがっているが俺はあいつに名前を与えない。あいつには名前は必要ないからだ。お前は名前がない人間に会ったことはあるか？

いや。

ないか。男は言った。そうだろう。

ホームはライフルを持った男を見た。

すべてのものに名前が必要ってわけじゃないだろう？　男は訊いた。

分からねえけど。そうかもしれねえ。

俺の名前を知りたくないか？

どっちでも。ホームは言った。

知りたいか知りたくないかどっちだと訊いてるんだ。

じゃあ。ホームは言った。

男は歯を剥き出しにしたかと思うとさながら作り笑いをしていたかのようにまた口を閉じた。ああ。男は言った。俺の名前を知りたい人間はたくさんいるだろう。

ホームは裸の腕で口を拭い肉を飲み込もうとしたがそのまま噛み続けた。あたりは静寂に包まれていた。耳をそばだてたが森からも川沿いからも物音ひとつ聴こえてこなかった。梟《ふくろう》も夜鳥も啼かず遠くの猟犬の吠え声も聴こえてこなかった。

名前を持たない方がいいものもある。男は言った。こいつはハーモン――鬚の男はしゃがんでいる男の方を指し示した――ちゃんと名前を持っている。俺はこいつに黙って坐って話を聴いていてほしいんだ。もっとも話の中身を理解しているとは思えんがな。

ホームはこくりと頷いた。

こいつは話を聴くのに向いている。

なるほど。

ハーモンは話を聴いている風には見えなかった。汚い痩せ猫のようにただ火をじっと見つめていた。

こいつは何かを知っているのかもしれんがこいつ自身も俺もそれが何かは分からん。男は言った。それでも俺はこいつに坐って話を聴かせ火の番やらをさせる。

ハーモンが動いた。火から眼を離さずに身体を傾け片手で手探りをして薪をざくっと掴むと二、三本を衰えた炎のなかに突っ込んだ。向こう側にしゃがんだ三番目の男がライフルを両膝の間に立て掛け顔を銃身につけているのが見えた。

火は絶えず燃えているのがいい。男は言った。他の人間が来るかもしれないからな。

ホームは唾液が混じった味のしない肉の塊を何とか飲み込んだ。眼球が蟇蛙《ヒキガエル》のように今にも飛び出しそうな様子だった。誰も来ねえと思うがね。彼は言った。

その言葉は鬚の男の耳には届いていないようだった。男は両足を伸ばすと交差させ組み直した。ホームは我知らず鍋に手を伸ばして引っ込みがつかなくなった。そしてすえた臭いのする黒い肉の塊を取り上げると噛りついた。

俺の履いてるブーツだが。男は言った。すっかり駄目になっちまったようだ。

ホームは男のブーツを見た。ひび割れ風雪に黒ずみ片方は舌革からつま先まで馬の蹄のごとく裂けていた。彼は肉を噛みながらハーモンを見、それから視線を火に移した。

どう思う？　男は言った。

そうみてえだな。ホームは答えた。それからフェルト布のシャツの持ち位置を変えた。

もっと肉を食べたらどうだ。男は言った。

どうも。ホームは言った。もうたっぷり食ったよ。

渡し守はもっとましなシャツを着てなかったのか？

何て？

渡し守はそのシャツよりももっとましなのを着てなかったのかと訊いたんだ。

奴のシャツのことなんか気にも留めなかった。

男は彼をじろっと見た。しばらくして男はハーモンの方を向いた。奴のシャツのことは気にも留めなかったそうだ。男は言った。

ハーモンは脛を両腕でぎゅっと締めつけヒャッヒャッと笑い頭を上下に動かした。

鬚の男は火の前で身体をいっぱいに伸ばし片肘をついて身体を支えていた。男は言った。どこに行ったらお前が履いてるみたいな牛革のブーツが手に入るんだろうな。

ホームの口は砂が入りこんだかのように乾き肉片はどんどん大きくなっているように感じられた。分からんね。彼は言った。

分からんと？

彼はまたシャツをひっくり返した。真っ白な裸の肌を晒して坐っていた。俺のブーツは貰い物なんだ。

彼は言った。

つま先がいささか上を向きすぎているようだが。男は言った。そのブーツをくれた人間はお前の足のサイズを知らなかったのか？

もともとは別の人間がもらうはずだった。でもその人間が死んじまったんで俺が代わりにもらった。サイズが大きいのは仕方ねえ。でも履くには問題ねえ。

男はわずかに体勢を変えぼろぼろに擦りきれたブーツの足を片方上げまじまじと見てから下ろした。革の裂け目から裸足の一部が覗いた。

死人のブーツを履くってのはブーツがないよりはましなんだろう。男は言った。

彼は全身に寒気を感じた。ハーモンは頭を上げ彼をじっと見た。眠っているように見えたライフルの男も今は眼を見開き身動きひとつせずに彼を見ていたがその視線は愚劣ながらも悪意をたっぷりと含んでいた。

お前はさっき川を渡りたいだけだったたって言ったな？　男が訊いた。

それに答えたホームの声は震え見知らぬ人の声のように響いた。それを耳にしてひどく不安になった。妹を探しているんだ。彼は言った。妹が出ていってからずっと探してる。もしかしたら俺も知ってる鋳掛屋と逃げたのかもしれん。年を取った小男でがりがりに痩せてる奴だ。妹はまだ小娘なんだが。春先からずっと探してるんだがどうしても見つからねえ。あいつの面倒を見てやれるのは俺しかいねえのに。今頃どんな面倒に巻き込まれているやら分かったもんじゃねえし。そのうえ病気がちだ。体も丈夫じゃねえんだ。

男は黙って耳をそばだてていたが次に言ったのは意外な言葉だった。俺だったらその男を名指したりはしない。自分で名前を与えることができないものは自分のものだと言えないからだ。そのものの話をすることすらできない。そのものが何であるのかも分からない。争いが起きたら俺はハーモンに面倒を見させる。俺はいつもこいつを見ている。近くにいるんだが、ずっと見ている。

ホームは眼を凝らして男をじっと見た。男はまた起き上がって坐り身体の前で脚を組んだ。

今朝こいつが小舟を放ったんだ。男は言った。ただ舟が漂流しただけだとしてもこいつがやったことには変わらん。理由があることは分かっていた。俺たちは丸一日と夜の半分ここで待っていた。しっかりと火も焚いていた。お前も見ただろう?

はあ。ホームは言った。

どうして妹を追い出した？　男は訊いた。

追い出したりなんかしてねえ。

どうして彼女は逃げ出した?

分からん。ただ逃げ出したんだ。

お前は知らないことが多すぎるんじゃないか?

ホームは男の肩越しにハーモンを見てからライフルの男に視線を移した。ライフルの男は眠っているようにも見えたが眠ってはいなかった。ホームはまた鬚の男に視線を戻した。あんたに迷惑はかけてねえだろ。彼は言った。

迷惑をかけられる立場にないからな。

ホームは答えなかった。

そんな筋合いはない。男は言った。

ホームは身体を少し前に傾け両肘を強く掴んだ。飲みこんだ肉が胃の入口で重々しく抗っているのが感じられた。

そうじゃないか？　男は訊いた。

ああ。

もうひとつ肉を取ったらどうだ。

腹いっぱいでこれ以上入らんよ。

そんなに大きなブーツだとかかとが擦り切れて痛むだろう。男は言った。

問題はねえ。ホームは言った。

果たしてそうかな。男は言った。

そうって？

問題があるってことだ。俺には問題がないとは思えん。

まあ、どっちにしても違いはねえよ。

俺が何かを考えるときには必ず違いが生まれる。

ホームは火をじっと見つめた。焦点の定まらない視界のなかで炭の小さな火明かりが数珠状に連なり漂う様子は熱を帯びた胞子を想わせた。血が両耳に昇り熱くなり半ば耳が聴こえなくなった。俺は気にしねえ。

言葉使いは気にしたほうがいい。だがお前は俺が考える人間じゃないのかもしれない。俺が言ったことを理解しているようには思えんからな。とにかくそのブーツを脱ぐんだ。

ハーモンは顔を上げにやりと笑った。ホームは鬚の男に眼を向けた。火はやや弱まり向こう側に腰を下ろした男の姿がよく見え、景色全体の奥行きが失われたかのごとく圧縮され黒い森が向こうから一気に眼前に迫り男が火のなかに坐し炎を抱きかかえているように映り、そこに集中した熱以上の何かの存在が感じられた。ホームは手を伸ばしてブーツを片方脱ぎ、それからもう一方も脱ぐと、眼の前に真っすぐに立てた。

ハーモン。男が言った。

ハーモンは腰を上げると歩いてきてブーツを取り男の前に持っていった。男はブーツを手に取りしげしげと眺め、身体を前に傾けて火にかざすと、別世界で作られた製品を品定めする野蛮な靴直し職人のように両手でブーツを回転させた。男は自分のブーツを脱ぎ手に取った新しいブーツを履くと腰を上げ三歩前に進んで二歩下がりくるっと身体を回転させた。ハーモンは男が脱いだブーツを拾って履こうとしていた。ライフルの男は満足げに見ていた。

よし。鬚の男は言った。

ホームは裸足でしゃがんでいた。

あいつにも宛てがってやれ。男は言った。

ハーモンは自分が脱ぎ捨てたブーツをライフルの男の前に持っていき真っすぐに立てた。ライフルの男は置かれたブーツに視線を落としてから顔を上げてハーモンを見た。ハーモンはライフルを取り上げると空のブーツをつま先で指した。

脱がせてやれ。鬚の男は言った。

ハーモンは膝立ちになり名前のない男のブーツを引っぱって脱がせるともう一組のブーツを男の足元に押し動かした。それから脱がせたブーツを手にして立ち上がると後ろを振り返った。鬚の男が身振りで指示した。

裸足で半裸のホームはしゃがんだまま、その様子をじっと見ていた。ハーモンが薄笑いを浮かべながら近づいてきた。片手にライフルをもう一方の手には最後の一組のブーツを持っていた。ハーモンはブーツをホームの傍らにどさっと落とすと彼を見下ろして立っていた。ホームは視線を鬚の男の方に移した。

それがお前のだ。男は言った。

ホームはそのブーツを見つめた。大きさが不揃いで、ひび割れ、形が崩れ、焼け痕がついた表面は至るところが不格好に針金や紐で繕われていた。名前のない男の方に視線を送ると彼もまだ裸足のままでブーツが一組前に置かれていた。ライフルを取り上げられた両手を身体の両脇の地面に置き名前のない男はホームを見ていた。ホームは眼を逸らした。

そのブーツはお前のものだと言ったんだが。鬚の男は言った。

ホームはふたたびブーツを見、それから片方をゆっくりと手に取ると引っぱりながら履いた。異臭がブーツの上部から湧き出て鼻をついた。

言いたいことはないんだろう？　男は訊いた。

ああ。

もしかしてお前のブーツと俺のブーツを交換すべきだったと考えているんじゃないか。

俺は気にしねえ。ホームは言った。

自分が何を持つか俺は大いに気にかける。男は言った。それが俺の考え方だ。

考え方は人それぞれだ。ホームは言った。

手を出すなよハーモン。

ハーモンは彼から離れた。いつしか雨は上がっていた。ホームは気づいていなかった。剥き出しの背中に落ちる雨も感じていなかったし、音もなく火のなかに消え落ちる雨粒にも気づいていなかった。

あまりいい物は持たないほうがいいなんて思う日も来るかもしれんな。男は言った。

ホームはどうしようもないという風に力なく片手を振った。

もう一度訊くがどこに行こうとしてる？

あてなんかねえ。

行くあてがないと。

あてはねえ。

行くあてがなくともどこかには辿り着く。男は言った。男は火の縁を歩いてやってきて立ち止まり、ホームを見下ろした。ホームからはブーツを履いた男の両脚とその少し先にハーモンのブーツの両脚だけが見えた。火の勢いは衰え蛇の舌を想わせる黄色い炎だけが炭の裂け目から上がっていた。それから三組目のブーツが近づいてくるのが視界に入った。ブーツのつま先は内側を向き左右を履き違えていた。

他に話はないのか？　男は訊いた。

何もねえ。ホームは答えた。

男が吐いた唾がホームの前を通り火のなかに落ちた。何かあるだろう。男は言った。妹がいるというのは本当なのか？

言ったとおりだ。

どこかの鋳掛屋と逃げたんだな。

そうだ。

だが彼女はここにいないから彼女の考え方も分からんと。そういうことか？

そうだ。

それで二人はどこに行ったとお前自身は考えてるんだ？

分からん。

道の先だ。そう思わんか？

ああ。そう思う。そういう風には考えなかったが。

考えなかっただと。

ああ。

ホームはさながら火に話しかけているようだった。頭を上げると三人が並び立ちぼろを纏い、ひどく汚れ、恐ろしい顔つきで彼を凝視しているのが分かった。

いや。男は言った。お前には分かっていたはずだ。

ホームは答えなかった。そして顔をまた火の方に向けた。

ハーモン。男は言った。この男のことは放っておけ。

ホームは顔を上げなかった。湿った落葉を踏みしだき火影から遠ざかり艀舟がつながれている川の方に向かう三人の足音が聴こえてきた。彼はシャツを両手でわしづかみにし黙祷を捧げるかのごとく眼の前で細枝のごとくふらふらと揺らめく炎を見つめ微塵も動かなかった。しばらくすると誰かが戻ってくる足音が聴こえてきた。彼は頭を上げた。ハーモンが笑みを浮かべながら亡霊のように暗闇から出てきた。ライフルは持っていなかった。何も手には持っていなかった。ハーモンは腰を屈めホームの上に覆い被さった。ホームは後ずさりした。ハーモンはそれに気づいていない様子だった。ハーモンは鍋を掴んで傾けて残りの肉を火のなかにこぼし鍋を岩にぶつけて鳴らすと後ろに下がり身体の向きを変えて立ち去った。肉片がひとつ明るい炭火のなかに見えた。音も立てずに石のごとく横たわっている肉片は炎の影響を受けていないように見えた。彼は動かなかった。男たちの声に耳を傾けたが何も聴こえてこなかった。長い時間が経過した後川の音がふたたび聴こえ火は完全に消えていたものの彼は動かなかった。さらに時間が経ち真似師鶇《マネシツグミ》の啼き声が耳に入った。あるいは別の鳥の啼き声かもしれなかった。

最近の雨降りの日に荷車や馬車に荒らされた道の土には鉄みたいに硬い溝や轍ができその間を鋳掛屋の荷車は酔っ払いのように跳ねながら進み彼自身は二本の長柄の間に繋がり設えた引き具に寄りかかっていた。眼下を通過していく道しか見ていなかった彼はその若い娘が話しかけてきたとき無理やり恍惚から現実に引き戻されたかのごとく引き具の間ではっと驚き足を止めあたりを見回した。彼女は道端の石の上に坐り麦わら色の髪に遅咲きの野草をつけていた。

やあ娘さん。鋳掛屋は言った。調子はどうだい？

まあまあです。彼女は言った。あなたがジョンソン郡によく来ている鋳掛屋さんですか？

いやはや、あのあたりには六カ月か八カ月も行ってないがね。あんたはあの界隈から来たのかい？

ええ。彼女は言った。ココアは売ってなかったですよね。

ああ。彼は言った。売ってないね。ココアはあまり売れんからわざわざ持っていかんのさ。コーヒーは売ってるがね。

それとあっち方面の本もお持ちでしたね。

何の本だい？

男たちが見る絵が載ってる本です。あっち方面の。

警戒心から鋳掛屋の眼つきが変わった。あんた誰なんだい？　彼は言った。

あたしはあなたが連れてった赤ちゃんの母親です。

赤ん坊なんか連れてってないがね。鋳掛屋は言った。

赤ちゃんを返してほしいんです。

あんたその赤ん坊が連れていかれるのを見たのかね？

赤ちゃんに何をしたの？

赤ん坊なんかおらんよ。

彼女は石の上にじっとしていた。ぼろのワンピースのしわを膝の上で伸ばすとふたたび顔を上げた。

赤ちゃんを返してほしいんです。彼女は言った。

このときになると鋳掛屋は荷車の二本の長柄の間にゆったりと立ち、山羊のような小顔に好奇心やら何やらが入り混じった表情を浮かべて彼女を見ていた。どうして俺が赤ん坊を連れてったって言えるんだ？　彼は訊いた。

兄から赤ちゃんを受け取ったんでしょう。娘は言った。あたしは赤ちゃんをどうしても取り戻したいの。

赤ん坊の年は？　あんたがいなくなったって言ってる赤ん坊のことだが。

生まれて八カ月くらいです。

八カ月か。それでいなくなってどれくらい経つんだい？

生まれてからずっと。

鋳掛屋はジャンパーの胸当てに親指をかけながら前腕越しに気だるそうに唾を吐き出すと何かを企んでいるかのように眉を顰《ひそ》めた。ずいぶんと長いな。鋳掛屋は言った。俺だったらそんなひどい目に遭うのは御免だな。

あたしだって御免です。

乳母にかかる金だって馬鹿にならん。

何にかかるですって?

乳母代がどんどん嵩むってことだ。かなりの額になってるだろう。

そんなこと考えもしなかった。彼女は言った。

そうか。鋳掛屋は言った。まあ無理もなかろう。

あたしお金は持っていません。

全然ないのか。

全然ありません。

やれやれ。かりに俺がその赤ん坊の居場所を知ってたとしてもあんたの赤ん坊だって証拠はないからな。あんたの話だって信用できるかどうか。

あたし自分の赤ちゃん以外はいらないです。

それはどうか分からんよ。赤ん坊が欲しくてしょうがない女は五万とおるからな。そういう女は赤ん坊を手に入れるためだったら何でもするのさ。

あたしが欲しいのはあたしの赤ちゃんだけ。

あんたみたいな娘でも赤ん坊ひとり手に入れるためだったら嘘も平気でつくからな。

違います。彼女は言った。その赤ちゃんはあたしの子なんです。

まあ。鋳掛屋は言った。是が非でも赤ん坊が欲しいってわけでもないらしいな。

あたしの赤ちゃんのためだったら何でもします。娘は言った。絶対に取り戻したいんです。

やれやれ。鋳掛屋は言った。

乳母代だって何だって働いて払います。娘は言った。

鋳掛屋は両手の親指をジャンパーに掛けたまま彼女をまじまじと見た。やれやれ。彼は言った。それは確かかい？

ええ。娘は言った。赤ちゃんを取り戻すためだったら。

鋳掛屋は肩をすくめて継ぎはぎされた上着の位置を直すと荷車の長柄を掴んだ。さて。彼は言った。他に用事がないなら俺についてくりゃいい。

彼が歩き出すとぼろを纏った裸足の娘はその後ろからそっとついていき、眼の前の荷車はよろめきトラヴォイ[*16]の棒に掛けられたブリキの金物が狂人たちの交響楽のように不協和音をかまびすしく立てた。二人は彼女がやって来た方向に道を進んでいった。

家屋を通りすぎ畑を囲むフェンスに沿って歩を進めていくと畑には葉のない晩生の玉蜀黍が枯れた低木の茂みや所々に明るく顔を出した南瓜の間からそのグロテスクな姿を剥き出しにしていた。荷車はカム形の車輪の上で足の不自由な犬のごとく前進していた。鋳掛屋は言葉を発しなかった。畑に落ちた無数の黄色い葉がぞんざいに鍬《ハロー》がけが施された後の固い凹地に深く積もっていた。彼女は唇をわずかに動かし足元を見ながら歩いていた。鋳掛屋の荷車の音が小さくなり牛の首に付けられた鈴の眠気を誘う金属音が取って代わるとようやく彼女は顔を上げ鋳掛屋がはるか前方を進んでいることに気がついた。彼女は追いつこうと歩を速め、すでに母乳で黒く汚れたワンピースの布を胸の間で一掴みにした。

その日の残りの時間彼女は荷車の後ろに繋がれているかのようについていった。鋳掛屋は話しかけもしなかったし後ろを振り返りもせず休憩も必要としないようだった。陽が暮れる頃になると二人は妙に整然と厳粛な顔つきで縞模様の影のなかを進み、ぼろぼろの革のジャンパーを着て帽子を浅く被った鋳掛屋は前屈みの姿勢で地面を見つめ続け、彼女は荷車の通った跡を辿りブリキの金物が立てる物寂しい音に晒されていたがその様子はさながら魔女の音楽、悪魔の笛の音に魂を奪われ法悦にひたる生き物のようだった。

＊16　トラヴォイ：もともとはネイティヴ・アメリカンが用いた、二本の棒を枠で結び合わせて犬や馬に引かせる運搬用具。

夕方になり鋳掛屋は道を逸れて草の生い茂る馬車道に入り、後ろを歩く娘をちらっと見て頭を振って合図した。二人は上り坂の野道を進んでいった。荷車は急角度に傾き引き具を引く鋳掛屋は身体を地面とほぼ水平にして進んでいた。丘の上で道は曲がり薄暗がりの牧草地を歩いていくと小さな家禽たちが飛び上がり憤りの啼き声をあげながら蚊帳吊草《カヤツリグサ》のなかを旋回した。この牧草地の果てに小屋があった。

二人は戸口前の庭で足を止め、鋳掛屋は革ひもを取り外し荷車を置いた。彼女はそろそろと小屋に近づき半ば開いた戸からなかを覗いた。敷居には雑草が生えなかから黴くさい臭いが漂ってきた。

誰もいないんですね。彼女は訊いた。

ああ。鋳掛屋は言った。入りな。

彼女は事情が飲みこめないまま鋳掛屋の後を付いていき薄暗がりに入ると立ちどまって周りを見回した。向こう側のガラスのない窓枠から弱い光が差し込み埃塗《ほこりまみ》れの蜘蛛の巣を通過し不揃いの床板の上に淡く湾曲した曼陀羅模様を映していた。

ここには誰も住んでいないんですか？　彼女は訊いた。

ああ。

だったら何のために来たんですか？

なかに入りな。彼は言った。親なし子みたいに突っ立ってることもなかろう。

彼女はゆっくりと部屋の中央まで進みあたかも温もりか恩寵を求めているかのように薄日があたって

いる場所に立った。むっとする風がかすかに窓から吹き込み彼女は顔を背けて息を深く吸い込んだ。人目を忍ぶノーム[*17]のごとく部屋を横切る鋳掛屋は荷物の運搬が今も続いているかのように前屈みの姿勢を保っていた。

坐ってくれ。鋳掛屋は言った。

だが坐る場所は見つからなかった。彼女は身体の向きを変え鋳掛屋のいる薄暗がりに向かい声をかけた。赤ちゃんはいないんですね。

ああ。彼は言った。マッチの硫黄が発する鮮烈な光のなかで鋳掛屋の身体の形が奇妙に揺らぎ薄くなりやがて消失した。ここにはおらん。彼は言った。

彼女は窓辺に行き外の景色に眼を向けた。地面が小川の方に下り暮れ方の柳《ヤナギ》の木々が黄緑色に燃えていた。黒い小さな鳥の群れが途絶えることなく野原を横切り恐ろしい出来事の到来を告げる使者のように西に向かって飛んでいった。小川の先には屋外便所の骨組みが見えたが板材はすでに薪に使うために剥ぎ取られ天井から蜂の巣が紙でつくった巨大な卵のようにぶら下がっていた。

鋳掛屋は荷車から手提げランプを取り戻ってくると炉棚に置いて火を灯した。彼女はその様子を見て

＊17　ノーム：醜い老人姿の小人。地中にある宝を守る地の精。

いた。鋳掛屋は脇にウィスキー瓶を抱え懺悔服を纏った悔悛者のように炉の前の床に跪いた。小枝や木片を炉に折り入れるとたちまち火がつき彼は前屈みになって息をやさしく吹きかけた。それからかかとに重心を移して帽子で扇いで火の勢いを強めた。あんたそこに根を張っちまったのかい。鋳掛屋は言った。

彼女はがらんどうの部屋の戸の方へ歩いていきしばらく立ち止まってから戸を閉めた。戸の内側には狩りで捕った大きな獲物みたいに蜘蛛の巣に塗れたコートが掛かり床には死んだ鳥が一羽横たわっていた。彼女は裸足のつま先で鳥の死体を突いた。ほとんど外皮だけの身体はわずかにすえた臭いを発していた。白い小さな地虫があらたにできた染みの上でのたくっていた。彼女は髪に差していた花を取り胸の前に持ち身体の向きを変えた。鋳掛屋はウィスキー瓶を手提げランプの前で高く掲げた。それから蓋を捩《ね》じり取り、呼吸を整えるように間を置いてから飲んだ。彼女は鋳掛屋のぶよぶよの喉が上下し眼が大きく開くのを見ていた。鋳掛屋は瓶をまた下ろしフーッと声を出すと何かが逃げ出さないようにといった様子で瓶の蓋を締め直した。彼女が見ているのに気づくと片手で瓶を差し出した。飲むかい？

彼は訊いた。

お酒は好きじゃないんです。

そうかい。彼は身体の向きを変え瓶を手提げランプの横に置いた。灰色の髪をさながら電気のように頭から疎らに生やした風情で火の前で動く姿はいい加減に操られたぼろ人形を想わせた。火の近くに来て暖まったらどうだい。彼は言った。

寒くはありません。

鋳掛屋は彼女に視線を向けなかった。でも腹は減ってるんだろう。彼は言った。

彼女は返答に時間を要した。鋳掛屋も顔を向けなかった。はい。彼女は言った。

彼は火のそばを離れて部屋を横切り外に出ていった。戻ってきたときには片腕に小さな柳かごと薪を一抱え持っていた。彼女は炉の近くに移動し火に背中を向けていた。彼は柳かごを床の上に置き薪を積み重ねた。

前はテーブルがあったんだがひどく寒い日に薪にしちまったんだ。彼は言った。

彼女はこくりと頷いた。

坐ってくれ。彼は言った。冷えてるが軽く食べるくらいのものはあるんだ。

彼は床の上に腰を下ろして柳かごを開いた。彼女は用心しながら脚を折り曲げて坐った。

ほら。彼は言った。玉蜀黍パンを取りな。

彼女はパンの塊を取ると噛りついた。パンは硬く口のなかがざらつき味がしなかった。

この豆も取りな。

彼女は口のなかをいっぱいにしながら頷いた。彼は容器のなかの豆に玉蜀黍パンの一切れをひたし掬っていた。好きなだけ食べていいんだ。彼は言った。

赤ちゃんがいるところは遠いんですか？　彼女は訊いた。

遠いもいいところさ。鋳掛屋は答えた。

娘は豆をパンに掬って口のなかに詰めこむと、砂に塗れた裸足は尻の下にたくし込んだまま膝の上のパン屑を払った。あたしたちいつそこに着くんですか？　彼女は訊いた。

鋳掛屋は彼女をまじまじと見た。俺たちだって？　彼は言った。

明日の朝早く出発するように準備してるんでしょう？

明日がどんな日になるかなんて簡単には分からんよ。そんなことよりもっと玉蜀黍パンを食べな。

もう充分に食べました。

あまり食欲がないのかい？

いつもあまり食べないんです。

なるほど。鋳掛屋は言った。

あたしたち明日中にそこに着けますか？

明日？

着けますか？

鋳掛屋はひたすら噛み続けていた。床には二人の長く伸びた影が空を舞う鶴のように揺れ動いていた。

娘さん。鋳掛屋は言った。何もあんたが最初じゃないんだよ。ぶよぶよの腹と大きな眼をして森をうろつくご婦人は。

あたしはあたしの赤ちゃんが欲しいだけです。

今すぐにかい？

働いて支払いができるって言ったでしょう。

もちろん仕事は五万とあるさ。鋳掛屋は言った。それから膝を立て手を伸ばしてウィスキー瓶を取り自分の前に置いた。

あたしができることだったら何でもします。彼女は言った。他にするべきことなんか何もないんです。

鋳掛屋は笑みを浮かべ豆の器を貧弱な脛で挟みながら残りをパンの最後のひとかけらで拭い取った。眼を半ば閉じながら噛み続ける鋳掛屋の顔は火明かりに照らされ無表情で不気味な仮面の様相を呈し溺死した人間の顔を想わせた。

あなたに赤ちゃんは必要ないでしょう。娘は言った。

鋳掛屋は無精鬚が伸びた顎を袖口で拭くと瓶を手に取り飲んだ。飲んでいる間もずっと瓶の縁から彼女を見ていた。それから瓶を置き蓋を締めた。俺はこれまでこの世界をずいぶん歩き回ってきて、奇妙なものもたくさん見てきた。彼は息を切らしながら言った。でも丈夫な赤ん坊が森に置き捨てられているのを見たのは一回きりだ。

森に？　彼女は訊いた。

土から栄養を取って生えてきたわけじゃあるまい。玉蜀黍とは違うからな。

赤ちゃんはもらったんでしょう。そうじゃないの？

ただで赤ん坊をくれるやつなんかいやしないよ。

だったら何を引き換えにしたんですか？

そうだな。鋳掛屋は言った。俺は何を赤ん坊と引き換えにしたのか。

埋め合わせはします。それがどんなものでも必ず。

できるもんか。彼は言い返した。

働いて手に入れます。彼女は言った。今までは何も持ってなかったけど働くことはできます。

これからもそうだろうな。

今は苦しい時なんです。

苦しむ人間はずっと苦しむんだ。俺は人間の卑しさをいやというほど見てきた。神様はどうして太陽を消してこの世界を終わらせないんだろうか。

あなたが引き換えにしたものが何であっても。彼女は静かに言った。それ以上のものを返します。

鋳掛屋は忌々しいと言わんばかりに火のなかに唾を吐いた。それ以上のものなんてあるか。彼は言った。

約束したでしょう。

俺がか。鋳掛屋は言った。俺は約束なんかしちゃいないよ。

赤ちゃんはあたしのものです。彼女は小声で言った。

鋳掛屋は彼女をじっと見た。彼女は両手の親指を口のなかに入れていた。あんたのものか。彼は言った。あんたには自分の赤ん坊だなんて言う資格はない。

それはあなたが決めることじゃないわ。

俺はもう決めちまったんだ。

彼女は前のめりになって何かを貪るように両眼を大きく見開いていた。彼女は鋳掛屋のぼろの袖に二本指で触れた。何を引き換えにしたんですか？　彼女は訊いた。あたしが埋め合わせをします。どんなものでも。それに乳母代だって払います。

鋳掛屋はさっと腕を引いた。それから顔を彼女の方に傾けた。俺が引き換えにしたもの。彼は言った。俺は人生を引き換えにして俺のことを蔑んでる地を彷徨ってるんだ。あんたはその埋め合わせをしてくれるのかい？　騾馬みたいに荷車に繋がれてた四十年と引き換えに背腰が曲がっちまって自分で立って首すら吊れないくらいだ。この世界で肉親といや半分気が狂った妹がいるだけでその妹も俺と同じように世間から疎まれてる。州のどこに行っても石を投げられ銃で撃たれ鞭で打たれ足蹴にされ犬に咬まれるのが俺の人生、あんたにその埋め合わせなんかできないだろう。埋め合わせするものなんか持ち合わせてないんだからな。人生の勘定は血で払われる。取り返しはつかないんだ。

赤ちゃんを返して。彼女はうめくように言った。どうして返してくれないの。

赤ん坊を返せってか。鋳掛屋はせせら笑った。

赤ちゃんの世話をしたいの。娘は言った。あたしが母親なんだから。

また置き去りにするんじゃないのか？

それは彼の仕業。あたしがやったんじゃない。

誰の仕業だって？　鋳掛屋は訊いた。

あたしの兄。兄がやったの。

そうか。鋳掛屋は言った。あの男なら赤ん坊を置き去りにして早死にさせたとしても無理はない。幸い俺があの場にいたから良かったがな。俺はすぐに分かった。病気だよ。あいつは病気だ。あいつは……鋳掛屋は言葉を切った。小屋のなかはしんと静まり返っていた。小川のせせらぎが聴こえてきた。あるいは風の音かもしれなかった。鋳掛屋は話すのを止め黒い井戸の底で鋭く光る毒蛇のような眼で彼女を凝視した。まさかあいつの赤ん坊じゃないよな。彼は訊いた。

あなたには関係がない。

鋳掛屋は前屈みになり骨ばった手で彼女の手首を掴んだ。あいつの赤ん坊なのか。鋳掛屋は言った。

そうなのか？

ええ。

二人はどちらも身動きしなかった。鋳掛屋は彼女の腕を離さなかった。嘘だ。彼は言った。

あなたには関係ないことでしょう。

嘘だ。鋳掛屋は繰り返した。嘘だと言え。

彼女はじっとしていた。

嘘だと言え。鋳掛屋は言った。

そんな赤ちゃんは要らないでしょ。彼女はぼそっと言った。連れて行かなかったでしょ、もし知ってたら……

鋳掛屋は彼女の身体を引き寄せた。おい嘘だと言うんだ。

普通の赤ちゃんじゃないから。彼女は言った。そんな赤ちゃん要らないでしょ。彼女の身体は痛みでねじ曲がり眼は閉じられていた。

いや。鋳掛屋は言った。何でもありだ、そうだろ？　この嘘つきの牝犬《ビッチ》め。そう言うと彼は彼女の腕を乱暴に解き放ち彼女は後ろに飛ばされもう一方の手で身体を支えた。鋳掛屋は立ち上がると窶《やつ》れた表情で身体を震わせながら彼女を見下ろした。俺が死ぬまであんたが赤ん坊に会うことはないだろうよ。

彼は言った。

あなたが安らかに眠ることもないわ。彼女はうめくように言った。絶対に。

安らかに眠れる人間なんていないんだ。鋳掛屋は言った。

火は完全に消えて灰と化していた。鋳掛屋が手提げランプをさっと下ろすと二人の影は重なり合いながら激しく回りやがて反対側の壁の上でぴたっと止まった。つけてくるなよ。鋳掛屋は言った。つけてきたら殺すからな。

彼女は動かなかった。

牝犬め。この嘘つきの牝犬め。

すすり泣きを始めていた彼女の両手には涙が落ちていた。鋳掛屋が小屋からずいぶん離れてもそれは聴こえてきた。

すすり泣きは蒸気を発する寒さが増した秋の野原を越えても止まず、複数の平鍋が水の引いた暗い海辺のブイのように不吉な音を宵闇に鳴らしていたが、やがてすすり泣きはだんだんと小さくなりその響きは広大な黒い海原で人知れず暮らす海鳥たちの啼き声のごとく完全に消失した。

ホームがぼろぼろのブーツに視線を落としながら石ころだらけの地面を歩いていくと、すき耕しされたばかりの黒い休閑地には冷たい風が止むことなく吹きつけ風に身をまかせた岩燕《イワツバメ》たちが甲高く囀《さえず》りながら上昇するや方向転換し地面すれすれまで降下し眼の前をふたたび通り過ぎていった。フェンスまでやってくるとしばし立ちどまり来た道を振り返り確認してから歩を進め、野原に入ると繁茂した雑草が乾いた音を立てながら眼には見えない何かが疾走するかのように一斉に風にたなびいていた。

彼はその丸木小屋の前に立ち両掌を腰に当てながら思案した。道の方にもう一度視線を送った。それから階段を昇りポーチを進み開いている戸からなかに入った。

かなり昔に建てられた丸木小屋で部屋の天井は彼の背丈よりも少しだけ高く、粗削りの施されていない梁は漆黒の霞がかかっているかのように映り蜘蛛の巣が同じ色の格子模様を付けていた。床は湾曲し壁は今にも崩れそうで平らな物や垂直な物は見当たらなかった。小さな窓がひとつ丸太の壁に奇妙な格好で組み込まれ、窓枠に革の蝶番が掛けられていた。その窓と粘土が塗られていない丸太の隙間から西日が薄く差しこみ風が部屋を横切り流水が運ぶがごとき冷気が流れ込んでいた。粘土のモルタルを塗られた不揃いの自然石の暖炉は今にも崩壊しそうに部屋の内側に張り出し、暖炉の横木には荷馬車用の発条《ばね》が使われ、炉床には石のように固くなり光沢の出た粘土が流入していた。蛇を想わせるねじれた火かき棒があった。二台の木製の寝台架には粗布が被せられ粗末な簡易ベッドのマットレスの上に猫の死骸が丸まり眼のない顔を歪め睨みを利かせていて、蛆に喰われ中身を失った身体はかすかに乾いた腐臭を発し時間の経過した煙の異臭と混じり合っていた。彼はマットレスを掴むと簡易ベッドから引き剥がしドアまで引きずり幅の狭い戸口を何とか通して外に出したがその間赤色のゴキブリが次々と猫の下から這い出て放射状に散らばり音を立てて床に落ちていた。彼はマットレスを庭に投げてからなかに戻った。台所には扉のない薪ストーブがあり前部が二つの煉瓦に支えられ床の急な傾斜に耐えていた。篩《ふるい》付きの二層式ホッパー[*18]には乾燥し硬化した粗挽き粉が木材にこびりつき穀象虫《コクゾウムシ》たちの温床となり底にたまった虫殻は鼠の糞やらゴキブリの死骸やらと一緒くたになっていた。固い白胡桃《シログルミ》材の食料棚には年季の入った安物の白い陶器、縁が欠け取っ手がとれたコーヒーカップ、狂犬に咬まれたかのように周縁がぎざぎざになった皿が何枚か並び、ブリキの濾過装置付きコーヒー沸かし器には蓋のかわりに開いた鮭缶が逆さに置かれていた。名状しがたい灰色の埃があらゆる物を覆っていた。彼は表側の部屋に戻るとベッドに被せられた粗布の中央を片方の掌で押しながらあたりを用心深く見回した。

しばらくしてから外に出て薪を集めた。裏手の小屋のなかで豆蔓の支柱を何本か見つけてなかに持ち込み粗挽きの栗の木版を何枚か見つけた。それから火を熾しベッドを一台引っぱって暖炉に近づけると腰を下ろし炎を見つめた。荷馬車用の発条《ばね》の下からしみ出た煙が層になって立ちこめると煙道のなかの雨燕《アマツバメ》の啼き声が瓶に吹きこむ風のように聴こえてきた。彼はベッドに腰かけ両手を膝の間でぶらぶら揺らしていた。窓から差しこむ光が床を這い反対側の壁まで棒状に伸び部屋には銅色の埃が浮遊していた。しばらくしてからふたたび腰を上げ薪をもっと探そうと外に出た。

戻ってくると火を熾し異臭を放つブーツを脱ぎベッドにごろんと横になった。数珠つなぎになった乾燥唐辛子が暖炉の上方の梁に留められた釘からぶら下がっていた。唐辛子は人工革のように見えた。煙突口では古い煤の固まりが熱に震えていた。白足鼠《シロアシネズミ》が一匹、落下する羽根のように音を立てずに丸太の間から姿を現し、片足を白い胸部にたくし込んだまま大きな黒い眼で彼を見た。彼も鼠をじっと見つめた。しかし瞬きをすると鼠はいなくなっていた。彼は眠りに落ちた。

一晩中寒く朝になって眼が醒めたときには霜が降りていた。男がひとり明るい色の磁器のような眼を片方瞑《つむ》り散弾銃の二つの銃腔の向こうから見ているのが分かった。

起きろ。男は言った。

ホームはゆっくりと上体を起こした。

ブーツを取れ。男は頭を横に振って床に転がったブーツの方を示した。

彼はブーツの方に前屈みになって片方を取ると、ぎこちない手つきで裸足に履こうとした。

待て。男はそう言いながら銃身を使ってホームの顔の前で弧を描いた。

彼は動きを止め、ブーツを手に持ったまま男を見た。

＊18　ホッパー：穀物などを流化させる漏斗状の装置。

履かずに手に持ってるんだ。

彼はブーツのもう片方を取るとベッドに坐ったまま両方を膝の上に置いた。

さあ行くぞ。男はそう言うと、後ろに下がりドアの方を散弾銃で指し示した。

彼は腰を上げ床を横切り外に出た。家の回りに長く伸びた雑草には霜が白く降り、その向こうの荒涼とした土地一帯には名もなき小さな冬鳥たちが飛び交っていた。これほどの寒さが訪れているとは予想外で不意を突かれた。

さあ歩け。男が言った。

彼は霜に覆われた階段の厚板を降り裸足のまま庭に立った。男は彼に向けた銃身を揺らしながら階段を降りてきた。二人は凍結した草地を進みフェンスまで来ると耕作地の畝や鉄のように固い土を横切り道に出た。

右《ジー》[*19]だ。男は言った。

ホームは男に視線を送った。

男は銃身を右に振り彼は片腕にブーツを抱えて道に入り、自分の揺らめく細い影を踏みながら前進すると足に触れる砂の冷たさが身に染みた。背後からは武器を持った男が用心深く歩を進める足音が聴こえ、ほどなく男の息づかいも耳に入ったが、男は話しかけてはこなかった。太陽が高く昇りはじめ、背中にほのかに感じられる暖かさが心地よく感じられた。

道沿いに一マイルほど進んだあたりで右方向に曲がる馬車道が現れた。

そっちだ。男が背後から声をかけた。

彼は馬車道に歩を進めた。馬車道は水浸しで雑草が生い茂り、太陽が昇るにつれ雨裂に剥き出した無数の石の上に水がふたたび流れ込んでいた。二人は坂道を進み、傾斜した赤色砂岩の高層を過ぎ、野原までやってくるとようやく道は平らになった。

おい急げ。男は言った。もうすぐだ。

納屋を過ぎた先に四隅が高い石塚の上に据えられた木造家屋があった。一列に並んだ雌鶏がポーチから二人を見ていた。

おーい判事さん。男が片手の掌を口元につけながら大声で呼んだ。ここを動くなよ。男はホームに言った。男はポーチに進み足の裏で床をトントンと踏みつけた。おーい。男はまた大声をあげた。

入って。家のなかから女の声が聴こえた。

先に入れ。男が言った。

ホームはブーツをもう一方の腕に持ち替えポーチに上ると雌鶏たちの横を通ってなかに入った。朝食

＊19　右《ジー》だ：ジー（gee）は普通、馬や牛に向かって右に行くように指示する言葉。左はホー（haw）。

の匂いが漂ってきた。

奥だ。男は言った。

彼は部屋を横切り向かいのドアを通って進んだ。女が空の桶を持って向かってきた。女は二人と視線を合わせずに挨拶をして台所に入っていった。二人は女の後に続いた。男がひとりテーブルの席につき前に置かれた大皿から卵と丸パンを食べていて二人が入ってくると視線を上げた。肌着姿だったが、その灰白色のフランネルの肌着はどこか不潔で袖は噛み切られたかのように肘から先の部分がなかった。

男は視線を皿に戻してから話しはじめた。

おはようジョン。狩りに行ってきたのか?

狩ったのは住居侵入者ですがね。男は言った。

侵入者?

ええ。男は散弾銃でホームを押した。

この男が住居侵入者かい？　判事は顔を上げずにそう言い、卵を横からフォークの上に掬いあげ、顎をほとんどテーブルにつけながら口のなかに放り込んだ。

父ちゃんが昔住んでた家で捕まえたんですがね、ベッドで寝ていやがったんです。

彼はどうやってなかに入ったんだ?

どうやって入ったんだ？　男が訊いた。

入口のドアから入ったんだよ。ホームは答えた。

ドアからだって言ってますぜ。

本当か？

俺が見つけたときはベッドに寝てましたがね。

鎮座したままの判事はこくりと頷き、皿に残った脂を大きめの丸パンで拭った。わしはコーヒーは飲まんのでな、じゃなかったらあんたらに出してやれるんだが。そう言うと椅子の背にもたれて掌で口を拭った。さて、お若いの名前は何と言うのかな？

キュラ・ホームですよ。

あんたはインディアンかい？

いいえ。

自分の名前《ファースト・ネーム》は何と言ったかね。

ホームっていうのは名字ですよ。キュラが名前。それでキュラ・ホーム。

そうか。判事は言った。それでジョンの親父さんが住んでた家に押し入ったそうだが？

押し入ってなんかいねえですよ、ちょっとなかに入っただけで。鍵も何も掛かってなかったんで。誰も住んでなさそうだったし。住めそうでもなかったんでね。

家具があったろうが。散弾銃を持った男が言った。だいたいお前自身がベッドで寝てたろうが。

もうひとつのベッドじゃ猫が死んでたがね。ホームは言った。

それは見なかったぞ。男は言った。男は判事の方を向いた。こいつはベッドを庭に出してずぶ濡れにしちまったんだ。これは言わないでおいてやろうと思ったのに。今がまだ八月だったら金を払ってでもベッドやら何やらわしの物も全部外に出して乾かしてもらうんだがな。判事は言った。

あのベッドには猫の死体が載ってたんでしょうがなく外に出したんですがね。

それは分かったからもういい。判事は言った。ホームだったな。言いたいことはそれだけか？

ええ。

どこから来たんだね、ホーム？

ジョンソン郡からですよ。

どうしてそこから追い出されたんだね？

別に追い出されちゃいねえです。

だったらここで何をしてるんだね？

仕事探しですよ。

ジョンの親父さんの家でか？

いや。俺はただあそこで休みたかっただけですがね。

あの家に求人広告のポスターでも貼り出してたのか、ジョン？

ジョンは腋の下に銃を抱えながらにやりと笑った。俺の記憶じゃそんなことはなかったがね。彼は言った。

求人広告はなかったか。判事は言った。それから椅子の背にもたれてテーブルの端を四回指で叩いてからホームに視線を移した。

さてホーム、申し立てはどうする？

申し立て？

有罪か無罪か。

無罪でしょうよ。

ジョンの親父さんの家には入らなかったと？

入るには入りましたがね、押し入ったんじゃねえですよ。

なるほど。だったら建造物侵入罪ってことになるんじゃないかね。

ホームが男の方に目をやると男はホームを見返した。判事は空になった皿の端をフォークで無為に叩きながら歯を舐めて考え込んでいた。

俺は何も悪いことはしてねえですよ。ホームは言った。

無罪を申し立てるならあんたをハームズワースに連行して裁判の日まで拘留する必要が出てくるな。

時間がかかるってことですかい？

判事は顔を上げてホームを見た。三週間ほどだろう。彼は言った。延期されなければの話だが。延期されればさらに六週間。それからもしあんたが……

だったら有罪でいいですがね。ホームは言った。

判事は前のめりになって皿を脇にどけた。そうか。判事は言った。有罪を認めるかね。判事はテーブルの中央に置かれたボウルから玉蜀黍パンをひとつ取りバターを塗りはじめた。エセル。判事は声を上げた。おい、お前。

彼女はオーク材の小さな箱を持ちながら入ってきてテーブルの上に置いた。

不法侵入で有罪だ。判事は言った。

彼女は紐でつないだ幾つもの鍵のなかから目当ての鍵を手探りしていた。それから箱を開けると何枚かの用紙と羽ペンとインク瓶を取りだした。この人の名前は？　女は訊いた。

彼女に名前を伝えてくれ。

キュラ・ホーム。

何て？

キュラ・ホーム。

どんな綴りだい？　彼女はテーブルの端の席に坐り手にした羽ペンを書類の上に浮かせていた。

さあね。ホームは言った。

自分の名前の綴りが分からないと。彼女は言った。

判事は女の方を見てからホームに視線を移した。その口は玉蜀黍パンでいっぱいだった。何か文字を書きつければいい。判事は言った。だいたい見当はつくだろう？

いや。俺はまったく……

あんたに言ったんじゃない。

これは失礼。

もう一回ゆっくりと言ってみて。彼女は言った。

ホームは言った。

彼女は何か文字を書きつけた。罪状は何かね。彼女は判事の方を向いて言った。

名前は書いたのか？

ええ。罪状は何？

住居への押し入り……いや。何と言ったかな？　不法侵入？　不法侵入だ。判事は椅子を足で動かした。ジョン、まあ坐れ。場が落ちつかんじゃないか。

ジョンは椅子に腰を下ろした。部屋のなかには羽ペンが立てるカリカリという音だけが響いていた。

ホームは三人の前に立ちながら体重を片方の足からもう片方の足へと移動させていた。

出来ましたよ。女は言った。

日付も忘れずに書いたか？　この前の書類には書き忘れてたからな。

ちゃんと書きましたよ。女は言った。

ではよろしい。

女は用紙を上下反対にし下部に小さなXの文字を記すと羽ペンをホームの方に差し出した。彼は羽ペンを受け取り腰を曲げて用紙の上に被さりXの横にXをもうひとつ書いてから羽ペンを返した。彼女はその用紙に署名ししばしひらひらと宙に舞わせてから判事に差し出した。判事はうっとうしいとばかりに用紙を手で払いのけホームを見た。

五ドルの罰金を科す。判事は言った。

五ドルなんて持ってませんがね。

判事は汚れた布切れで鼻をかみ尻のポケットに戻した。それなら一〇日間の労働だ。判事は言った。働いて支払えばいい。

それでいいですよ。

じゃあ坐って。判事は女の方に顔を向けた。書類を片づけて朝食を用意してくれ。朝食は食べたのか？　食べてないな。じゃあ用意してくれ。囚人だって腹が減ったら働けないからな。さてジョン、これで希望通りに事は済んだな？

ジョンは前屈みに椅子に坐り片手を波のように揺り動かした。ちょっと待ってくれよ。彼は言った。

どうかしたのか？

いやね、その一〇日間てのは俺の土地で働かせたら何日分になるんだい？

判事はじっとしたまま手を腋の下に伸ばして何かを掻いていた。お前の土地で？　判事は訊いた。

そうだよ。

どうしてこの男がお前の土地まで行って働かなきゃならないんだ？

そりゃなんたって俺がこの男を連行したからさ。こいつが俺の父ちゃんの家に押し入って……

お前の土地に毎日連れていくなんてことはできないぞ。この男がたまたま押し入ったのがお前の親父さんの小屋だっただけじゃないか。

でも俺が捕まえなかったらこいつは今頃ここにはいなかったはず……

この男をここに連行してくれたことには感謝するがな、ジョン、わしが知る限りこの男に懸賞金やら何やらがかけられてるわけじゃないんだ。そうだろ？　わしは法律をつくるわけじゃない。ただ実行しているだけなんだ。

だったらどうして俺の働きから利益を得るのがあんたなんだね。こいつが支払えないのをいいことにと言ってもいい。こいつの賃金か、それとも罰金か知らんが、郡に返してもいいんじゃないか……

判事は腋の下を掻く手を止めた。あのなジョン。判事は言った。わしの帳簿は誰でも見れるようになってるんだよ。そうだよな、お前。

そうですよ。女は言った。ホームは女をじっと見ていた。女は男たちの話を聴いていなかった。

一〇日のうち二、三日でもこいつを俺に貸してくれてもよさそうなもんじゃないか。

判事はかぶりを振った。ジョン。判事は言った。お前とわしはこれまでずっと良き隣人だった。そうだろう?

そうさ。ジョンは答えた。

わしがお前の頼みごとを断ったことがあったか?

頼みごとなんかしたおぼえはないがね。

口を開けば頼みごとばかりだがな。そうじゃないか?

そうですよ。女が口を挟んだ。判事は女をきっと睨んだ。

さてね。ジョンは言った。これは頼みごとなのかい?

違うのか。

違うね。公平か不公平かの問題だよ。

問題は公平か不公平かじゃない、法に反するかどうかだ。お前には囚人を働かせる権限はないんだ。

だったらこいつを撃ち殺しちまえばよかったな。

いや、この男をここに連れてきたのは正しい行いだったぞ。しかしわしに法を破ってこの男を引き渡せと言うのは正しくない。分かるだろ？

クソッ。おっとこれは失礼、奥さん。

わしはお前に法を破れなんて絶対に言わんがな。そうだろ、ジョン？

ジョンはすでに椅子から立ち上がっていた。後ろを振り返ることはなかった。片手に散弾銃をぶら下げたジョンは家のなかを歩いていきブーツの足で剥きだしの床板をけたたましく踏みつけながら部屋をいくつか抜けていきドアの掛け金が外れる音が聴こえてきたかと思うとドアがバタンと閉まりしばしの沈黙の後で雌鶏が騒々しく啼きそれから何も聴こえなくなった。

まあ坐りな。判事が言った。こんなに寒い朝にブーツも履かずに何をしてたんだね？

ホームはもうひとりの男がさっきまで坐っていた椅子を取ると腰を下ろし苦労しながらブーツを履いた。かじかんだ足で床を踏んでみたが何も感じなかった。それから顔を上げた。

さっきの男に言われたようにしたまでですがね。裸足にしておけば逃げるのがたいへんだって考えたんでしょうよ。

判事は悲しげに頭を振った。あいつは頭のねじが弛んじまったんだろう。彼は言った。

俺はあの小屋のなかの物には手をつけちゃいねえですよ。ホームは言った。

そんなことはどうでもいい。判事は言った。もう判決は下ってるんだ。よそ者だっていうのにこれ以上ないくらいに罪を軽くしてやったんだよ。

ホームはこくりと頷いた。

朝食を済ませたらさっそく仕事にとりかかってもらおう。

感謝しますよ。ホームは言った。

感謝してもらう必要はない。わしは人民のために働いているにすぎん。

はあ。ホームは言った。背後のフライパンの上では油が激しく跳びはね女は丸パンを竈に入れて温めていた。彼の胃はすでに咀嚼がはじまったかのように感じられた。

かみさんが台所にベッドを用意してくれるからな。あんた逃亡中の犯罪者じゃないよな？　人殺しなんかはしてないだろ？

いや。そうは思わねえですがね。

思えんか？　判事は笑顔を見せた。

ホームは真顔だった。床をじっと見ていた。

かみさんのこしらえた料理を食べて少し精をつければ気分も良くなるだろう。判事は言った。仕事についてはそれから話そうじゃないか。それでいいか？

ええ。仕事のことは心配なんかしてねえです。

判事は椅子の背にもたれ、彼をじろじろと見た。ホーム、あんたは悪い人間には見えんな。判事は言った。でも運のいい人間にも見えん。わしの親父はいつも人間誰しもその人間に値する運が回ってくると言っておった。でもその見方は怪しいとわしは思うんだ。

俺の父ちゃんだったらそれは間違いだと言うでしょうがね。父ちゃんは自分は世のなかで一番運のねえ人間だっていつも言ってましたよ。

そうか？　親父さんは今どこにいるんだ？　実家かな、あんたが……

死んでますよ。

片足を前の椅子にかけた判事は心ここにあらずといった様子で太鼓腹を掻きながら、見るとはなしに前を見ていた。それから掻く手を止めホームを一瞥してから視線を逸らした。まあ。判事は言った。死よりも悪い運命っていうのはなかろう。

そうでしょうねえ。

親類はおらんのか？

ひとりもいねえです。ホームは答えた。

どうぞ。女が言った。

ホームは眼の前に置かれた皿の上で湯気を立てる卵をぼんやりと見つめた。

食べ終わったら呼んでくれ。判事はそう言いながら腰を上げた。わしは裏庭にいるから。

分かりましたよ。ホームは言った。どのくらいここにいていいんでしょうかね？

判事は戸口で足を止めた。何だって？　判事は訊いた。

どのくらい長くここにいていいんですかね？

判事は勢いよくコートを肩にかけた。一日につき五〇セントで一〇日間。それだけだ。

その後はどうなるんですかい？

何のことだ？

もっとここにいちゃ駄目なんですかい？

何のために？

ここにしばらくいて、働ければと思いましてね。

一日五〇セントでか？

かまわねえですよ。

かまわんと？

食事つきで雇ってもらえるならずっといますがね。

台所に沈黙が流れた。判事は片手をドアにかけて立ち尽くしていた。女は皿や鍋を片づける手を止めた。二人ともホームをじっと見ていた。

ここであんたを雇うことはできんよ、ホーム。判事は言った。とにかく食べ終わったら声をかけてくれ。

彼女は家の戸口からポーチに出ると足を止め宵の暖かい空気を吸い込み道の彼方から漂ってくる肥沃な土壌の臭いを嗅いだ。男が騾馬の後について小川のあたりを行ったり来たりする姿が濃霧の向こうに見え、両者は眼の前を通り過ぎ旋回しては戻ってくる水鳥たちに手を焼いているようだったがいつしかその水鳥たちも蒼い夕暮れの時間を蝙蝠《コウモリ》たちに譲り渡した。前庭の花は暗闇に毒されでもしたかのようになだれ真似師鶫《マネシツグミ》が知ったかぶりに夜の歌を歌っていた。

彼女はそっと揺り椅子に腰を下ろした。男が麓から上がってきたときにはあたりは真っ暗になっていた。小さな和犂《わり》[*20]を肩にかけ腰を屈めた男の後を驢馬がついてきたが暗がりのなかで歩を進める両者はあたかも亡霊のようで蹄鉄を付けられていない馬の蹄が一定の速度で道を叩く虚ろな響きだけが亡霊でないことの証でありその虚ろな響きは湿った草地を踏む柔らかな音に変わり馬具がわずかに鳴る音が重なりやがて納屋の前庭に入ると聴こえなくなった。彼女は揺り椅子を揺らさずにただ坐っていた。しばらくすると男が家のなかで身動きする物音が聴こえてきて男はランプに灯りを点けポーチの戸口までやってきて声をかけた。彼女は腰を上げなかに入ると何も言わずに男の横を通り過ぎ暗い廊下に

＊20 和犂《わり》：水田耕作に用いられた犂。

鼠のような室内履きを滑らせて歩き男は即座に背後から追いかけ通路をランプで照らし台所に入った彼女は男のために夕食の準備をはじめた。

男はテーブルの席につき、両手を手持ちぶさたに膝の上で丸めてランプの灯りに顔を赤くしながら彼女を真っすぐに見ていた。視線の先では彼女が押し黙ったまま、表情ひとつ変えず、足を引きずりながら焜炉《こんろ》と食料置場を行き来していた。野菜と冷製豚肉と牛乳が眼の前に置かれると男は長い時間何も言わずに見つめていたがやがてフォークを手に取ると哀しみに打ちひしがれた人間のごとく力なく食べはじめた。

彼女が傍らを通り戸口に向かうと男は彼女の肘をがしっと掴んだ。ちょっと待て。彼は言った。

彼女は立ち止まり身体の向きをゆっくりと変えたが、その様子はさながら人形のようで、片腕が硬直していた。その視線は男に向けられてはいなかった。

俺を見ろ。リンジー。

彼女は虚ろな視線を男に向けた。

人としてどうなんだ。男は言った。そんな風に振る舞って何もしゃべらないのは人としてどうなんだ。

何も言うことがないんです。

言葉を発するくらいできるだろうに。ハローとかグッバイとかふざけるなとか。何でもいい。どうなんだ?

汚い言葉は使いたくないんです。

だったらハローとかグッバイでもいい。それくらいは言えるだろう？

それくらいなら。

そうか？

おやすみなさい《グッナイ》。彼女は言った。

男は彼女が立ち去るのをじっと見ながら、何か言おうと口を大きく開けていたが言葉は出てこず、粉が散るように広がったランプの灯りのなかから彼女の姿は消え去り階段の板を呻かせる柔らかな足音が聴こえ木のドアがバタンと閉まった。おやすみ。彼はぼそっと呟《つぶや》いた。それからグラスに残った牛乳を飲み干すと奇妙な鳥みたいな仕草で口を肩で拭った。今夜はまた一晩中眼の前で驢馬の蹄が踏みしめる冷たい大地がどんどん過ぎていき、犂先の刃を越えて開かれる黒い腐植土が水を含んだ鈍い音を立て川石の層がカチカチと鳴る音が時おり加わる、そんな情景を見ることになるのだろう。

一羽の蛾がランプの火屋のなかに入り込み大きな眼玉模様の羽をばたつかせていたが、やがて油じみたテーブルクロスの上に落ちて身体を震わせながら横たわった。男は蛾をこぶしでつぶすとさっと払いのけ空の皿を前にして坐ったままテーブルクロスに残った蛾の形状のきらめく埃を指で叩いた。

彼女はその家を離れることを前もって考えていたわけではなかった。夜中に眼が覚めると半ば恍惚状態でベッドから身を起こし服を着はじめたが、すべてが真っ暗闇のなかで厳かに行われた。夢か何かに駆り立てられたのかもしれなかった。彼女はシフォローブ[*21]から数少ない持ち物を取り出し小包にまとめると部屋から踊り場に出た。向かいの部屋の男の寝息を確かめようと耳をそばだてたが何も聴こえてこなかった。男が眼を覚ましているのではないかと恐れ気が遠くなるほどの長い時間暗闇のなかで身を潜めていたがやがて階段を裸足で降りていき階段下の漆黒の闇に包まれた玄関でふたたび足を止め階上を見上げて耳をそばだてた。玄関のドアを開けたまま再度様子を窺い、愛の死に絶えた家の口峡《こうきょう》と外の闇《アウター・ダーク》の間で気弱になった泥棒のように動きを止めた。空気は冷たく湿り雄鶏が啼きはじめていた。それからドアを閉めて小路を歩き門を通り抜け道に出ると織姫星と蛇遣い座が冷たく煌《きら》めく星明りの下で身体を震わせた。

西に向かって歩いていると空が次第に蒼白く変化し周囲の世界の形象が露わになりはじめた。昇る太陽を背に急ぎ足で歩を進める姿は光の強さに驚愕し錯乱した避難民のようだった。それほど進まぬうちに道の後方から馬が駆けてくる音が聴こえてきて心臓が飛び出るほど驚き木立に飛び込んだ。馬は陽光のなかからゆったりとした駆け足で現れたが、そのシルエットは苦しさのあまりに形状を喪失してしまったといった様子だった。茂みのなかに身を潜めながらじっと見ていると、全身を焼け焦がされてしまったかのごとく太陽の目のなかから現れたその異様に大きな馬は難破したカラベル船[*22]のようで黒い馬体に肋《あばら》を浮かせぼろぼろの鞍を付け鐙《あぶみ》をぶら下げ砂埃《すなぼこり》のなかを蹄で柔らかい音を立てながら過ぎゆく様子はいかにも狂気じみ果たして骨格は巨大だが肉体はやせ細り激情を内に秘めた馬は走り去りその足音は道の向こうへ遠ざかりやがて無人のホールに反響した喝采のごとく消失した。

＊21　シフォローブ：洋服箪笥《だんす》と整理箪笥が一体になった家具。
＊22　カラベル船：一五世紀から一六世紀頃、スペイン、ポルトガルなどで用いられた小型の帆船。通常、二、三本のマストに大きな三角帆を装備した。

よく晴れた春の日彼は足を止め道端で休憩をとった。長い時間歩きっぱなしでしばらく前から正体不明の音、無数の人間、蝗《イナゴ》の群れ、あるいは古代の軍隊の襲来を予兆するかのようなかすかな唸りがずっと耳に鳴り響いていた。立ち上り歩を進め山間部にやってきたが眼下の道沿いに最初の一頭の姿が見えたかと思うとあっという間に谷全体が豚でいっぱいになり、豚の群れは荒れ狂う海のごとく砂煙を立てながら平野に殺到しそのままの勢いで細道に流れ込み、斜面ではあたかも魚群の外側で陣形を保っていた魚たちが散るように扇形に広がった。豚の群れのあちこちには悪態をつきながら棒を振り回して立つ、やせ細り眼が血走りぼろぼろの服を身に纏《まと》ったぼさぼさ髪の豚追いが何人かいた。

ホームは道を離れ岩山の斜面を上がり彼らのために道を空けた。先頭の豚追いが苦労して進路を開きながら豚の群れを斜めに横切り近づいてきて、その背後で甲高い啼き声をあげる豚たちが豚追いの通った跡をシロップが閉じるように埋めていた。豚追いは開けた地面に出るとゆったりと歩を進め、笑みを浮かべつつ、足をぶらぶらさせながら岩の上に腰を下ろし眼下の光景を呆気にとられて見渡しているホームのところまでやってきた。

こんにちは旦那。豚追いが大声で言った。いい天気だな?

たしかに。彼は返した。この豚たちをどこに連れて行くのか訊いてもいいかい?

山を越えてチャールズタウン[*23]までさ。

ホームは恭しく頭を振った。こんなに半端ねえ数の豚を見たのははじめてだ。彼は言った。何頭いるんだい？

豚追いはすでに岩の袂《たもと》まで来てホームの横に立ち共に通り過ぎる豚の群れを見下ろしていた。神様自身だってご存じじゃないさ。豚追いは鹿爪らしく言った。

とにかくすげえ数だ。

いやいや。豚追いは言った。これからまだまだ来るんだ。豚追いは脇に挟んでいた棒をもう一方に移すと片足を上げて岩棚に載せ、疎らな頬髯を山風になびかせながら前のめりになり、吠え声をあげる豚たちがつくる多彩色の潮流を眺めやっていた。ここを偶然通りかかる旅人がいたら谷間を端から端まで塞《ふさ》ぐこの豚の群れに心底驚愕したことだろう。

あの群れのなかには何頭か驢馬足《ミュールフット》の豚[*24]がいるんだ。

何て？

驢馬足だよ。俺の計算だと何百頭に一頭いるかどうかでなかなかお目にかかれない。

驢馬足ってのは？ ホームは訊いた。

豚追いは眼を細めて専門家の空気を漂わせた。昔はもっと北に生息していた山の豚さ。見たことはな

＊23 チャールズタウン：サウスカロライナ州南東部の港湾都市で現在のチャールストンと思われる。
＊24 驢馬足《ミュールフット》の豚：ミュールフット。割れ目のない蹄（単蹄）を持つ豚の品種。

いかい？

いや。

驢馬みたいな足をしてるんだ。

蹄が割れてねえってことかい？

その通り。

そんな豚は見たことねえな。ホームは言った。

まあそうだろう。豚追いは言った。でも見ようと思えばいま眼の前で見られる。

そりゃ見てえな。ホームは言った。

豚追いはまた棒をもう一方の腕に持ち替えた。聖書の話と食い違ってるように思うんだが、あんたはどう思う？

何のことだい？

豚の話だよ。豚は蹄が割れているから汚れているってやつだよ。[*25]

そんな話聴いたことねえが。ホームは言った。

説教師がそう言うのを聴いたことがあるんだ。その類のことをよく知ってる奴さ。悪魔の足は豚みたいな足だって言ってた。聖書にそう書いてあるって言うんだからその通りなんだろう。

そうかい。

説教師が言うにはだからユダヤ人は豚肉を食べないんだと。

ユダヤ人ってのは何だい？

聖書に出てくる昔の民族さ。でも聖書にだって驢馬足の豚の話は出てこないだろう？　驢馬足の豚のことはどう思うね？

さあね。ホームは答えた。どう思うってのは？

驢馬足のやつは豚なのか豚じゃないのか。聖書によればってことだがね。

豚は豚じゃねえかね。足がなくたって豚だと思うがね。

俺もそう思う。豚追いは言った。どんな足だって豚に足があれば豚の足だと思うだろう。仮に頭がない豚がいたとしても豚には変わりないって考えるだろうさ。だがもしも驢馬の頭をした豚が眼の前を歩いてたら訳が分からなくなるんじゃないかね。

そりゃそうだ。ホームは同意した。

そうなんだ。聖書についても豚についても不思議なことばかりだ。そう思わんかね？

＊25　蹄が割れているから汚れている：旧約聖書『レビ記』一一章二六節「ひづめはあるが、それが完全に割れていないか、あるいは反すうしない動物はすべて汚れたものである。それに触れる者もすべて汚れる」（新共同訳）のパロディか。

ああ。ホームは言った。聖書についてはずいぶん考えてきたがまったく考えがまとまらんよ。

そうかい。

豚追いは頬髯をなで頷いてみせた。豚も豚で不思議なもんだ。豚追いは言った。人間が豚について知ってることがどれくらいある？　たかが知れてる。俺は幼いときから豚に囲まれて育ったが奴らのことをちゃんと理解できてるわけじゃない。他の仲間にしたって俺と同じ経験をしてるのさ。豚は豚。単純明快。豚について言えるのはそれだけ。それに豚は賢いと思わんかね？　悪魔と同じくらい賢い。蹄が割れてない奴にだまされることもない。豚自身が悪魔みたいなもんだからさ。

豚はただの豚だと思うがね。

豚追いは唾を吐き出し頷いた。それこそ俺がずっと考えてきたことだ。豚追いは言った。

ホームは眼下の営みを眺めやっていた。

あそこにいるのが俺の弟のビリーだ。そう言うと豚追いはぼろ切れを巻いた腕で指し示した。あいつにとっちゃこれが初めての豚追いなんだ。いよいよ弟を連れて出発するときになったら母ちゃんが泣き喚《わめ》くことは分かってた。ビリーの奴豚を売ったらその金で女を買うなんて言ってたからな。でもすぐに雌豚に夢中になるぞって言ってやったよ。豚追いはホームの方を向きオレンジ色の歯を剥き出しいやらしいにやにや笑いを浮かべた。ホームは視線を逸らし豚の方を見た。他の豚追いたちは浅瀬を渡っているかのごとく豚の群れのなかに立ち、移動天蓋を想わせる赤い砂塵のなかに姿を見せたかと思うとまた見えなくなってしまうのだった。彼らは豚たちとともに火災か洪水か、地殻の分裂か、怒れる神の御業から逃げているかのように見えた。

向こうに戻って手を貸したほうがよさそうだ。豚追いは言った。

ご苦労さん。ホームは言った。

俺たちは暗くなったらどこか川のそばで野営するつもりだ。もし近くにくるようだったら寄ってくれ。いっしょに夕食でも食おうじゃないか。

そりゃどうも。ホームは言った。ぜひそうさせてもらいてえな。豚追いは棒を振りながら痩身のノームのごとく岩場を移動していった。ホームはしばらくの間腰を下ろしていたがやがて立ち上がると尾根に沿って豚の群れが渡っている峡谷の方に向かった。

峡谷は幅が狭くホームが着いてみると激流の音が轟《とどろ》くなか豚たちは向こう側に見える川沿いの岩山の上の草地でまた寄り集まっていた。豚の群れは勢いを増し切り立つ断崖の縁に沿って旋回し土埃の弧のなかで喧しく騒ぎ立てていて下方から豚追いたちの叫び声が聴こえさらに下方には灰色の蛇の死骸を想わせる川が見えた。峡谷を抜けてきた豚たちが草地に流れ込み先に入っていた豚たちを押しやると岩山の際の群れの陣形が綻《ほころ》びはじめた。ホームは二頭の豚が絶叫しながらダンスのつま先旋回《ピルエット》のように脚を硬直させて一〇〇フィート下の川に落ちていくのを見た。それから斜面を下り岩山沿いを走る道の方に向かった。豚追いたちは棒を高く上げ群れを横切り、つまずいたり転んだりしながら、なんとか豚たちを崖から遠ざけようと群れの外周へと向かっていた。この動きが草原を吹き抜ける風のように豚たちの間に新たなパニックの波を引き起こしやがて梯形《ていけい》編隊を組んだような豚追いたちは群れの翼側に疾走し絶叫しながら草地を離れて開いた土地へ逃げ込んだ。今や群れ全体が断崖に沿ってより大きく速く旋回しはじめ最も外側の列は一列また一列と甲高い啼き声をあげながら急斜面を越えていきその上に豚追いたちが放つ怒号やら罵声やらが響き見張っている生き物が混乱を来すなかを土埃に塗れ背筋を伸ばして立つ豚追いたちは棒を携え野蛮な眼をした悪魔の様相を呈しはじめて本当は豚追いではなく豚たちを破滅の宿命へと導く闇の使徒であるかのような様子だった。

ホームは洪水から避難する民のように急いで高台に移動し事の推移を見守った。今や豚の群れは完全に暴走していた。[*26] 豚追いのひとりが両腕を広げ棒を軸にしてゆっくりと回転するかのような奇妙な直立姿勢で通り過ぎていったがその姿は夢遊病者の踊りを想わせた。豚たちは岩壁の上に押し寄せはじめ、蹄で岩をカチカチ鳴らしたりガリガリ掻いたりしながら荒い鼻息を立てていた。ホームは岩の頂に退却し豚たちの様子を窺った。さっきまで話をしていた豚追いが背中を反らせ両手を上に挙げながら、関節の外れた案山子《かかし》が奔流に連れ去られるかのごとく通り過ぎていったがその刹那に粉塵が舞いあがる修羅場から豚追いの希望を失った虚ろな両眼と祈りを忘れ生気を失った口が見え、自ら黒魔術で祈願した洪水に七回も飲みこまれた古《いにしえ》の背教者[*27]のようなその姿は悪に苛《さいな》まれるあまりに悪そのものに成り代わってしまった暴徒たちの肩の上に乗せられて上下に揺られる奇怪な英雄のようでもあり、やがて断崖の縁を越え多数の豚たちに伴われて落下し視界から消えてしまった。

ホームは眼を瞬き頭を振った。豚の群れが金切り声をあげながら猛進していった跡に巻き上がった赤色の粉塵は川の上を覆い空を夕焼け色に染めた。豚たちは進行方向を変え断崖から離れ大きく弧を描くように川上に向かっていた。豚追いたちは皆木立のなかに避難していたがそのうちの二人が群れが通過するのを眺めながら物想いに沈んでいるかのような表情を浮かべ、棒に寄りかかりあたかも嘗《かつ》て為された不正がこの惨劇によって是正されていると言わんばかりに無言で頷き合っているのが見えた。

豚の群れの最後が雷鳴のような轟きを響かせ黄土色の土埃を引き裂かれた地面から巻き上げて去って

＊26　ホームは洪水から……豚の群れは完全に暴走していた：このあたり、イエスによって人から追い出された悪霊が豚のなかに入り、湖に流れ込んだ二千頭ほどの豚が溺れ死んだエピソードを下敷きにしている。新約聖書のうち共観福音書と呼ばれる『マタイによる福音書』（八節二八―三二節）、『マルコによる福音書』（五章一―一三節）、『ルカによる福音書』（八章二六―三三節）に記述がある。また、「洪水」への言及はノアの物語（旧約聖書『創世記』六―九章）を想起させるように、複数のエピソードへのほのめかしがある。

＊27　洪水に七回も飲みこまれた古《いにしえ》の背教者：ノアの「洪水」の物語（『創世記』）と、イエスによる赦しの教訓（ペドロが兄弟が罪を犯した場合七回まで赦《ゆる》すべきかと問うたのに対しイエスは七の七十倍までも赦せと言った『マタイによる福音書』一八章二一―二二節）の組み合わせか。

しまうとホームは用心しながら岩の上から降りた。豚追いが何人か木立から出てきて桃色の子豚が三頭子猫を想わせる弱々しい啼き声をあげながら苦しそうに小丘を登り砂煙が薄く立ち込めた土地を川上に向かい夢のなかの生き物のように駆けていった。

ホームは岩山をゆっくりと登った。太陽が光輝くよく晴れた春の一日だった。豚追いたちが集まりはじめたが急いで豚の群れに追いつこうとする気配はなかった。彼らは噛み煙草の塊や袋を互いに手渡しながら無関心を装い陽気に振る舞っていた。

それにしてもすごかったな。ひとりが言った。

お前の兄さんかわいそうにな。

母ちゃんに何て言ったらいいか分かんないよ。豚といっしょに崖から落ちたなんて。本当に何て言ったらいいんだ。

酒をしこたま飲んでたってことにしたらいいんじゃないか。

誰かに銃で撃たれたってのはどうだ。

罰が当たって豚といっしょに死んだなんて説明しちゃ駄目だぞ。

弟は悲し気に頭を振った。ああどうしよう。彼は言った。母ちゃんに何て言えばいいんだ。

どうせ母親に会うのは二、三カ月先の話だろう、ビリー。その間にじっくり考えればいいじゃないか。

何が起きたんだい？　ホームは訊いた。

豚追いのひとりがホームに視線を向けた。おいおい。豚追いは言った。あんたいったいどこから出てきたんだ？　豚どもが暴走するのを見てなかったのか？

俺こいつが岩の上に坐ってるのを見たよ。ビリーが言った。ヴァーノンが眼の前を通り過ぎても手を伸ばして助けようともしなかったんだ。

豚追いたちは一斉にホームを見た。その奇妙な取り合わせの面々はがらくたの山から集められたといった感じで、どの顔も毛むくじゃらで薄汚く歯の半分は抜け落ち痩せこけた頬は嚙み煙草で膨らんでいた。ひとりが唾を吐きだし横眼でホームを見た。

はじめて見る顔だがあんた、そうなのか？　豚追いは言った。

ホームはその言葉を無視した。あんたたちだって誰も助けに行かんかっただろう。彼は言った。

俺は近くにいなかった。ビリーが言った。助けたくても助けられなかったんだ。おまえはすぐ側《そば》で見てただろう。

見てたのはすぐ側じゃなくて岩の上だ。

岩の上で坐ってたかどうかじゃなくて、最初に豚どもを走らせた奴が誰なのかが問題だろう？

その通り。どうして豚どもはあんな風になっちまったんだ？

あんたどこにいた？　豚どもが狂ったみたいに走りだしたときに。

どこって近くじゃねえよ。俺がいたのはずっと向こうだ。

豚の後ろにいたってことだな？

こいつはヴァーノンが崖を落ちていくのをただ黙って見てたんだ。

豚どもは何かに怯えてあんな風になったに違いねえぞ。

でもこの男は今豚の後ろをついてきたって言わなかったか？

こいつはヴァーノンを助けるために指ひとつ動かさなかったんだ。

ひとの豚を暴走させて後で盗もうなんて野郎どもはただじゃおかねえ。

ヴァーノンはひとに迷惑をかけたことなんかないぞ。誰かに訊いてみろよ。

クソッ。ホームは言った。このとち狂った野郎どもが。

皆の者に心の平安あれ。詩編を唱えるような調子の声が背後から聴こえてきた。二人の豚追いが帽子を取った。ホームは何が起きているのかを確かめようとあたりを見回した。

牧師らしき人物が丘の上を難儀しながら彼らの方に向かってきたが片手を高く挙げた様子からは皆に祝福を与えているのか、挨拶をしているのか、蠅を追い払っているのか判然としなかった。彼は埃塗《ほこりまみ》れのフロックコートに身を包み杖を携え八角形の眼鏡をかけていてフレームの片面にだけ付けられたレンズには夕陽が反射し剥き出しのもう一面からは涙ぐんだ眼が覗いていた。

この騒ぎはいったい何じゃ？　ええ？　牧師は近づいてきてひとりひとりの顔を順番に見てから落とし物でもしたように地面に視線を落とすと、ハンカチを袖から取り出して鼻をかんだ。

やあ牧師さん。ビリーが言った。

調子はどうかね。皆に神のご加護を。さてここで何が起きておるのじゃな?

豚ですよ。豚追いのひとりが言った。畜生ども、気違いみたいに暴れちまって。あ、失礼。

汚い言葉よりも汚い行いのほうが不快じゃ。牧師は言った。わしがいるのも汚い行いを裁くためじゃよ。この人は何をしたんじゃね? お前たちこの人を首吊りにしようとしてるんじゃあるまいな? 主は主ご自身が報復するとおっしゃっておる。[*28] 神の法が認めないかぎり首吊りは許されん。そもそもどうして豚は暴れだしたんじゃ?

こいつが後ろからけしかけたんだ。ビリーが言った。

そんなわけねえだろ。ホームは言った。

嘘つけ。

要するに誰かが嘘をついてるということじゃな。若いの、わしの眼を見て豚をけしかけてないと言えるかね。

俺は豚をけしかけてなんかいねえ。ホームは言った。

＊28　主は主ご自身が報復するとおっしゃっておる:旧約聖書『申命記』三二章三五節「わたしが報復し、報いをする／彼の足がよろめく時まで」より。

豚追いたちは近寄って様子を窺った。

牧師はまた地面に視線を落とし、ハンカチを袖にたくしこんだ。

どうなんですかい、牧師さん？

どうやらこの男が豚をけしかけたようじゃや。

俺の言ったとおりだ。ビリーが言った。

クソッ。ホームは悪態をついた。俺はいなかったじゃねえか……

牧師さんの前で汚い言葉づかいはやめてもらおう。豚追いのひとりが言った。

だからといって首吊りは駄目じゃ。牧師は強く言った。それは赦《ゆる》されん。この男は裁判にかけるとしよう。皇帝のものは皇帝にじゃ。*29

この男はビリーの兄貴のヴァーノンを豚といっしょに崖の上から落としたんですよ。

クソッ、ちょっと待て。ホームは言った。

ほらまた汚い言葉が出たぞ。

お前たち、とにかくこの男を首吊りにしてはならん。牧師は声を荒げた。そんなことをしてもいいことはひとつもなかろう。

俺たち皆こいつがやったことを全部見てたんだ。ビリーが言った。

牧師の風貌は黒焦げになった鳥を想わせた。彼は地面を見つめ杖でコツコツと叩いていた。それにしても首吊りは駄目じゃ。牧師は言った。ああ首吊りは駄目じゃ。牧師は首を振りながら同じ文句を何度も繰り返していた。

これは重大なことじゃ。牧師は言った。わしはよっぽどのことがない限り首吊りは認めん。

だったら口に出すのをやめれば……

罪悪感で身が引き裂かれそうじゃ。牧師は悲しげに頷き言葉を噛みしめた。まったく身が引き裂かれそうじゃ。

俺たち皆こいつが岩の上でのんきに高見の見物を決めこんでるのを見たんだ。

どうしてそんなことができたんじゃ、あんた？

ホームは牧師が正気である徴《しるし》を探し求めたが無駄だった。クソッ。彼は言った。

その汚い言葉使いはやめろといったはずだぞ。

牧師は心ここにあらずといった感じで杖を振りはじめていた。お前たちこの男は心の奥まで悪魔に食われてしまったようじゃ。だからと言って首吊りは駄目じゃ。

＊29　皇帝のものは皇帝に：新約聖書『マルコによる福音書』一二章一三―一七節などにある「皇帝への税金」のエピソードより。皇帝への納税を否定させ捕まえようとする罠に対して、イエスは「皇帝のものは皇帝に、神のものは神に返しなさい」と答えた。

だったらこいつがヴァーノンにやったように崖から落としてやらなきゃ。ビリーは言った。

崖下まではどれくらいじゃ？　牧師は興味を示した。

歩いて戻ってはこれんでしょうよ。

かわいそうにビリーの奴お袋さんにどう話したらいいか分からんって言ってるんですよ、牧師さん。

お袋さんに説明しようにも何から話したらいいのかも分からんて。そうだろ、ビリー？

それに豚のことをグリーンさんにどう説明したらいいもんやら。二百頭は川に落ちちまったんじゃないか。

お前たち、この男を崖から突き落とすのは駄目じゃ。牧師は言った。それだったら首吊りの方がましじゃ。

俺もそうした方がいいと思う。

ビリーはどう思う？　ヴァーノンはお前の兄貴だからな。

俺も納得だよ。ヴァーノンだって首吊りに賛成したと思うし。

ただこの男はどちらか自分で選びたいかもしれんな。

皆一斉にホームに視線を向けた。

ヴァーノンには選ぶ機会なんてなかったじゃないか。

それはそうだな。

まあこの男はどっちの方法でもかまわんだろう。あんた、好みはあるかい？　首を吊られるか川に落とされるかどっちがいいんだ？

ホームは両掌をオーバーオールの脚の両側で拭きながら眼を見開きあたりの様子を窺った。

どっちでもかまわんなら首吊りにしよう。俺は首吊りを見たことねえからな。

でもロープがないぞ。

男たちは黙り込みお互いの顔を見合った。

ロープだって？

ロープがなきゃ首吊りもできんだろう。

馬車に一本あったな。セシルが馬車に一本積んでたはずだ。

追いつくには川上に一〇マイルも行かなきゃならんぞ。

もう遅いからセシルも進むのを止めて野営の準備を始めてるだろう。急げば追いついて暗くなる前に首吊りも済ませるだろうよ。

こいつを崖から落としてお終いにしたらいいじゃねえか。

いや、それは駄目だ。ビリーだって首吊りを望んでるじゃねえか。

ヴァーノンも首吊りの方がいいって言ったに決まってるよ。ビリーが言った。

グリーンさんだってそれで少しは納得するだろう。

お前たち、この男を崖から投げ落としてはならんぞ。キリスト教徒の行いじゃないからな。

だったら早く出発しようじゃないか。

さあ、あんた、腰を上げて首吊りに出発だ。

一行は川上の方向に歩きはじめた。

牧師がホームの傍らを歩いていた。あんたはどこの悪魔の土地から出て来たんじゃな？ 牧師が訊いた。

ホームはうんざりして牧師を見た。俺は悪魔の土地から来たんじゃねえ。彼は答えた。ジョンソン郡から来たんだよ。

聴いたことないな。あんたキリスト教徒かい？

そうだ。

キリスト教徒にはとうてい見えないがな。

言わせてもらえばあんただってキリスト教徒には見えねえよ。

その減らず口は直したほうがいい。牧師は言った。減らず口は災いのもとじゃ。

減らず口もへったくれもあるかい。ホームは言った。

おやおや。牧師は言った。状況をよく見てみるといい。この事件は神様《エホバ》ご自身だって震えあがるほどの重大事件じゃからの。

ホームは無視した。

それでも最期の時に牧師がいるってのは心強いじゃろ。牧師は話し続けた。もっともあんたの心が罪のかさぶたで覆われてなければの話じゃが。

俺にはあんたが牧師のようには見えねえよ。ホームは言った。

そうじゃろうな。牧師は言った。あんたにはわしが牧師に見えなくても仕方あるまい。

ホームは重い足どりで凸凹の地面を歩いた。一行は豚たちが踏み荒らした跡を辿っていた。

どこに向かっておったんじゃ？　牧師が訊いた。

次の町だよ。

今朝出かけるときには首吊りになるとは想いもしなかったろう。そうじゃないかね？

ホームは牧師を無視した。

この嘆きの谷[*30]じゃ誰も自分の最期がいつになるか分からんからの。あんた洗礼は受けたのか？

俺にちょっかいを出さねえで離れて歩いてくれねえかね？　ホームは言った。

長いあいだ罪にどっぷり浸かった人間は神の恩寵や救済の話にも耳をかさなくなるようじゃ。首吊り

*30　嘆きの谷：この世の苦難を表すキリスト教の句。旧約聖書『詩編』八四章六－七節には「いかに幸いなことでしょう／あなたによって勇気を出し／心に広い道を見ている人は。／嘆きの谷を通るときも、そこを泉とするでしょう」とある。

にされる直前でも変わらんようじゃな。

無駄ですよ、牧師さん。そいつみたいに卑しい奴は救う価値もねえですよ。

どうやらそのようじゃが。牧師は言った。しかしわしはできることならこの男の魂を救いたいんじゃ。とっておきの説教も持ちあわせておる。一度その説教で苦しむあまり神を呪っておった盲人を救ってやったこともある。聴いてみたいか？　途方もない説教じゃぞ。本当はここぞという時のためにとっておきたいんじゃが。

ぜひお願いしますよ、牧師さん。

じゃあちょっとだけじゃぞ。ある時盲人がわめいていたんじゃ。眼が見えない奴も見える奴も俺を見てみろ。こんな俺でもイエスを愛さなきゃならんて言うのかってな。

なあ兄弟。わしは言ってやった。イエスを愛せとな。神はあんたに眼を与えてくださったのにお奪いになった。そもそもあんたが良きキリスト教徒ではなかったからその姿勢を正そうとお考えになったのかもしれん。だがたくさんの苦しみを経てイエスの愛に出会った人間は決してひとりだけじゃないんじゃ。それに盲目であることほどイエスの愛に近づきやすい道があるじゃろうか？　この闇に包まれた世界では盲人こそが一番物事が見える人間なのじゃないだろうか。そう考えれば盲目とは甘受すべき道かもしれん。たしかに人間が神の恩寵にあずかる道は険しいものじゃ。神は有無を言わさずに人間を盲目にする。若くして死なせることもあれば悪党にも仕立てなさる。しかし兄弟よ、イエスが愛したのはどのような人間だったのか？　足を引きずる者たち、障害のある者たち、眼の見えない者たちじゃ。神の慈愛によって傷を負った者たち。神の愛に貫かれた者たち。脚のない愚者やその男のような盲人こそ神の楽園に咲いた花に他ならないんじゃ。アーメン。わしはその盲人にそんな説教をしてやったんじゃ。

見事な説教ですな、牧師さん。

ヴァーノンにも聴かせてやりたかったな。

聴いていたらその場で跪いてたちまち救われたはずじゃ。牧師は言った。

道は高い断崖を下り川に沿って続き時刻は午後遅くになっていた。ホームはあたりを見回してから、隣を歩く牧師と豚追いの前に出ると眼下の川に向かって跳んだ。

長い滞空時間のあと川面に飛び込んだときに脚のなかで何かが断裂するのを感じた。彼は口いっぱいに泥水を含みながら浮き上がると水を吐き出し身体の向きを変えた。豚追いたちは断崖の上で横一列に並び彼を見ていた。牧師は両手を高く挙げ、身振りで何かを示していた。空を背にした豚追いたちは小さく、直立し、さながら猿の一団のように見えた。七人が彼の方を見ていた。牧師の声が聴こえてきた。川の流れに押し流され脚に痛みを感じながら豚追いたちを見続けているとやがてその姿は遠ざかり彼らは身体の向きを変え形づくられた世界の秩序にも調和にも原子価にもおかまいなしといった様子で断崖の縁を移動しはじめた。

調子はずれの晩課[*31]の鐘の音が鋳掛屋の売り物に達し長い黄昏を通り抜け草も疎《まば》らな森の道に響き、風荒《すさ》ぶ一日の残滓のなかを腰を曲げ猟犬に追われるかのごとく進む彼は実体を失い天国か地獄へ入る権利が与えられるのを心待ちにしながら足跡も残さずに永遠に中間地帯を放浪する古《いにしえ》の追放者のようだ。神に創造されたのか教会から破門されたのかも不明なこの追放者たちは哀しみに、罪の意識に、あるいはこの陰気な鋳掛屋と同じく森や沼地を進んでいるときでも傍らで自分の持ち物が倦むことなくがなり立てるブリキの呪詛に追いたてられる。

空き地にやってきた彼は荷車を置くとほっそりとした煙の茎が焼けた花の雌蕊《めしべ》のように立ち昇る残り火のまわりを歩き、縦長の鼻を収縮させ眼を潤ませた。さっきまで眠っていた者たちの形跡が毒をはらんだ草の上に押し付けられていた。彼は赤子をそっと草の上に置き薪を集め火を熾し直した。闇が増し蝙蝠が空き地に群れをなし、不機嫌な表情を浮かべやせ細った脚で立つ人物の頭上をさながら声を持たない小さな魂の群れのように飛び交っていた。やがて蝙蝠たちはどこかに行ってしまった。狐の啼き声も止んだ。鋳掛屋は虫の喰った毛布に包まりうとうととした。赤子は眠っていた。

その三人の男たちは地面から現れたかのように想われた。でないとすると鋳掛屋には男たちの出現が説明できなかった。男たちは火のまわりに集まり彼を見下ろした。ひとりはライフルを持ちにやにや笑いを浮かべていた。やあ。鋳掛屋は言った。

ホームは足を引きずりながら森から出て灯りの見える方に向かい小さな野原を横切り、暗闇から跳び出してくる虫たちに雨粒のように顔を打たれ指で湿った蚊帳吊草《カヤツリグサ》の頭を撫でながら進んでいった。風が唸るような音だけが聴こえてきたが風は吹いていなかった。空き地に入ると火のまわりに腰を下ろした男たちが見え、片手を挙げながら、よろよろと歩いて火明かりのなかに入っていった。身体を暖めている者たちが何者であるか分かったときにはすでに時遅しで引き返すことはままならなかった。そこには三人の男たちがいて赤子がひとり砂埃のなかに蹲《うずくま》りその向こうには鋳掛屋の荷車があり複数の鍋が吊り下げられ悪意を持った陪審員たちの眼のように火明かりを反射し彼の到着に備えて急いで招集されたものの身体は大きすぎ口もきけず思慮も足りない陪審団といった風情で並んでいた。

やあ。鬚の男が声を出した。久しぶりだな。

彼は男たちをしげしげと見た。彼らは前と同じ服を着、同じ姿勢で坐り、夢か現《うつつ》か判別しがたい雰囲気を湛えていた。熱病の大流行により荒廃した土地に舞い戻った亡霊のようでもあり、石のごとく確固とした実体を持つ存在のようでもあった。彼は赤子に視線を移した。赤子の身体は半身に火傷の痕があり皮膚は老人のように薄くぺらぺらだった。全裸で半分砂に塗れた身体は和毛《にこげ》で覆われているように

＊31　晩課：カトリック教会では聖務日課の夕方の典礼、日没時の祈り。

も見え、赤子が顔を彼の方に向けると眼球のない怒りを湛えた赤い眼窩がひとつ、さながら燃えたぎる脳に続く燃料投入口のごとく露わになった。彼は顔を背けた。

坐って少し休んだらどうだ。男が言った。

ホームは怪我をしている方の脚をかばいながらしゃがんだ。赤子はホームを見続けていた。

あれは誰の赤ん坊なんだ？　彼は訊いた。

ハーモンが急に高笑いし自分の太ももを叩いた。

あの赤ん坊の眼はどうしたんだ？　ホームは訊いた。

何の眼だって？

赤ん坊の眼だよ。ホームは身振りで示した。片方がねえようだが。

どこかで無くしたんだろう。だがもうひとつは残ってる。

もとは二つあったんだろう。

それを言うなら二つ以上あったっていい。眼が二つあっても何も見えていない人間もいるからな。

ホームは言い返さなかった。

鋳掛屋が事情を知ってるかもしれんな。

どの鋳掛屋が？

あそこの木にいる奴。ハーモンが言葉を発しライフルで指し示した。

黙ってろ。こいつには構わなくていいからな。ところでその脚はどうした？

何でもねえよ。

鬚の男は泥の固まりをブーツの飾り革から棒を使って取っていた。とにかく俺たちを見つけるのに手間はかからなかったようだな。

俺は別にあんたたちを追ってるわけじゃねえ。

ここに来たのはどこか別の行き先への途中だったってわけか。

行く先なんかねえよ。ただその火が見えたんだ。

俺は火をちゃんと燃やしておくたちでな。これから何が起きるのか分からんからな。そうだろう？

そうかい。

そうだ。想いもしないことが起きる。どこからともなくどこへでもなく。

あんたはどこに向かっているんだい？　ホームは訊いた。

俺はどこかに向かう必要などない。まったくない。男は上目遣いでホームを見た。俺たちを見つけるのは容易《たやす》い。一度見つけてしまえばな。

ホームは顔を背けた。汗の水泡で覆われた額が火明かりに輝いた。彼は鋳掛屋の荷車の方に視線を向けてから赤子を見た。あいつはどこにいるんだ？　ホームは訊いた。

あいつとは？

俺の妹だよ。

ああ。男は言った。あの鋳掛屋といっしょに出ていったっていう妹か。

あそこにあるのは奴の持ち物だろう。

鬚の男は頭をわずかに動かし一瞥してから向きを戻した。いかにも。男は言った。お前が赤ん坊を渡した相手だ。

俺は奴に赤ん坊を渡してなんかねえよ。ホームは言った。妹にはそう言ったが。

だったらあれは別の赤ん坊かもしれないな。

俺にとっちゃどうでもいいことだ。

鬚の男は棒についた土の固まりを掻き取り火のなかに投げ入れた。俺が何を考えているか分かるか？

いや。

赤子を彼女に孕ませたのはお前自身でその罪を鋳掛屋に押しつけたんじゃないのか。

罪も何も押しつけてなんかいねえ。

鋳掛屋が赤ん坊をずっと隠しておいてくれると計算したはずだ。

計算なんかしてねえ。

何を鋳掛屋に渡す必要があった？

誰にも何も渡してねえ。そもそも何も持ってねえんだから。

何も考えてないし、何も持っていないし、何者でもないってわけか。男は言った。男は何を見るともなしに眼の前を見ていた。おしの男は眠っているように見えたが、鬚の男の右側で膝の間に両腕をぶら下げながらしゃがみこんでいるその姿は誰かに起こされて食事を与えられるのを待っている動物を想わせた。

あんたは何者なんだ？　ホームはぼそっと呟いた。

何て言った？

ホームは無愛想に言葉を繰り返した。

鬚の男はにやりと笑った。ああ。男は言った。やれやれ。その質問は前にも聴いたが、違うか？

あんたは俺にとっちゃ何者でもねえ。

しかしその声は男に届いていないらしかった。男はこくりと頷いたが別の声に反応しているかのようだった。男はホームを見てはいなかった。

お前はお前の妹に何をしたのか白状していないが。

俺はあいつに何もしてねえ。

彼女はどこにいるんだ？

さあね。出ていっちまったんだから。

それは聴いた。

あんたには関係ねえことだ。

それは俺自身が判断することだ。

ハーモンは身体の向きを変え、真っすぐに立てたライフルの銃身に頬をつけた。それから夢を見ているかのように笑みを浮かべた。

お前の妹は道のすぐ先にいると俺は思うが、どう思う？　男は訊いた。

分からんよ。しばらく会ってねえんだから。

そうか。

もしかしてあんたは妹に会ったんじゃねえのか。ホームは言った。何でも知っているみてえじゃねえか。

俺には関係ないことなんだろう。そうじゃなかったか？

ホームは答えなかった。

男は棒を拭いてから火のなかに突き入れブーツを前に押し出した。彼をこっちに渡してくれ。男は言った。

何て？

彼をこっちに渡せって言ったんだ。その赤ん坊だ。

ホームは動かなかった。赤子はあいかわらずホームを見ていた。

じゃないとハーモンに渡してもらうことになる。

ホームはハーモンを一瞥してから前屈みになり赤子を掴んだ。赤子は何の身動きもしなかった。料理用に仕立てられた兎《ウサギ》のごとく彼の両手からぶら下がるさまは、さながら脚の繋ぎがはずれた不気味な人形といった具合で片眼をゆっくりと開閉するさまは毛をむしられた梟《フクロウ》を想わせた。彼は赤子を持ったまま立ち上がり火のまわりを歩き男に差し出した。男は一瞬赤子をじっと見てから片手で赤子の腕を掴み両足の間に置いた。

その赤ん坊に何か用なのか？　ホームは言った。

用はない。お前と同じだ。

その赤ん坊は俺とは関係ねえ。

そうか。

鋳掛屋はどこに行ったんだ、その赤ん坊の世話をしてるんだろう？

奴はもう誰の世話もしてない。自分の世話すらできない。

あんたにその赤ん坊は必要ねえだろう。

俺に必要なのは夏には水、冬には火だけだ。だがそんな話をしてるんじゃないな。男が赤子の頭越しに唾を火のなかに吐き出すと灰緑色の煙のなかに火花が細い鎖のごとく立ち昇った。俺が必要なものはどうでもいい。

ああ。

お前も他の奴も皆同じだ。どんな人間も生まれて成長して人生を生きて死ぬ。墓に入るときに黒い背広を着られる奴は三人にひとりもいない。

ホームは両足を揃え両手をわき腹につけあたかも法廷に召喚されたみたいに立っていた。

赤ん坊の名前は？　男が訊いた。

知らねえ。

名前は付けられてないんだな。

ああ。そうなんだろう。俺は知らねえが。

地獄にいる人間は名前を持たないそうだ。だが地獄に送られるためには名前が呼ばれなければならない。そうだろう？

あの鋳掛屋が名前を付けたかもしれんよ。

名付けは奴の仕事じゃない。それに名付けた者が死ねば名前も死ぬ。死者の飼い犬は名前を持たない。

そう言うと男はブーツに手を伸ばしなかから細長いナイフを取り出した。

ホームは向こうの闇に潜む何かに呼びかけるように声を出した。妹が引き取る。その赤ん坊を。俺たちで見つけて妹に引き取らせようじゃねえか。

なるほど。男は言った。

俺はずっと妹を探してるんだ。

ハーモンは鬚の男に視線を向けていた。おしの男も少し身動きした。鬚の男は赤子を掴み持ち上げた。赤子は火を見ていた。火明かりを反射したナイフの刃が悪意ある猫の細眼のごとく光を放ち赤子の喉に黒い微笑が突如として現れ前面にばっと広がるのが見えた。赤子は物音ひとつ立てなかった。ぶら下げられた赤子の片眼は水に濡れた石のように艶を帯びどくどくと湧きでる黒い血が剥き出しの腹の上を流れていた。おしの男は前のめりに膝立ちし、涎を垂らし小さくぐずるように喉を鳴らしていた。それから膝立ちしたまま両手を前に伸ばし小鼻にしわを寄せた。おしの男は鬚の男から渡された赤子をぐいと掴み上げいかにも愚かな眼でホームを一瞥すると、呻きながら赤子の喉元に顔を埋めた。

夕暮れ時森のなかを荷車が草を押し潰《つぶ》しながら通った跡を辿って空き地に入り、陽に晒《さら》されすぎた無形の布を屍衣のごとく纏《まと》った彼女は窶《やつ》れ半ば野生の動物のようであったが、牝の小鹿に負けないほど優美でもあり、風が吹き抜ける空き地の真ん中に翡翠《ひすい》色の光の聖杯に包まれて立つほっそりとした身体は青白く打ち震え、魔法使いの杖のような両手で肉体を持たない随行者たちに何かを問いかけていた。

彼女は没落した良家の令嬢が最後にその優美さを迸《ほとばし》らせるかのごとく空き地のなかをそっとした足取りで進み、ぼろ布で砂と灰を引きずりながら、焚火の跡、炭になった無数の薪や白亜色の骨、石灰化した小さな胸郭のまわりを歩いた。鋳掛屋の焼けた荷車の残骸を掻き回してみると、小石に混じって散らばった複数の黒焦げの鍋、ガラスが歪んだ手提げランプ、すでに錆びはじめた車軸や鉄輪が出てきた。彼女は不思議な気持ちでこの納骨所のような場所を歩いた。この光景をどう理解したらいいのか分からなかった。誰かが戻ってくるのを待ったが、誰も戻ってこなかった。

彼女は青色の黄昏が暗闇に変わるまでは待っていた。蝙蝠たちがやってきて去っていった。灰が風に舞い木に吊るされた鋳掛屋の身体がゆっくりと回転していたが誰も戻ってこなかった。森のなかに冷たい影が伸び夜の帳が孤独な者たちを包みこむとやがて妹は眠りに落ちた。

葬儀の木にぶらさがった鋳掛屋の死体は鳥たちにとって驚異だった。日中にやってきた禿鷲《ハゲワシ》たちは狂暴化した愛玩動物のごとく鉤形の嘴《くちばし》でボタンやらポケットを突いて抉《えぐ》りあっという間にぼろ服も肉もいっしょくたに剥ぎ取ってしまった。首を吊られた者の種が落ちた木の下には芽吹いた黒いマンドレークが根づき、春には彼の胸を貫いた新しい枝が黄色い歯を剥き出しにした顔の下を多年生植物でつくったブトニエール*32よろしく飾り立てた。乾燥した頭蓋骨にいまだに張りついているぼさぼさの髪には雪が疎《まば》らにかかり通りかかった猟師たちも外皮物をはがれた四肢で物想いにふけるその姿に気づくことはなかった。やがて四季の風が木の使用料を徴収するかのごとく彼の骨をひとつまたひとつと下の地面に落とし雨ざらしにされ脱色された胸部だけが侘《わび》しい森に骨でこしらえた鳥かごのようにぶら下がっていた。

＊32　ブトニエール：ボタン穴に挿す飾り花。

数年が経ちホームはある盲人とよく出くわした。ぼろ服を身に着け静謐な佇まいで、自身が住まう永遠の暗闇から挨拶の声をかけてくるのだった。この盲人が杖をトントンと叩きながら陽光が明るく差し込むなかを抜け、頭を真っすぐに立て何かに感嘆しているかのような盲人特有の雰囲気を醸し出しながら追いついてきた。ホームはいつもなら行ってしまうのだがこの時は盲人に話しかけられ引き止められた。

調子はどうですかい。ホームは言った。

いつもと変わらんよ。盲人は答えた。煙草は持ってるかい？

持ってねえですがね。

全然持ってないのかい？

煙草は吸わねえたちなんで。

そうか。盲人は言った。盲人はオーバーオールの胸当てのボタンをはずして煙草を取り出した。とにかく。盲人は言った。また陽が出てきたのは良かった。

ホームは青色の痰の入った杯を想わせる眼が自分に向けられているのを見た。ええ、たしかに。彼は言った。

それにしても。ずいぶんと久しぶりじゃな。盲人は摘まんだ煙草の葉を溝形に細く丸めた紙片にちょろちょろと流し入れると小袋をしまった。

まったくいい天気で。ホームは言った。

盲人は微笑んだ。あんたに会うのは初めてじゃないな。彼は言った。前に一度話をしたことがあるじゃろう。

そうかもしれねえですがね。ホームは言った。忘れちまいましたね。

盲人は煙草の先端を撚り合わせて唇でくわえた。そうじゃ。彼は言った。以前このあたりの道ですれ違ったな。

昨今このあたりも人が多いですからな。ホームは言った。

その通り。盲人は言った。わしは毎日たくさんの人とすれ違う。皆行ったり来たりでまるで犬みたいじゃ。住む家もないみたいにな。でもあんたに会ったのは覚えておるぞ。

ホームは唾を吐きだした。俺はもう行かなきゃならねえんで失礼しますよ。彼は言った。

そうかい。盲人は言った。あんた何か必要なものがあるのかい？

必要なもの？

ああ。あんたが必要なものだ。

何も必要じゃねえですがね。

わしはいつも人にたずねることにしておるんじゃよ。

何か売ってるんですかい？

何も売っておらん。主に仕えているだけじゃ。主はあんたの金など必要としてないよ。

だったらいいですがね。想うにあんたは説教師さんか何かなんでしょうね。

いや。説教師なんかじゃない。いったい何を説教したらいいんじゃ？　すべて分かりきっていることばかりじゃろ。神である言葉が人間の肉に宿っておる。[*33]　説教なんか何の意味もない。

ホームはにやりと笑った。だったら神様のために何をしようとしてるんですかい？　あんたみたいな年寄りの盲人が皆に必要なものを訊いて……

分からんよ。誰も必要なものを言わんからな。

どうやって必要なものを手に入れるんですかい？

ただ祈るだけじゃ。

祈るだけで必要なものがいつも手に入るんですかい？

ああ。そうらしい。祈るのは本当に必要なものがあるときだけじゃがな。あんたはどうなんじゃ？

俺は祈ったことはねえですがね。祈って眼を取り戻したらいいんじゃねえですかい？

それは神のご意志に反する。いずれにせよ眼があっても外の世界が見えるだけじゃ。それに本当に眼が必要な盲人にはすでに与えられているはずじゃ。

それでも自分が行く道くらいは見てえもんだと思いますがね。

運命にしたがって道を辿っていればその道を見る必要もなかろう。

もう行かなくちゃならねえんで。ホームは言った。

盲人は片手を杖の上に置きその杖で脚を支えていた。煙草を吸い込むと細い鼻孔から青い煙が二筋ゆるりと流れ出て空中に消えていった。一度町で説教師の話を聴いたんじゃ。盲人は言った。どんな病気でも傷でも癒すことができるとかいう説教師でわしは皆にそいつの前に押し出されたんじゃ。そこには脚や手のない者もたくさんおったが話に聴くところじゃとある老人は脚が治って松葉杖もいらなくなったそうでな、その説教師にかかれば盲人の眼も見えるようになるだろうって話になったんじゃ。ところがそこへ大声でちんぷんかんぷんなことを叫ぶ輩が跳びだしてきてな。そのせいで説教師はその場から立ち去ってしまったみたいじゃ。まあこの世には暗黒の道を進む生き方ってもんがあるし、その説教師も偽物だったのかもしれんがな。

本当にもう行かなくちゃならねえんで。ホームは言った。

わしはいつもその男を見つけ出したいと思ってきたんじゃ。盲人は言った。見つけたら教えてやろうと考えとる。誰かが教えてやらなきゃそいつはいつまでも救われんだろう。

じゃあまた。ホームは言った。

ああ。盲人は言った。またの機会に会うとしよう。

＊33　神である言葉が人間の肉に宿っておる：『ヨハネによる福音書』一章一四節「言は肉となって、わたしたちの間に宿られた」からか。

ホームは何とはなしに片手を挙げて暇乞いをしてから道をまた歩きはじめた。背後で盲人の杖が地面を叩く音がだんだんと遠ざかっていった。彼は裸足で、よたよたと、優雅さは微塵もなく、曲がりくねった平和な野道を抜け、噴火口のような形の馬や驢馬の蹄の跡に混じり足指の形の足跡をわずかに残しながら進み、足元には高く昇った午後の太陽のもと自分が前進するのを滑稽に物まねするかのように影がゆらゆらと揺れていた。道は日陰のない森林消失地帯に続き何マイルにもわたる死んだ土地には黒焦げになった木の痕跡しかなく動くものは悲しげに風に舞い上がるとたちまち黒い廊下のような地面に落ちる灰だけだった。

その日の遅くホームが辿ってきた道は沼地に突き当たった。そこにあるのは沼地だけだった。眼の前には幻影のごとく不毛地帯が広がり裸の木々だけが呪われた者が住まう土地で苦悩する人間のような姿勢で立っていた。かすかに煙る死者の庭園が地球の曲線に合わせて広がっていた。片足を踏み入れてみると泥濘《ぬかるみ》は外陰の飾り帯のごとく膨らみ足を吸い込んだ。彼は後ずさりした。この荒廃地から吹く腐臭に満ちた風のなか沼の葦《アシ》や黒い羊歯《シダ》に身体を軽く打たれながら彼は鎖につながれた動物のように立ち尽くした。道を辿った末にこんな場所に到達することにはどんな意味があるのだろうと考えた。

やってきた道を戻る途中で夕闇のなか杖を叩きながら歩いてくる盲人にまた出くわした。ホームは道の傍らでじっと待っていたが、盲人は通り過ぎ頭を傾けて盲《めし》いた笑顔をこちらに向けただけだった。盲人はどこに行くのだろうか、道がどのように終わっているのかを知っているのだろうかと訝《いぶか》った。盲人がその方向に向かう前に誰かが教えてやるべきなのかもしれなかった。

訳者あとがき・解説

本書はコーマック・マッカーシーの長編第二作『アウター・ダーク――外の闇』（一九六八年）の全訳である。底本には一九九四年出版のペーパーバック版（Picador）を用いた。

『ブラッド・メリディアン』に始まり、『すべての美しい馬』『越境』『平原の町』から成る「国境三部作」、『ノー・カントリー・フォー・オールド・メン』、『悪の法則』へと至る作品から（南）西部作家としてのイメージが定着していたマッカーシーだが、二〇二二年秋、八九歳にして一六年ぶりに出版した『ザ・パッセンジャー』と『ステラ・マリス』において、新境地を開拓したと評価された。マッカーシー作品の翻訳者であり、最良の理解者でもある黒原敏行氏による邦訳が二〇二三年内に刊行されるとの発表があってから間もなくのことだった。マッカーシーは突然、この世を去ってしまった。「自然死」とのことだが、今はただ哀悼の意を表すほかはない。

一九六五年に『果樹園の守り手』で長編デビューを果たした当初のマッカーシーは自身が育ったテネシー州東部、アパラチア南部地域の独特な歴史、自然、風俗を反映する、フォークナー風の小説を書いていた（この地域の複雑な歴史的・文化的・政治的背景については、『果樹園の守り手』（拙訳、春風社、二〇二二年）に付した「訳者あとがき・解説」や拙著『コーマック・マッカーシー――錯綜する暴力と倫理』（三修社、二〇二〇年）

を参照していただきたい）。『果樹園の守り手』に続く『アウター・ダーク』『チャイルド・オブ・ゴッド』『サトゥリー』も含めた四小説は、マッカーシーの「テネシー時代」の作品と呼ばれるが、「南部ゴシック」というアメリカ文学特有のジャンルに数えられることもあるように、嘗て奴隷制度を有したアメリカ南部社会の罪意識や原罪観に加え、近代化により抑圧されたゴシック的・非合理的な思考が織り交ぜられた作品群である。なかでも『アウター・ダーク』は当該地域に生きる人々の暗澹たる生を活写したリアリズム的側面を持つだけでなく、プラトン主義や実存主義などにも通じる哲学的語りや聖書のエピソードに由来する宗教的な語りを数多く援用し、カール・ユングによる無意識についての理論によりながら、人間の心の「闇」について追究した、マッカーシーの小説のなかで最も寓意色の強い作品である。

だがこの小説が孕む寓意性・普遍性の背後にはすぐれて私的《パーソナル》な要素が見え隠れしている。マッカーシーが『アウター・ダーク』の執筆を開始したのは、一九六二年一二月（『果樹園の守り手』の草稿をランダムハウス社に送ってから数カ月後）、テネシー州セヴィア郡の住居においてであり、最終稿を編集者のアルバート・アースキンに送ったのは、一九六七年一月、スペイン領イビサ島からであった。『アウター・ダーク』執筆の数年間、とりわけ前半は、マッカーシーにとって、『果樹園の守り手』の出版延期やストレスフルな改稿作業に加え、最初の妻リー・ホレマンとの離婚、および生まれたばかりの息子カレンとの別離という私生活をめぐる危機と失意の時期であった。『アウター・ダーク』の草稿段階では当初、自分の子供を含め、人を愛することができないがゆえに家族を捨ててしまった男のエピソードが含まれていたが、当時のマッカーシー家の結婚／家族生活の悲惨な状況をあまりに直接的に指し示してしまうからであろう、結局、完成稿からは削除されることとなった。マッカーシー研究の泰斗ダイアン・ルースが指摘しているように、結果的に息子カレンを手放すことになってしまったマッカーシーの悲嘆が物語の基調として流れていると考えることもできるだろう（Luce, *Embracing Vocation* 107–108）。実際に、『アウター・ダーク』において、森の中に近親相姦の赤子を置き去りにする主人公キュラ・ホームの内面はほとんど描かれないが、彼の悪夢には作者自身の抑圧された罪悪感が表現されていること（キュラを問い詰める三人組はキュラ自身の罪悪感の具象であるばかりでなく作者の罪悪感の具象であり、また、赤子を探し求めるリンジー・ホームは作者自身の悲嘆の客観的相関物である）は、当時の作者の境遇に鑑みれば想像に難くない。『サトゥリー』においてもこの主題は前景化するのだし、後年、次男ジョン・フランシス（『ザ・ロード』の献辞は彼に向けられている）の養育にマッカーシーが積極的に関わったのは、ある種の贖いを求めてのことだったという解釈も成り立つだろう（Luce 106）。

『アウター・ダーク』は、デビュー作『果樹園の守り手』の諸要素を継承しつつ、後のマッカーシー作品を準備した側面も大きい。『ブラッド・メリディアン』や『ノー・カントリー・フォー・オールド・メン』などで前景化する不条理で神的な「暴力」のモチーフ、「国境三部作」や『ザ・ロード』で顕著なロード・ナラティヴに加え、引用符を用いない会話、カンマの使用を最小限に抑えた息の長い文章、ユニークで深遠な語彙や造語（ウェスリー・モーガンとクリストファー・フォービスによるとマイナーなものを含めて七九五語）の使用などを含めたマッカーシー独特のスタイルは、『アウター・ダーク』において確定したと言えるかもしれない（例えば、句読法に関してマッカーシーは前作よりもはるかに非妥協的な態度を示したという）。ユーモアの効いたコミカルかつアイロニカルな描写にもデビュー作より作者の余裕が感じられる。また、ひとつの解釈枠ではあるが、後述するグノーシス主義的思想は、次作『チャイルド・オブ・ゴッド』においてより均整の取れた形で表現され、後の作品群を解釈するための重要な鍵を提供していると見なすことができる。

＊　＊　＊

社会から隔絶されて暮らしていたキュラ・ホームとリンジーの兄妹は近親相姦の赤子をもうける。キュラは赤子がすぐに死んでしまったとリンジーに嘘をつき森の中に置き去りにする。リンジーはキュラの嘘に気づいたが赤子はすでに放浪の鋳掛屋に連れ去られてしまっている。赤子を取り戻すべくリンジーは山地を彷徨う。キュラもまた放浪の旅に出る。最後まで交わることのないそれぞれの彷徨の途中で二人はさまざまな人間たちに遭遇し、幾度となく奇妙な体験をする。その背後では三人組の男たちがネメシス（ギリシャ神話で傲慢を罰する女神）よろしく、次々に人間たちを殺害している（キュラが死んでほしいと無意識に願う人間たちが殺されるという解釈もある）。鋳掛屋から赤子を奪った三人組はキュラの眼前で赤子の喉を裂き、その肉を食べ、血を飲む。かくして、リンジーの彷徨は赤子と鋳掛屋が殺された空き地で、キュラの彷徨は先の沼地で終わりを迎える。

『アウター・ダーク』の物語の舞台は明示されないが、唯一特定できる「ジョンソン郡」という地名から判断すればテネシー州北東部、アパラチア山脈南部の山村地帯と同定してもいい。時代は一九世紀の終わりから二〇世紀の初頭くらいだろう。植民地時代より南北に長く連なるアパラチア山脈の諸地域はアメリカのなかでも最も貧困が厳しい地帯とされ、一九三〇年代のいわゆるニューディール期までは外部との交流や接触がほとんどない「エンクレーヴ（異種文化圏）」と呼ばれる地域が存在していたほどだが、キュラとリンジーが暮らしていた地域（二人はアパラチア住人のような喋り方をしているという指摘もある）も、政治的・経済的・文化的に中心から孤絶したアパラチア南部の一地域が想定されている。

極度の貧困にあえぎ、近親相姦や氏族間の確執といったステレオタイプを当てられ、社会的・文化的に不可視な存在であったアパラチア住民のなかでもキュラとリンジーには「貧乏白人」に収まらない極端な人物設定がなされている。二人が共同体との接触をほとんど持たずに生きてきたがゆえに、近親相姦という社会的・宗教的禁忌の意味を理解することができないことや、自分たちが他人の目にどのように映るのかを想像する能力も機会も持てない人物として想定されているらしいことは偶然ではない。『アウター・ダーク』ではまた、そのようなキュラとリンジーを「グロテスク」な人間と捉える社会への批判的意識が表現されている。「グロテスク」という語自体、その対極にある参照点としての「正常」さを前提にしているが、物語が徐々に明らかにしていくのは、「善」や「正義」として「自己」を立ち上げるために排除すべき「グロテスク」な「他者」を必要としてしまう社会の存在様式である。

キュラは明らかに疎外される存在であり、リンジーは一見、隣人愛を享受しているようにも見えるが、社会の成員として迎え入れられるわけではない。徹頭徹尾、二人は社会の「自己」を肯定するための「他者」として否定的《ネガティヴ》に描かれているのである。登場人物たちの多くが固有名を与えられず、職業や役割で表現されていることは二人の「他者」性を逆照射している。

『アウター・ダーク』はリアリズム小説のように読めるし、確かにそのような側面も大きい。事実、綿密な調査を行った上で小説を執筆するマッカーシーらしく、当時の文化は綿密に描かれている。例えば、物語後半でキュラが乗る艀《はしけ》（ケーブルフェリー）は当時、東テネシーの奥深い谷間の河川地域で広く使用されていた移動や物資調達に不可欠な乗り物であったし、その仕組みや川渡りの描写は細部までリアルに描かれている。住居侵入罪でキュラが裁かれる場面は、地域社会を支配する自警団の腐敗や不正の温床となったJP（the justice of the peace）システムと呼ばれた簡易的かつ恣意的な裁判制度あるいは慣習に基づいている。また、七〇〇頭近くの豚が市場を目指して追われている場面は、テネシー州セヴィアヴィルから隣のノースカロライナ州に伸びていたルートで実際に行われていた豚追いをモデルにしている。

小説を史実に基づき読むためには直線的な時間概念と安定的な空間概念の提示が必要となるが、『アウター・ダーク』の時空間はそうなってはおらず、むしろ通常の歴史概念あるいは現実認識を転覆する仕掛けとして導入されていることには注意が必要だろう。例えば、三人組の首領格の鬚の男は、南北戦争前のフロンティア入植期に暗躍したジョン・M・ミュレル（John M. Murrell, 1806–44）をモデルにしているとされるが、人物設定および時代設定は奇妙かつ超現実的でもある。ミュレルは西部開拓時代に現在のテネシー州のあたりを中心に追いはぎ、馬泥棒、奴隷窃盗、夜盗などを行った悪党の首領で、一八三五年に「ミュレルの騒動」と呼ばれる奴隷蜂起を計画し南部奴隷州の白人たちを恐怖に陥らせたことで知られるが、ここでは一般に流布する歴史上の人物の伝説が導入されながらも物語の時空間はあからさまに捻じ曲げられている。先に挙げた豚追いの場面なども例外ではなく、史実に依拠しながら（ただし現実の豚追いは秋口から冬に行われていたのに対し、ここでは春に行われている）、聖書の神話的記述（『マタイによる福音書』八章）に依拠してもいる。

そのような時空間を意図的にずらしたり、歪めたりする仕掛けは、物語が内面の闇、無意識、夢の世界へと横滑りしていくような感覚を読者にもたらす。こう言ってよければ、「マジカル・リアリズム」とも「ポストモダン・ローカルカラー」とも形容すべき時空間の不安定さをともなう語りは『アウター・ダーク』の大きな特徴のひとつであり、その相対的な時空間に基づく物語は（そもそも安定した時空間という概念こそがフィクションかもしれないことを小説は示唆する）、『ザ・ロード』と同じく、独特なロード・ナラティヴを形成している。

＊　＊　＊

タイトルからして、新約聖書『マタイによる福音書』において三回言及される（八章一二節、二二章一三節、一二五章三〇節）「外の闇」というイエスの言葉から引かれているように、この小説にはさまざまなキリスト教的寓意が施されているように映る。したがって、『アウター・ダーク』を読む際には、ほのめかしや象徴を積極的に読み解く必要があるのだが、注意すべきはそれらの寓意（神やイエスの教えを比喩的に伝えるレトリックと言ってもいい）がことごとく転倒しているという点だ。「外の闇」という表現にしても、「だが、御国の子らは、外の闇に追い出される。そこで泣きわめいて歯ぎしりするだろう」（『マタイによる福音書』八章一二節）のように、真の信仰を持たずにキリスト教倫理に従わない者への戒めあるいは教訓をもたらす寓意の一部となっているのだが、『アウター・ダーク』では現実世界に適用すべき教訓が込められているわけではないだろう。むしろ、「外の闇」と人間の心の「闇」が地続きであるかのように、荒らされた墓、切り刻まれた死体、首つり死体、突進してくる豚の群れなどが物語内現実として次々に現れ、物語冒頭で描かれるキュラの夢が物語終わりで盲人が言及する現実の体験に照応することにも表されるように、「内」と「外」、「現実」と「幻想」の境界はきわめて曖昧に描かれている。キュラとリンジーが出くわす人物たちもどこか夢の世界か影の世界から飛び出してきたような人物たちである。文章自体を見ても、読者を現実層から一気に象徴層へと導く語りが散見される。したがって、例えば、乳が止めどなく出続けるのは赤子が生きているからとするリンジーの考え方は、「現実」に根拠のない妄想としてではなく、「現実」の外のロジックを必要とする。

『アウター・ダーク』の物語の大枠はジョン・バニヤンの『天路歴程』（第一部　一六七八、第二部　一六八四）をパロディ的に換骨脱胎しているという見方が可能であろう。『天路歴程』は夢物語の形式を採り、第一部では主人公クリスチャンが妻子を捨て「滅亡の市」から巡礼の旅に出発、「落胆の沼」「死の影の谷」「虚栄の市」などにおける誘惑や苦難に打ち勝ち、「天の都」に至るまでが描かれ、第二部では「滅亡の市」に残された妻クリスチアーナがクリスチャン同様に「天の都」に到達する道程が描かれる。『天路歴程』がそのような明白なキリスト教的救済論（終末論）を伝える寓意として機能しているのに対し、『アウター・ダーク』では、キュラとリンジーの旅が帰結する場所が「来るべき世」とは決して言えないように、何らかの救済がもたらされるのではなく、その意味で反キリスト教的寓意とさえ言える。

キュラが豚追いの男たちと遭遇する場面は、より顕著にキリスト教的寓意をパロディ化したものと解釈することができる。『マタイによる福音書』（八章二四節－三四節）ではイエスが悪霊を豚の中に入れ退治するエピソードがあるが（「イエスが、『行け』と言われると、悪霊どもは二人から出て、豚の中に入った。すると、豚の群れはみな崖を下って湖になだれ込み、水の中で死んだ」）、『アウター・ダーク』では、キュラが豚の群れを狂乱させた罪をきせられ、絞首刑になりそうになる。しかも、キュラを裁く牧師はうわべだけのキリスト教倫理を謳う、眉唾ものの牧師であり、キリスト教的寓意自体が疑問に付されているかのようだ。

キリスト教的（反）寓意はキュラとリンジーの人物設定にも端的に表れている。キュラは、人類初の殺人を犯し神から悔い改めを求められたにもかかわらずエデンの東に移住し神から隠れたカインの人物像をなぞるという指摘がある。また、カインの子供のみならず、アダムとイヴの子供たちは皆、現代でいうところの近親相姦の子供たちであるのだが（近親相姦が禁忌とされたのはモーセの時代（紀元前一三世紀）であった）、キュラが妹のリンジーとの間に子供をもうけるという設定自体に寓意性があり、二人を楽園から追放されたアダムとイヴになぞらえた存在と解釈する向きもある。その意味では、二人はすべての人間の始祖を象徴するのであるが、同時にキリスト教倫理を唱える他の人間の強欲や色欲によって搾取される哀れな弱者として表象されている。例えば、キュラは「勤勉」を唱える地主サルターに買い叩かれ、リンジーは無償の宿や食事を提供された家で男たちの性的欲望の歯牙にかかることがほのめかされている。

このように、キリスト教的寓意の反転、パロディ、横滑りといった観点からみると、ダイアン・ルースが論じているように、『アウター・ダーク』はグノーシス主義の思想を反映した作品と見なすことも可能であろう。一九四五年にエジプトで発見されたナグ・ハマディ写本と呼ばれるコプト語で書かれた初期キリスト教文書は、グノーシス主義の研究を大いに前進させ、各国語への翻訳も進んだ。歴史上、キリスト教正統派から弾圧、排斥され、その総体を理解することが極めて困難な思想であるだけでなく、アニメをはじめとするサブカルチャーの領域にまで敷衍したグノーシス主義の思想（のようなもの）については、ここで詳細に論じる余裕も力量もないし、『アウター・ダーク』の物語全体をひとつの解釈枠にのみ還元してしまうことなどはできない。しかしながら、ルースが指摘するように、この小説を創作する上でマッカーシーが主に参照したと思われる文献がハンス・ヨナスの『グノーシスの宗教』（英語タイトルは*The Gnostic Religion*）であることは確かなようで、グノーシス主義的な物語としてこの小説を読み解くという方法には一定の妥当性があるように思われるし、実際にそのように読むと、以下で示唆するように、後のマッカーシー作品を貫く人間観・世界観が表現されているようにも思えてくるのだ。

ヨナスは「グノーシス主義の基本信条の概要」として「神学」「宇宙論」「人間論」「終末論」「道徳」の五点からグノーシス主義の思想を概略している。ヨナスによれば、グノーシス主義の「神学」では、真なる神は「絶対的に超世界的であり、世界とまったく本質を異にして」おり、「世界を創造せず、またそれを支配することもない」という。「世界《コスモス》は闇の領域であり、自己充足的で遠くはなれた神的な光の領域の対極にあ」り、「超越的な神それ自体はあらゆる被造物から隠されて」いる（ヨナス 六七）。これに照応するかのように『アウター・ダーク』の物語世界は一貫して「闇の領域」として描かれていると見ることは充分可能であろう。

グノーシス主義の「宇宙論」において、「世界《コスモス》」は「アルコーン〔下位の権力者・支配者であり世界《コスモス》の創造者〕」が支配する「広大な牢獄のごときもので……この世界と彼方とのあいだに介在するすべてのものが人間を神から隔てる働きをする」という。「各々のアルコーンは自分の天球の監視人であって、魂たちが世界を逃れて神のもとに帰るのを阻む」という（ヨナス 六七―六八）。『アウター・ダーク』において、キュラとリンジーが彷徨う場所が「アルコーン」が支配する「世界《コスモス》」に他ならないとすれば、そこが不吉な「蛇」のイメジャリーに満ちていることは自然だ。焚火には蛇の舌のような炎が燃え、火かき棒は蛇の形をそなえ、川は蛇のごとく音を立てる。『天路歴程』の「死の川」の川渡りをも想起させる場面で、キュラの行く手を阻もうとするかのように氾濫する「川」もまた、グノーシス主義的文脈においては真なる神の被造物ではなく、「アルコーン」の被造物、あるいは「アルコーン」そのものとなる。キュラは艀舟に乗り「川」を渡ろうとするが、「川」は激怒し、咆えながら艀舟を飲み込んでしまう。向こう岸に垣間見える「光」もまた、キュラを希望や救済に導くのではなく、「魂たちが世界を逃れて神のもとに帰るのを阻む」、まやかしの「光」として働く。

グノーシス主義の「人間論」では、人間そのものが「アルコーン」の手段とされ、「人間」の中に囚われた神的実体である「プネウマ」を阻害するとされる（「プネウマは世界へと転落した彼方の神的実質の一部分である。アルコーンたちはまさに、それを捕えておくという目的のために人間を創造したのである」〔ヨナス 六九〕）。したがってというべきか、グノーシス主義の「終末論」（あるいは救済論）は「アルコーン」に支配された「人間」を乗り越えるものとして導き出される。

救済されていない状態のプネウマ［個々の人間に宿る神的実体］は……魂と肉体のなかに埋没し、己を自覚せず、麻痺し、眠りこみ、あるいは世界の毒に酩酊している。一言でいえば、それは「無知」である。その覚醒と解放は「知識」を通じてもたらされる。……グノーシス的努力の目標は、「内なる人」を世界の絆から解放すること、そして彼の生まれ故郷である光の領域へ帰還させるこ

とである。（ヨナス　六九）

『アウター・ダーク』において、主人公の名前キュラ（Culla）が「無知」を表していること（近代初期英語で“cully”という俗語は、「馬鹿」「騙されやすい人」「無知な者」という意味）や、キュラとリンジーの彷徨が堂々巡りに終わる物語の筋には、グノーシス主義的「知識」に至らない、つまり、真なる神への帰還が叶わない「プネウマ」の姿が刻印されている。儀式のように行われる靴の交換の場面では（キュラの靴を三人組の首領格の男が履き、首領の靴をハーモンが履き、ハーモンの靴はおしが履くことになる）は、キュラが「救済」から最も遠い「無知」に立ち戻っていく様が象徴的に表現されている。物語を通して、地方の名士、牧師、判事、医者など、社会的権威を持つとされる人間たちの「無知」が皮肉をたっぷり含んだモチーフとして繰り返されていることも偶然ではない。

では、悪しき「世界《コスモス》」を逃れることは可能なのか。ヨナスによれば、「「無知」は世界生成の原理であると同様、世界における実存の本質」であり、したがって、「超越的な神は世界のなかでは未知のものであり、世界から出発してそれを発見することはできない」とされる。ここで必要とされるのが「光の世界からの使者」がもたらす「啓示」であり、彼は「アルコーンたちの裏をかき、霊を地上的なまどろみから目覚めさせ……「外部からの」救済の知識をあたえる」という（ヨナス七〇）。だが、『アウター・ダーク』において、そのような存在は見当たらない。むしろ示唆されているのはグノーシス主義的「世界」における「光の世界からの使者」の不在であり、その意味で、赤子は「光の世界からの使者」を象徴しているのではなく、その不在を象徴していると言えるかもしれない。

　複雑で多様な解釈を誘発するグノーシス主義の「道徳」を『アウター・ダーク』の物語から導き出すのは難しい。このことは、グノーシス主義における救済の概念が、キリスト教主流派のように罪人か聖徒か、悪行か善行かといった信仰や、人間社会の規範に依拠する道徳観から導き出される二分法ではなく、「無知」なる者と「グノーシス（知識）」の所有者の二分法によるところが大きい。ヨナスによれば、

> グノーシスの所有者たちは自らをプネウティコイ［霊的人間］と称した。……プネウティコイの道徳は世界に対する敵意および一切の世界的絆への軽蔑によって規定される。……創造者によって制定された「汝なすべし」と「汝なすべからず」とは「宇宙」の専制のもう一つの形であるにすぎない。……プネウティコイはヘイマルメネー［アルコーンたちによる専制的な世界支配］から自由なのだから、彼は道徳律からも自由である。彼には一切が許されている。（七二）

この文脈において、三人組の首領格の男は、キュラをカニバリズム（人肉を食らうこと）に誘うように、キリスト教的寓意であれば「悪」を体現する存在ということになるのであろうが、「世界《コスモス》」そのものを「悪」とするグノーシス主義の文脈においては、キュラの救済を阻害する「アルコーン」の代表的存在

に見える一方、その反「世界」的言動からすると、「世界」の束縛を逃れた「プ、ネ、ウ、テ、ィ、コ、イ、」的存在とも見なすことができる。ニーチェの「超人」をも想起させるこの男は、マッカーシー文学の流れでは、『ブラッド・メリディアン』の判事ホールデンや『ノー・カントリー・フォー・オールド・メン』のシガーへと系譜的につながる存在である。

『アウター・ダーク』は一元的な意味づけを拒絶するテクストであるが、その後のマッカーシー作品に先駆けて、批評家ハロルド・ブルームの言を借りれば、「それ自身が他の自己からも、創造された世界からも自由」であることとの意味と、その（不）可能性を問う物語であるとは言えるかもしれない。その背景に、（必ずしもマッカーシー自身の思想ではなく）グノーシス主義的思想における人間観・世界観への近接を見ることはたやすいのだが、同時に、絶望的な「世界」の現実を一旦受け止め、それでも一縷の希望を見出そうとするのかどうか、読者ひとりひとりの人間観と世界観を問うのがマッカーシー作品の本質のようにも思えてくるのである。

＊　＊　＊

本書の訳出にはスペイン語訳（訳者Luis Murillo Fort, スペイン語題*La oscuridad exterior*）も参考にさせていただいたが、誤訳・誤植などはすべて当方の責任である。また、この「訳者あとがき・解説」を書くにあたっては、右に何度も引用したハンス・ヨナスの『グノーシスの宗教』（秋山さと子／入江良平訳、人文書院）に加え、Dianne C. Luce の *Reading the World: Cormac McCarthy's Tennessee Period*（U of South Carolina P）および*Embracing Vocation: Cormac McCarthy's Writing Life, 1959–1974*（U of South Carolina P）を主に参考にさせていただいた。聖書からの引用は、注を含めてすべて『新共同訳』による。

今回も岡田幸一さんに編集を担当していただいた。心より感謝申し上げたい。

二〇二三年盛夏　山口和彦

本作品中、今日の観点からみると差別的ととられかねない表現が散見しますが、作品自体のもつ文学性ならびに歴史性（原作は一九六八年に発表）に鑑み、そのままとしました。

【著者】コーマック・マッカーシー（Cormac McCarthy）
一九三三年、ロードアイランド州プロヴィデンス生まれ。二〇二三年、死去。現代アメリカ文学を代表する作家のひとり。代表作に『すべての美しい馬』『越境』『平原の町』から成る「国境三部作」、『ブラッド・メリディアン』、『ザ・ロード』、『チャイルド・オブ・ゴッド』（いずれも早川書房より黒原敏行訳で刊行）など。

【訳者】山口和彦（やまぐち・かずひこ）
上智大学文学部英文学科教授。一九七一年山梨県生まれ。ペンシルヴァニア州立大学大学院博士課程修了（Ph.D.）。著書に『コーマック・マッカーシー――錯綜する暴力と倫理』（三修社、二〇二〇年）、共編著に『揺れ動く〈保守〉――現代アメリカ文学と社会』（春風社、二〇一八年）、『アメリカ文学入門』（三修社、二〇一三年）、『アメリカン・ロマンスの系譜形成』（金星堂、二〇一二年）など。訳書に『果樹園の守り手』（春風社、二〇二二年）。

アウター・ダーク――外《そと》の闇《やみ》

二〇二三年一二月八日 初版発行
二〇二四年四月二九日 二刷発行

著者 コーマック・マッカーシー
訳者 山口和彦 やまぐち かずひこ

発行者 三浦衛
発行所 春風社 Shumpusha Publishing Co., Ltd.
横浜市西区紅葉ヶ丘五三 横浜市教育会館三階
〈電話〉〇四五・二六一・三一六八 〈FAX〉〇四五・二六一・三一六九
〈振替〉〇〇二〇〇・一・三七五二四
http://www.shumpu.com ✉ info@shumpu.com

装丁 斉藤啓
印刷・製本 シナノ書籍印刷株式会社

乱丁・落丁本は送料小社負担でお取り替えいたします。

ISBN 978-4-86110-895-2 C0097 ¥2500E

果樹園の守り手

コーマック・マッカーシー（著）／山口和彦（訳）

定価 本体2500円＋税 四六判・並製・326頁

現代アメリカ文学を代表する作家のデビュー作初訳。
権力や法の支配を避け、社会の末端で暴力に晒されながらも
生きる者たちの姿を描き出す。一九三〇年代のテネシー州、
アパラチア山脈南部を舞台とした、交差する三人の物語。